小学館文庫

抱擁

この世でいちばん冴えたやりかた

辻原 登

小学館

抱擁／この世でいちばん冴えたやりかた　目次

抱擁／この世でいちばん冴えたやりかた

抱擁

1

きのうはやはり興奮して、頭の中で考えが渦を巻くばかりで、筋道を立ててお話しすることができませんでしたが、いまはもう大丈夫です。どうやらお話しすることができそうに思います。

検事様はこうおっしゃいましたね。よけいな質問ははさまぬから、存分に今回の事件の一部始終を述べてみよ、と。できるだけ、筋道立って話すよう努力してみますので、速記の方もどうぞ宜しくお願い致します。

はい、わたしは前田侯爵家の小間使でした。もう二度とあの愛くるしいお嬢さまに会えないかと思うと悲しくて胸が張り裂けそうになりますが、しかたありません。

わたしの家は神奈川県茅ヶ崎《ちさき》です。父は町役場の助役をしております。母も健在です。弟がひとりおり、湘南中学の生徒でした。

わたしは昨年、鎌倉高等女学校を卒業して、家事手伝いをしながら鵠沼《くげぬま》洋裁教室に通っておりましたが、縁あって前田様のお屋敷に奉公に上がることになりました。といいますのも、本郷にいる母方の遠縁に当る者が前田様に出入りがあり、小間使を捜しておられたところ、わたしを紹介してくれたのです。

喜んでまいったわけではありません。前田様といえば、もとは加賀百万石の殿様ですし、当主利為《としなり》様は侯爵、貴族院議員、陸軍中将と雲の上のかたです。昭和四年に完成した駒場のお館《やかた》は東洋一の邸宅と聞いていましたから、はじめこの話があったとき、わたしはお断りしました。とても務まるとは思えなかったのです。小間使といわれても、どんなお仕事が待っているのか想像もつきませんし、遠縁の者は何の説明もしてくれません。なにしろ、わたしも父も母も、小間使と女中の違いもよく分からなかったくらいでした。

候補に上がると、年末に執事と女中頭のかたお二人がみえて、口頭試問のようなものをされました。わたしの高女での成績や素行もすっかり調べた上でのことのようでした。一週間後、年が明けた十五日に来るようにとの手紙がまいりました。

……とにかく前田家のような日本有数の華族のお屋敷で奉公できる機会なんてめったにあるものではないから、良い経験だと思って行ってごらん、いやならすぐ帰ってくればよい、という父の言葉で、わたしはようやく首を縦に振りました。

ちょっとした好奇心も湧いてきました。華族の方たちって、どんな世界の住人なんだろう？　暮し向きは、庶民の想像を絶するものなのだろうか？　だって、わたしは本を読むのも映画をみるのも大好きな十八歳になったばかりの娘でしたもの！

一月十五日、わたしは実家をあとにしました。茅ヶ崎の駅では両親と弟が見送ってくれました。地図を頼りに、帝都電鉄の駒場の駅にたどり着きます。風のとても冷たい日でした。いまにも空から白いものがちらほら舞い落ちてきそうなお天気模様で、わたしは何度もマフラーを搔《か》い合わせたものです。

お屋敷に着いたときの驚きは言葉に尽くせません。鬱蒼とした森の中に突如として広い明るいお庭と美しい建物が現れたのです。まるで西欧のお城を目の当りにしているようでした。森のどこかにある厩舎《きゅうしゃ》から何十頭もの馬のいななきが聞こえてきます。正面玄関からたずねるわけにはゆきませんから、お勝手を捜してうろうろしていると、背後から馬のひづめの音がひびいて、

「どちらへいらっしゃるのですか？」

と馬上から乗馬服の若い男性がやさしく声をかけてくれました。きりりとした口もとと眉毛が印象的な方で、馬の背からわたしのほうへ身を屈めるようにして、

「前田様の新しいご奉公の方とおみうけしますが、それなら左のほうへぐるりとお回りなさい。玉砂利の道が小使室と書いた入口へ導いていてくれますよ」

わたしはお辞儀をして、ありがとうございます、といったのですが、たぶん声はその方に届かなかったのでしょう。

いわれたとおり、左へ曲がり、玉砂利を踏んで進んでいると、ひづめの音が背後に遠ざかってゆきました。とても親切な方でしたが、その後お目にかかっていません。一度、きちんとお礼を申し上げようと思っているのですが。前田家の方ではなく、ただ馬術の練習に来られた方だったのでしょうか。

小使室の入口といっても、わたしの家の玄関よりずっと立派なもので、呼び鈴を押すと、六十過ぎの男の人が出てきて、用向きをたずねます。すぐに使用人控室に通されました。ここで女中頭の徳江ミツさんと再会します。徳江さんが強くわたしを推してくれたということを、のちに執事の奥村さんから聞きました。徳江さんはながく前田家に奉公されていて、六人の女中をしっかり束ねておられます。

「東京駅までお迎えに行くのがいいのだけれど、おひとりで、約束どおり到着できるかどうかもみたかったの」

と徳江さんは笑顔でいいます。

「でも、ほんとうにあなたが来てくれるのを心待ちにしていたのよ」

少し関西訛《なま》りのあるしゃべりかたですが、今の奥様が姫路の酒井様で、徳江さんは奥様について来られたかたですから、そうなのでしょう。

ここで、用意されていた御仕着せに着替えました。

それからすぐわたしたちは女中食堂に入って、手を洗い、髪を整え、オレンジジュースをいただきました。荷物を食堂に置いて、徳江さんはわたしを二階に案内します。高天井、シャンデリア、深々とした絨毯。目もくらむばかりの調度品の数々が、高窓のステンドグラスから差し込む光の帯の中に、浮かび上がっています。

茅ヶ崎での口頭試問のときは、ただ小間使というだけで、詳しい説明はいっさいなく、わたしが信頼できる娘であるかどうかをみきわめに来られたようでしたが、ここでようやく徳江さんは、この邸におけるわたしの役割、任務について分かりやすく説明してくれました。

それによると、お館《やかた》内には、先ほどもいいましたように、七人の女中、そして二人の小間使、三人の男の小使、米国人の家庭教師がいて、敷地内には、馬場や園芸場、農園、ガレージ、浄水場、二棟の蔵、二棟の男性使用人宿舎などがあり、お仕えする人間の数は五十人を下らないとのことでしたが、お館の内と外の色々については追々《おいおい》お話しすることとして――わたしたちはこれらの全体を駒場コートと呼んでおりました――、かんじんなことは、二人のお嬢さまとお坊っちゃまが一人おられることでした。上のお嬢さまの美也子《みやこ》さまは十一歳で、女子学習院に通われ、下の緑子《みどりこ》さまは五歳、お坊っちゃまの利宏《としひろ》さまはまだ三歳になったばかりでした。

ご主人の前田侯爵はヨーロッパへ視察出張中です。奥様はこの日、華族会館にお出掛けでした。

わたしは下のお嬢さま、緑子さまの小間使として採用されたのです。美也子さま、利宏さまにもそれぞれ小間使がいます。

ここで、駒場コートにおける小間使と女中の役割の違いについて少し説明しておいたほうがいいでしょう。子供たちの食事や入浴や洗濯、身の回りの世話は女中の役目で、小間使は主に担当の子供と寝起きを共にして——もちろん自室はもらえるのですが——、勉強やお遊びなどとにかくすべてのお相手をつとめるのです。のちに家庭教師のミセス・バーネットから、小間使は英語で lady's maid、女中は maid servant と表現することをおそわりました。

話はもどりますが、最初の日、わたしは一階の控室で、御仕着せを受け取り、試着して、少し袖丈を長くしてもらいました。小間使の御仕着せは黒いワンピースです。襟と袖口には白いレースの縁飾りがついています。

そのあと、徳江さんに連れられて、下のお嬢さまの部屋へ挨拶にうかがいました。二階の東側にある部屋です。上のお嬢さまの部屋は中庭とロビーを挟んだ西側に、その隣、洗面所を挟んでお坊っちゃまの部屋があります。

徳江さんがドアをノックしても、何の応答もありません。

「いつもこうなのよ」

といってドアを開けました。だれもいません。

「おお、かわいそうに、緑子さまはネズミに引かれていってしまった」

とささやくように呼びかけると、ワッと叫び声を上げて、小さなベッドの下からかわいい少女がとび出してきました。白いレースのワンピースに赤いカーディガンをはおっています。まるでラファエロが描く天使のように愛らしく、徳江さんのまわりを跳びはねていました。わたしの存在にはまるで気づいていません。

でも、そうではなかったのです。気づいていないふりをしていただけなのです。そういうところのある女の子でした。

緑子、これが先に述べたように、この日からわたしが担当する女の子の名前です。

お茶目でいたずら好きで、とびきりのお澄まし屋さん、おまけにとっても利発。長い睫《まつげ》が特徴です。まばたきするとき、目のまわりにふわっと霧がかかったようになり、それがまたとびきりかわいい印象を与えます。わたしは初対面で、もうすっかり緑子に夢中になってしまいました。

二つの窓の間には丈長《たけなが》な姿見がありました。その日、わたしはさりげなく前を通りすぎて、一瞬でしたが自分の全身を映してみる誘惑に打ち勝つことができませんでした。これは、わたしがわたしの全身を鏡の中にみたはじめての経験です。

館では食事は洋食が多く、ナイフとフォークの使い方を執事の奥村さんから教えていただきました。美也子さまの小間使をつとめる江藤さん、お坊っちゃまの担当の芝さんも挨拶に入ってこられて、わたしを心から歓迎してくれました。お二人は、わたしよりかなり歳上で、とても親切なかたのように見受けられ、ほっとしました。

その夜はとうとう本格的な雪になりました。窓から外をながめながら、徳江さんが悲しげな表情で、

「男性って、雪をみると血が騒ぐものなのかしら」

とつぶやきました。

東京で雪が降ると、どうしても思い出さざるをえないのがあの事件のことです。まだ一年とたってはいない。徳江さんの目頭がうるんでいます。何か彼女に近しい人が、あの事件とかかわりがあったのでしょうか。わたしは黙って、何もたずねませんでした。

徳江さんのご主人は駒場コートの馬場主任、米松さんです。

前田家の奥様は、欧州出張中の侯爵にかわって、宮中や華族の方々との会合、夜会に出かけられることが多く、最初にうかがった日も夜会にお出かけで、雪のために帰宅も遅くなられ、そのためご挨拶はできませんでした。

わたしは一階の北側にある小間使用の部屋の一室を与えられました。狭いのですが、とても清潔で、寝具はベッドです。ベッドで寝るのははじめてで、なかなか寝つけませ

ん。ベッドのせいではなく、明日からはじまる緑子との新しい生活のことを考えて眠れなかったのです。不安と喜びがあわただしく交錯します。どういったらいいのでしょう。わたしが突然、ひとりの女の子の母親になったとか、思いがけず妹ができたとかいうような平凡な出来事ではなく、何か全く新しい、そうですね、たとえば天使と天界のお花畑を駆けめぐるような経験をするかもしれないといった夢想に、胸を躍らせていたのです。そういう夢を過去に何度かみたことがあります。

翌朝、さんさんと降り注ぐ陽光と、それを照り返して輝く雪の中で、わたしの駒場コートでの生活がはじまりました。

みなさんが広庭に出て、スキーをはじめられました。奥様もおられて、徳江さんがわたしを紹介してくれました。

「どうぞ緑子をよろしくおねがいします。少しわがままで、手を焼かれるかもしれませんが、遠慮なさらないで厳しくしつけて下さいね」

とってもおきれいで、近寄りがたいような気品がおありです。わたしは緊張してこちこちになっていました。それにスキーなどやったことがありませんから、早々に引き下がり、バルコニーの柱のかげで緑子の姿を賛嘆のまなざしでながめていました。スキーが大変上手なのです。とても五歳の女の子とは思えません。そのうち、スキーにあきて、雪合戦がはじまりました。緑子がわたしを呼んでいます。雪合戦ならわたしにもできますから、バルコニーから勇んでとびだしてゆきました。
庭師の男たちが数人、遠くの生垣からわたしたちを眺めています。

2

前田利為《としなり》侯爵は、旧加賀藩主前田本家第十六代目当主です。明治十八年六月五日、前田家分家の群馬県旧七日市藩前田家、前田利昭《としあき》子爵の五男としてお生まれになりました。明治三十三年に、男子のいない本家前田利嗣《としつぐ》侯爵の養嗣子《ようしし》になられ、その半年後に利嗣侯爵が亡くなられて家督を継がれました。明治三十九年、利嗣の長女渼子《なみこ》様と結婚されます。

学習院から陸軍士官学校、陸軍大学校へと進まれ、「恩賜《おんし》の軍刀組」で卒業、参謀本部に勤務され、私費でドイツ、イギリス、フランスなど欧米諸国を視察、見聞を広め、深められました。パリで開かれた第一次世界大戦の講和会議には平和条約実施委員として、平和条約締結に尽力されましたが、その間、同行しておられた渼子夫人が突然の病に倒れられ、治療の甲斐なく、パリで客死《かくし》されました。大正十二年春のことです。

翌々年、侯爵様は旧姫路藩主家酒井忠興《ただおき》伯爵の二女菊子様と再婚されました。美也子さま、緑子さま、利宏さまのお母様です。先ほどわたしが雪の朝、はじめてご挨拶申し上げた方です。

　この雪の日、緑子の部屋にわたしのベッドが運び込まれました。食事は一階の小食堂でご一緒にいただきます。寝食を共にする生活がはじまったのです。

　駒場コートの広さと館の豪華さはわたしを圧倒し、こんなところでお仕えできる誇らしさと同時に不安を、というより怖れさえ感じたほどです。

「あなた……」

　とわたしは緑子に呼びかけます。そうです、わたしはたった五歳の女の子を、あなた、と呼ぶことにしたのです。緑子もわたしをそう呼びます。これはとても新しい、親しさと節度をかねそなえた言葉だと思います。英語の you の翻訳から取ったもので、ミセス・バーネットが使っている言葉です。

　わたしは緑子にこう呼びかけました。

「あなたに、まずこのお館の中の案内をおねがいしたいわ」

「いいわよ、ついてらっしゃい」

　緑子は瞳をきらきらさせて、先に立ちました。

　緑子のあとについて館の中をめぐった報告はいずれ。それより、駒場コートについて少し説明しておきましょう。

　お邸は以前、本郷にありました。前田藩上屋敷です。明治の世になって十万余坪のほとんどを帝大に譲り、残りの土地に西欧庭園をつくって住んでおりましたが、利為様が英国貴族のような郊外の生活を望んで、将軍の狩場であった駒場野に移ったのです。

駒場野は武蔵野の雑木林というより、クヌギやニレ、シイ、ケヤキ、マツ、ツガ、ヤマザクラなどの巨木が生い茂る森といっていいでしょう。この中に洋式の本館と広大な洋式庭園、本館の東北の位置に宴のための和館と日本式庭園があって、ふたつの館は渡り廊下でつながっています。

本館は地上三階地下一階で、まさに宮殿と呼んでさしつかえありません。のちに教えていただいたのですが、この建物は駒場の野趣にふさわしい英国の後期ゴシック様式につらなるチューダー式を採用しています。玄関ポーチのアーチもすてきですが、外壁の肌理《きめ》細やかなスクラッチタイルはじつに典雅です。

内部は王朝バロック風の装飾がほどこされ、各室にはイタリア産大理石を使ったマントルピースや角柱、紫檀《したん》、マホガニーをふんだんに使ったイギリス家具が配されています。玄関を入ったホールの、豪壮さと華麗さが融合した室内装飾は、みるものを圧倒します。ここに着飾った内外の有名貴顕《きけん》が会するありさまは、遠くからうかがうことしかできませんが、圧巻というしかありません。

ある人によりますと、日本の個人のお屋敷で、最も豪壮できらびやかなのは、西本願寺門主の大谷光瑞《こうずい》様が神戸の岡本に建てた二楽荘《にらくそう》だろうが、それは焼けてしまってもうないから、いま日本一・東洋一の西洋式館《やかた》はこの前田侯爵邸にかぎるということです。

一階バルコニーの前は広い広い円形の芝生の庭です。まわりをサクラやマツやニレの大木が取り囲んでいます。本館と和館を結ぶ渡り廊下の前に大きな池があります。

馬場は敷地内の北側にあり、侯爵の愛馬「王将」を筆頭に十二頭の優駿が飼われ、よく侯爵の部下の若い軍人たちが騎馬戦やポロ、障害などの馬術競技をやっておりました。温室には、南洋の樹木や花が植えられ、バナナやマンゴーなどの果物がたわわに実っています。

さて、これで駒場コートについてひと通り説明したかと思いますので、妖精のような緑子の案内に導かれて、館内めぐりをいたします。でも、そっくり半日かかってしまいましたので、いちいちお話しするのはやめにいたしましょう。わたしは、一階から二階、三階とめぐっているうちに、大洋を航海する大型船に乗って揺られているような思いに駆られてしまいました。足もとがふらつき、めまいがして、近くの壁によりかかったり、階段の手摺りをつかまなければならないことが何度あったことでしょう。

三階から一階へもどると、緑子が和館への渡り廊下へとわたしを連れていって、ちょうど小食堂の入口と接するあたりにある古びた箱型の大時計の前に立ち止まりました。

どうしてこんなところに大時計があるかというと、和館でお茶会や日本式の宴会があるとき、本館とのあいだを行き来する際、ここに時計があるとさまざまな用向きを果たすのに時間が確認できて便利だからだそうです。邸内には大小二十五の時計がありますが、これらのネジ巻きと時間を合わせる役は、徳江さんのご主人で馬場主任の米松さんがつとめます。

緑子は箱型の大時計のそばに立つと、その下の羽目板のすそのあたりをじっとみつめていました。小さな穴があいています。

「どうしたの？」

わたしはそばに立ってたずねました。

「シーッ、静かに」

緑子は人さし指を唇にあてて、ささやきました。ふり向くと、かわいい首をかしげて、しばらく何か考えごとにふけるようでしたが、

「何でもないの、さあ」

といって、大時計の文字盤をみながら、

「お食事の時間よ。おなかがすいた！」

「いまの時間をいってごらんなさい」

とわたしがたずねます。

「いわなくても、いいの！」

といって駆け出しました。緑子はひょっとしてまだ時計が読めないのかもしれません。

長針と短針の位置で、食事時間を知ったのでしょう。これはぜひとも正確に覚えさせる必要があります。緑子に時間の観念とその使い方を教えること。これがわたしの小間使としての最初の大切な仕事になりました。

でも、彼女はいったいなぜわたしを大時計のところへ連れて行ったのでしょうか？　わたしに何かをみせ、話そうとしていたことはたしかですが、途中で気が変わったのです。それはいったい何だったのでしょう。

大時計の下の羽目板に小さな穴があった。ネズミの巣穴かしら、とわたしはつぶやきましたが、それ以上推測をつづけることはしませんでした。ふしぎな気がしますが、小さな女の子というものは、いつも何かしら秘密めいたものを隠し持っているんだから、とみずからに言いきかせて、やがて忘れてしまったのです。

その夜は緑子のベッドにわたしのベッドを並べて、ぐっすり眠ることができました。

翌日はポカポカ陽気で、雪はもうすっかり溶けて、あちこちのテラスや軒端からポタポタと雪解けの音が合奏しているのが聞こえます。午前中、わたしたちは五十音字を書く練習をし、時間と時計の関係について話し合いました。

そのあと、長靴をはいて散歩に出かけます。温室でジャスミンの香りにうっとりし、もぎたてのメロンを切ってもらってひと切れいただきました。メロンを食べるのははじめてでしたが、そのおいしかったこと！

　バルコニーから広庭の芝生のところどころに残っている雪をながめると、まるで羊の群れが草を食《は》んでいるようにみえます。しかも、雪はどしどし溶けてゆきますから、いかにも羊の群れが動いているようです。緑子はそれがおもしろくて、バルコニーからとび出し、その間をメエーメエーと鳴きまねをしながら駆け回るのでした。

　わたしが、緑子から目をはなさないようにしながら、周囲の木々のあいだを歩いていると、ヒイラギの生垣のほうから男の人の声がかかりました。

「やあ、新入りの小間使だね。名前は何ていうの？」

若い庭師です。しゃべりかたと声に、まといついてくるような粘りがあります。わたしは少しぶあいそ過ぎるかもしれないと思いつつ、黙って聞こえないふりをして、緑子のほうへ走ってゆきました。

　昼食のとき、案の定、徳江さんが小声で、

「庭師の野口に声を掛けられていたみたいですけど、彼には気をつけたほうがいいですよ。以前にも……」

　とまでいって言葉を切ります。そのとき、美也子さまと江藤さんが入ってきたので、それきりになりました。

　この日、二つのことがわたしの頭に不可解な印象を残してゆきました。緑子が大時計の下で言いかけたこと、徳江さんが庭師について語ろうとして、途中で口をつぐんでしまったことです。

それから三日後の夜更けのことです。ふと何かの物音がして、目をさましました。いまでは内容を覚えていませんが、わたしが夢をみていたことはたしかで、あるいはその夢の中で響いた音なのかもしれないけど、とにかくその音で目がさめてしまったのです。

隣のベッドをみると、緑子がいません。

わたしは毛布《ケット》をはねのけ、ベッドからとびおりました。緑子のベッドの中に手を入れると、冷たい。

わたしは綿入れのちゃんちゃんこを――これは母が縫ってくれたものです――急いではおると、灯りをつけ、室内を見回しました。緑子にはおまるが用意されていますし、そういうときは必ずわたしを起こすことになっています。緑子に寝呆け癖があるとは聞いていません。

小声でそっと呼びますが、返ってくるのは木々のざわめきばかりです。わたしの胸はいまにも張り裂けそうで、裸足のまま廊下にとび出しました。

廊下は足許灯でほのかに照らされています。ずっと先のほうで、中庭に面した窓のカーテンが心なしか揺れているようでした。とにかく気が動転していましたから、動いているものならなんでもたしかめてみずにいられません。駆け寄ってみると、やはり両開き窓が中庭のほうへ開いているではありませんか。いったいこんな冬の夜、だれが開けたのでしょうか。大人たちの就寝時間はほぼ十一時と決まっていて、その頃、使用人が三人、館の中の戸締りの点検と見回りをしますから、真夜中に窓が開いたままなんて考えられません。

わたしは最悪のことを考えながら、窓から中庭をのぞきこみました。何もありません。みえない位置から月の光が差し込んで、敷石を銀色に染めているばかりです。

寒さがどっと襲いかかりました。わたしはピジャマとちゃんちゃんこの襟を掻い合わせ、それから窓をしっかり締め、まだ揺れているカーテンを摑んで両側から閉じました。徳江さんを起こして相談するしかありません。でも、いったん部屋にもどって、もう一度たしかめてみる必要があると思いました。そうだ、最初に駒場コートに来たとき、緑子はベッドの下に隠れていたではないか。

わたしは神さまに祈るような気持でドアを開けました。するとどうでしょう? 白い小さなベッドには緑子がいて、やすらかな寝息をたてているではありませんか。

わたしは、自分の目と心の働きが信じられなくなったのです。わたしが頼れるのは目と心だけなのに。

緑子のベッドには途中で脱け出したような痕跡は、シーツにもケットにも見当りません。わたしは呆然と立ち尽くしていました。

わたしには小さい頃から寝呆けるような癖はなかったと断言できます。両親から指摘された覚えもありません。新しい環境の中で、わたしのからだと心に大きな変化があって、夢遊病者的な行為をするとしたら、また緑子がずっとベッドにいたのに、見失ってしまったのだとしたら、わたしにはもう緑子の小間使の資格はありません。いつか、この子に危害を加えるような場合もありうるかもしれません。怖しいことです。

わたしがまんじりともせず、窓の外が白みはじめるのを悲しい気持でながめていると、目をさました緑子がわたしを呼んでいるのでした。

何という天真爛漫で、さわやかなめざめなのでしょう！　緑子はベッドからとびおりると、わたしにとびついて、

「おはよう！」

と澄み切った声を上げるのでした。

……あなた、ゆうべ、ベッドから脱け出して、どこへいらしたの？

この子にそんなふうにたずねることができるものでしょうか。いいえ、わたしにはできません。

緑子の洗面と着替えがすむと、わたしはこっそり部屋を脱け出して、昨夜の中庭に面した廊下の窓に行ってみました。すでにカーテンは両側にフックで留められ、窓ガラス越しに朝の光が中庭を水のようにひたしているのがみえます。窓は、あのとき、わたしが閉めたものかどうかも分かりません。ゆうべ、たしか両開き窓の留具を水平にして閉

めた記憶がありますが、もしあのとき、留具の位置を途中で止めておいたなら、わたしが閉めたという確かな証拠になったでしょうに。

その日、一日中、わたしは夜が来るのが怖くてなりませんでした。追いうちをかけるように、生理が三日も早くやってきました。情ない思いが募るばかりです。

さきほど来《らい》、お話をせがんでいた緑子もやがてしきりにあくびをしはじめましたので、おやすみなさいを言い交わして、フロアスタンドの灯りを消します。緑子はすぐに寝息をたてはじめます。サイダーの泡がはじけるような寝息です。

わたしは眠るわけにはまいりません。でも、その夜も次の夜も何事もなく朝を迎えました。いつの間にかわたし自身、深い眠りの淵に引き込まれていたようです。

3

家庭教師のミセス・バーネットのことを話しておかなければなりません。

体格はがっしりとして大柄で、白髪まじりのブロンドの豊かな髪が肩まで垂れています。年齢はよく分かりませんが、四十から五十のあいだでしょう。広いひたいがいつも小波《さざなみ》が打つように動いて、青い目と尖った鼻に赤い頬っぺが印象的なかたでした。声は少ししゃがれ気味ですが、「埴生の宿」や「おゝスザンナ」などをとても上手にうたって、わたしたちをたのしませてくれます。お爺さまは南軍の将軍だったとかで、最近、アメリカで出版されて大評判の小説『Gone with the Wind』のことをよく話題にされました。南北戦争を背景に、美しくて勝気な少女の成長と恋を描いた物語だそうです。

ミセス・バーネットは以前、米大使館で働いていました。その後、女子学習院で英語を教えていたそうですが、何か学習院で我慢のできないことがあって、こちらの奥様が駒場コートにお呼びになったのです。奥様はミセス・バーネットのかつての教え子なのです。

彼女は、祖父が南軍の将軍だったということと息子さんがオーストラリアにいるということ以外、自分の過去についてはほとんど語ることがありません。

ミセス・バーネットの部屋は二階の図書室の隣にあって、子供たちに英語を教えるだけでなく、邸内の女中や小間使、それに松濤《しょうとう》や富《とみ》ヶ谷《や》といったご近所のご婦人たちを集めて英会話のレッスンをはじめました。とっても好評です。

わたしもクラスに参加して、英語の勉強をはじめることにしました。

ミセス・バーネットは日本語も達者です。わたしたちのクラスの目的は、英語の上達ばかりではなく、ミセス・バーネットの英語と日本語を巧みにまぜあわせて語られる西洋の音楽や文学や映画の紹介に耳を傾けるのも、楽しみの一つだったように思います。

ある日、わたしたちのクラスで、松濤に新しくできた洋菓子屋さんのケーキを買ってきて、紅茶をいただこうということになり、わたしがおつかいをたのまれたのです。ミセス・バーネットはこういいました。

「ケーキ、みつくろって、八人前おねがいします」

ミセス・バーネットの日本語はときどきあやしいことがありますが、ケーキについてはまったく知識のなかったわたしです。松濤の洋菓子屋さんまで走ってゆき、

「ミツクロを八人前、下さい」

といったのです。

洋菓子屋のおじさんは目をきょとんとさせています。

「あら、ミツクロは売り切れですか？」

「売り切れもなにも、そんなケーキ、聞いたことがありませんね。ミツクロ、ねえ……」

「ええ、ミツクロよ。たぶん黒蜜がかかった……」

「アンミツですかね。それともミツマメ。黒い蜜のかかった。しかし、それなら和菓子屋さんだ。道玄坂に萬年堂というアンミツのうまい店があるから、行ってごらん」

萬年堂さんにもミツクロはありません。しょんぼりして帰って、そのことをミセス・バーネットに申しますと、彼女ばかりでなく、クラスの全員が腹を抱えて大笑いとなりました。

どうして見繕《みつくろ》うをお菓子のミックロととっさに思い込んでしまったのでしょうか。いまとなっては、たのしい思い出です。

ミセス・バーネットは座談の名手でした。座を愉快にとりもって、決して飽きさせません。

「みなさん、五・一五事件のことをご存知でしょう？」

もちろん、クラスのみなさんはため息をつきながらうなずきます。

「ちょうど事件の頃、チャプリンが来日中だったことは？」

ええ、もちろんよ、と答が返ってきます。

「では、チャプリン暗殺計画のことは？」

いっせいにどよめきが上がりました。

「信じられませんわ。ほんとうでしょうか？」

松濤のご婦人のひとりがたずねます。

「ほんとうですよ。みなさん、もう少しそばへいらっしゃい」

ミセス・バーネットはささやくような声に変えて、鼻メガネの奥から青い目を大きくみはるのでした。ここで、ミセス・バーネットのお話を少し要約してみましょう。

――昭和七年四月、喜劇王チャーリー・チャプリンは『街の灯』を撮り終えて、念願の東洋旅行に出発します。最初の訪問地はセイロンのコロンボ、そしてシンガポールでした。日本郵船ヨーロッパ航路の照国丸はシンガポールでチャプリン一行を乗せると、香港、上海を経由して五月十四日、神戸に入港しました。事前にチャプリンの訪日を知った犬養毅《いぬかいつよし》首相は、彼の歓迎晩餐会を五月十五日に開くことを決めます。

クーデタを計画していた海軍の若手士官を中心とする急進派軍人たちは、新聞紙上でこのことを知ると、五月十五日蹶起《けっき》し、首相官邸その他を襲撃することに決めたのです。晩餐会には多くの支配階級の人間が集まっているだろうし、チャプリンを暗殺することは、来るべきアメリカとの全面戦争をはじめる絶好機になると考えたのです。

チャプリンを迎える神戸港は大変なさわぎで、入港のもようはラジオで生中継されました。

「ただいま船が近づいてきました。いらっしゃい、チャプリン！」

とアナウンサーがマイクに向かって叫びます。

神戸駅から特別仕立の特急「つばめ」の一等車に乗り込みます。沿線はどこも大変な人だかりで、二階の窓や屋根から、チャプリン万歳！の声が投げかけられました。特に名古屋駅の人だかりは大変なものだったそうです。

富士山がみえると、チャプリンは、想像していたより低い山だ、しかし形は非常に整って、女性的だ、と感じたそうで、これはのちに彼の日記に記してあるとのことです。

東京駅周辺は四万人の歓迎の人波で大混乱。午後九時十九分、「つばめ」は東京駅にすべり込んでまいりました。チャプリンはすぐ車に乗り込み、車中から皇居遥拝《ようはい》をして、帝国ホテル二階の特別室に入りました。

翌日が五月十五日、日曜日だったそうです。犬養毅首相主催の歓迎晩餐会の日です。官邸は日曜日も休みではなかったのですね。

ところが、チャプリンは急に相撲がみたいといいだして、両国の国技館へ出かけてしまいました。

夏場所三日目、大関玉錦が大活躍した場所で、わたしもよく覚えています。

チャプリンが二階の貴賓席で、相撲見物に興じているころ、青年将校らが首相官邸を襲撃して、犬養首相をピストルで射殺したのです。犬養首相襲わるの速報は国技館にも流れ、館内は静まり返ったといいます。チャプリンは、そのニュースに驚き、急いで首相官邸へ向かいました。彼が有名な気まぐれを起こして国技館へ出かけていなかったら、約束どおり晩餐会に出席していたら……、と思うといまでも冷汗が出る、とミセス・バーネットは、美しいスワトウ刺繍《ししゅう》のハンカチーフでじっさいにひたいの汗を拭いながら話しおえたのでした。アメリカ大使館に勤務しておられた彼女ならではの珍しいお話です。

4

その後、緑子とわたしには穏やかな日々が流れます。緑子はとてもよくわたしになついてくれていましたし、わたしの彼女に対する愛情は日増しにつのるばかりでした。といっても、あの夜のできごとを忘れたわけではありません。わたしが夢をみたのだ、と考えることもできます。その夢の中で物音がひびいたとします。わたしは目をさますのですが、それがじつはもうひとつの夢の中へ移行したにすぎなかったのだといえないでしょうか。時がたつとともにこの考えは、納得できるものになってゆきました。

わたしはまだ十八歳の小娘にすぎませんが、幼い頃の思い出についていえば、いまの緑子と同じような年齢のとき、見たり聞いたりしたことで覚えているものを整理してみようとすると、なんだかほんとうにあったことなのか、それともそう思いこんでいるだけなのか、どちらか分からなくなります。なぜなら、いまのわたしはあのときのわたしではないのですから、すべては夢、いいえ、じっさいに体験したことと夢にみたり空想したりしたこととが、時間の流れの中でまざり合い、溶け合い、やがて区別のつかないものになってしまって、いまのわたしというものができているような気がしてならないのです。

たった十八年、しかもものごころついてまだほんの十年足らずのわたしがこんな生意気な口をきいていては、だれからも好かれなくなりそうですが……。

わたしはいまこちら側に生きています。あちら側にもわたしという者がおります。あちら側が夢の世界や空想の世界、それから過去の世界なのでしょうが……、いいえ、それだけではなく、死後の世界、あの世も入るのでしょう。

女学校で、漢文の先生が荘子の夢の話をして下さったことがあります。こういうお話です。

――ある日、荘子は、夢の中で胡蝶となったことがあった。気づいたときには、ひらひらと飛び回る胡蝶になっていた。そのときののびのびとした楽しさは、これまで覚えたことのないようなもので、おかげで自分が人間の荘子であるということを忘れてしまった。しかし、ふっとめざめたとき、自分はまぎれもない荘子だった。われに返って、荘子は考えました。自分とはいったい何者だろう。人間の荘子が夢の中で胡蝶になったのだろうか、それとも、そもそも胡蝶である自分が、夢のなかで荘子になって、いまこうしていっとき、人間の姿を取っているのだろうか。どっちがほんとうなのだ。どうも区別がつかない。

わたしはそのとき、ひとつだけ区別する方法があることに思い至りました。

蝶は決して、自分が蝶か、それとも荘子か、なんてことを考えないと思います。荘子だけが、自分が蝶か、それとも荘子であるかを疑うことができる。

同じように、あちら側にいる人間はこちら側のことを考えるでしょうか。たぶん考えないと思います。こちら側にいる人間だけが、あちら側についても考えることができるのです。

あの夜の出来事は蝶の夢のようなものです。そのことに思い悩んでいるわたしこそが現実なのですから、あれは夢だったのだ、とわたしは安心して、緑子にほおずりしながら、この子はあの夜、ベッドを脱け出したりしなかったのだと確信するのでした。

それにしても、何てかわいい寝顔なのでしょう。睫がまぶたに影を落としています。やっぱり子供は子供。手を握ってあげるととても小さくて、ほどよい湿り気。

新しい気がかりが生じました。お邸のどこにいても、庭師の野口の視線を感じてしまうのです。それがいろいろな角度からまといついてくる。目にみえない蜘蛛の巣のように、といっていいでしょうか。わたしの目は、木の枝で、よく蝶の羽根が蜘蛛の巣に引っかかっているのを捉えるようになりました。

徳江さんが以前に、彼について話そうとして、途中で口をつぐんだことについては、その後、正面切ってたずねる勇気のないままです。

春一番が吹いて、東京は土埃《つちぼこり》の舞う日がつづきますが、ナラやクヌギの雑木林だけでなく、マツ、シイ、カシといった常緑樹の鬱蒼とした森に囲まれた駒場コートでは、春一番なんてどこ吹く風、わがもの顔にふるまうことはできません。

そのうちに落葉樹もいっせいに芽ぶきはじめ、コブシやモクレンの花が咲きます。わたしたちも庭に出ることがいっそう多くなりました。

曇り空の昼下りのことでした。バルコニーに面した小サロンで、ミセス・バーネットが美也子さまと江藤さんに英語のレッスンをしている声が風に乗ってきこえてきます。

「いよいよ桜の蕾もほころびはじめました」

という文章を英訳しているのです。

「花がほころぶ……、オー、いい英語がありませんね。begin to bloom、come out……、味気ないですねえ」

わたしと緑子は、そんな声に快く耳を傾けながら、広庭の芝生で鬼ごっこをしていました。やはりどこかに野口の視線を感じます。胸さわぎがして、不安です。彼は森の中に棲む大きな蜘蛛かもしれない。これが、わたしのような無知な娘が抱く単なる妄想でないとすれば、蜘蛛が吐く糸にからめとられないためには、どうしたらいいのでしょうか。わたしは怖くてなりません。

そのとき、突然、緑子がニレの大木のほうへ駆けてゆきました。ニレの向こうにブランコがありますから、それに乗るつもりかと思っていると、ブランコの手前で立ち止まり、何かにじっと耳を傾けているようすで動きません。たったいままで、わたしとたのしく、無邪気に遊んでいたとは思えない、わたしが近くにいることなどまるっきり無視した態度で、ニレの木の下で何かに一心に耳を傾けている姿は尋常ではありません。でも、それは時間にすれば五秒か六秒ほどのことで、再び緑子はもとのにこやかな、あどけない表情をわたしに向けたのです。

これ以降、似たようなことが、時々起きるようになりました。あるいは、単にわたしがうっかり見逃していただけで、これまでも起きていたのかもしれません。食事中のことです。緑子はふと動かしていたスプーンを止めて、壁面をみつめます。そんなとき、わたしが話しかけても、こちらに注意を向けさせることができません。壁面の何をみていたのでしょうか。とにかく、何かに心を奪われていることだけはたしかです。

わたしは徳江さんにそれとなく話してみることにしました。何か、わたしの知らない事情が隠されているのかもしれません。そうです、あの子はやはり何かを隠している。わたしと徳江さんは二人きりで、小食堂のテーブルで向かい合いました。

「来られてからもう三ヵ月余りになりますね。いかがですか?」

徳江さんがたずねます。

「みなさんにとても親切にしていただいています。でも、わたしの至らなさでご迷惑をおかけしているのでは、と心配でなりません」

「そんなことあるものですか。みんな感心していますよ。奥様もお喜びだし。でも、きょうは何か気になることがありそうね。顔をみれば分かるわ。何でもおっしゃい」

わたしは徳江さんに促され、励まされるようにして、緑子の最近の奇妙な素振りについて打ち明けました。

徳江さんは腕組みして、しばらく考え込んでいましたが、はっと顔を上げると、

「……緑子さまには赤ちゃんのころからゆきのという小間使がついていました。とてもなついていたのですが、一昨年、侯爵様の媒酌で、陸軍の将校のかたと結婚しました。陸軍大学を軍刀組で卒業した立派な軍人で、侯爵様も目をかけておられました。ところが、昨年二月二十六日、大雪の降ったあの日……」

5

検事様に、あの事件について、わたしなどがお話しするのはそれこそ身の程知らずとのお叱りを受けねばなりません。いまはただ亡くなられた重臣の方々、若い軍人の皆様のご冥福をお祈りするばかりですが、わたしの心覚えと気持の整理のために多少事件の経過をまじえながら、徳江さんからうかがった話をくり返します。

……東京に大雪の降ったあの日、茅ヶ崎も雪でした。東海道線は動いていましたから、わたしはいつものように登校しました。鎌倉も雪でした。その日、東京で何が起きているか、わたしたちは何も知らず、卒業を控えたさびしさを校庭の雪合戦でまぎらしていたのです。

わたしのことなどどうでもいいので、徳江さんの話に入りましょう。

前任者……、そう、まさにわたしの前任者のゆきのさんが、一昨年六月に、前田侯爵御夫妻の媒酌で結婚式を挙げられた次第は先にお話しした通りですが、ゆきのさんの夫があの事件の主謀者の一人であったことについてはまだ述べていません。検事様は当然ご承知でしょうから、あえて名前は申し上げないでおきましょう。

反乱軍を指導したのは、東京衛戍《えいじゅ》の歩兵第一連隊、歩兵第三連隊、近衛歩兵第三連隊に属する皇道派の将校たちです。

ゆきのさんのご主人は歩兵第一連隊に属していて、蹶起《けっき》の朝、小隊を率いて首相官邸に向かいました。首相官邸襲撃隊は総勢三百名、全体の指揮は栗原安秀中尉が執ります。

歩兵第一連隊の別の隊百五十名は、丹生誠忠《にぶよしただ》中尉らに率られて陸軍大臣官邸へ、歩兵第三連隊、安藤輝三《てるぞう》大尉ら百五十名は鈴木貫太郎侍従長官邸、安田少尉ら三十名は渡辺錠太郎《じょうたろう》教育総監私邸を襲撃します。他に警視庁、高橋是清《これきよ》蔵相邸もねらわれます。中橋《なかはし》基明《もとあき》中尉ら近衛歩兵第三連隊は宮城に入りました。

斎藤実《まこと》内大臣、高橋是清大蔵大臣、渡辺錠太郎教育総監が殺され、鈴木貫太郎侍従長は重傷を負いました。こうして天皇陛下の側近の方々が次々と襲撃され、殺されたり大怪我をしたのですが、蹶起部隊の目的は、「君側《くんそく》の奸《かん》」を撃って、天皇陛下絶対の親政を実現するという革命を目的にしていました。

反乱軍は機関銃、重機関銃、軽機関銃など重装備の約千五百名からなる精鋭部隊で、またたくまに雪の東京の中心を占拠し、首相官邸や山王ホテル、赤坂の料亭「幸楽」などにたてこもって、奉勅《ほうちょく》を待ちます。でも、天皇陛下はこのような暴挙を許しませんでした。

駒場コートの人々が、ゆきのさんのご主人が反乱部隊に加わっていて、しかも主謀者のひとりだと知ったのは二十六日夜のことです。

前田侯爵は参謀本部に詰めておられ、お邸は不安のうちに息をひそめ、静まり返っていました。

徳江さんたちの気がかりはゆきのさんのことでした。お二人は、代々木の練兵場近くに新居をかまえていて、いま、ゆきのさんおひとり、雪に囲まれて、どんなに心細い思いをされていることでしょう。

ゆきのさんはお邸ではほんとうにどなたからも愛されていました。小間使として同僚だった江藤さんや芝さん、女中のお久さんたちは心配でいてもたってもいられなくなり、だれからともなく、みんなでたずねて励ましてあげようという声が上がります。女中頭の徳江さんははじめはなかなかうんといいませんでした。奥様がお許しにならないのは目にみえています。むろん、奥様もゆきのさんのことはご心配でしょうが、前田の使用人が何人も夜分、戒厳令下の雪道を歩いていくのですから。

しばらく沈黙を守っていた徳江さんがようやく口を開きました。

「分かったわ。それじゃこうしましょう。全員が出かけるわけにはいきませんから、わたしと江藤さん、お久さんの三人でまいりましょう。あとのひとはしっかりお留守番をおねがいしますよ。奥様には内緒よ。どうせあとでお知りになるでしょうが、わたしが責任を負います。江藤さん、美也子お嬢さまに気づかれないように。それから男の人たちにもよ。とくに野口には気をつけましょう。わたしたちが出かけるのをみつけたら、きっとあとをつけてくるでしょうし、もしそれがゆきのさんのところだと知ったら……」

こうして徳江さん、江藤さん、お久さん――お久さんは去年の秋に南会津の実家にもどり、近くの金物屋に嫁がれて、いまは駒場コートにおりません――の三人は身じたくをし、ゆきのさんへの、お米や乾物など差し入れの品をリュックに詰め、かんじきをはいて出発したのです。

駒場から代々木まではそれほど遠くありませんが、夜ふけの雪道ですから、道中は大変難渋したそうです。途中で何度もお巡りさんに誰何《すいか》、尋問され、ゆきのさんのお宅に着いたのはお邸を出てからもうかれこれ二時間半もたっていました。

　徳江さんたちが突然たずねてきたのをみて、ゆきのさんは大変驚き、はじめはいぶかしそうにしていました。

「わたしたちはみんな、ゆきのさん、あなたのことが心配で心配で……」

　と三人が口を揃えました。

　ゆきのさんはやっと笑顔をみせ、

「ありがとうございます。うれしいわ、こんな雪の中を。さぞお寒かったでしょう。どうぞお上がりになって」

　と三人を居間に招じ入れたのです。ざぶとんをすすめ、熱いお茶を出してくれました。

「お邸のようにいいお茶っ葉ではありませんが、熱いのがとりえ……」

　とさびしそうなほほえみを浮かべます。

　まるい座卓には古い小さな木彫りの観音様が置かれています。たぶん、ゆきのさんが一心に祈っていたのでしょう。しばらく駒場コートでの思い出話にふけっていたのですが、急にゆきのさんは窓のほうをみやると、再びさびしそうな、ふしぎな笑みを浮かべて、

「もし雪がこんなに降らなければ、蹶起しなかったかもしれませんね」

といいました。

徳江さんがうなずいて、

「わたしたちにはむずかしいことは分かりませんが、なんだかあなたのお気持だけは分かるような気がする」

と答えました。それは、ゆきのさんを慰めるつもりの言葉だったのですが……。

ゆきのさんは居ずまいを正すと、口もとをきりりと結んでこういいました。

「事がならなければ夫は自決するでしょう。わたしは、いまとても夫に会いたいのです。せめて、最後に、ひと目だけでも……。ラジオのニュースでは、第一連隊第三小隊の一部は山王ホテルに立て籠もった模様といっておりました。夫は山王ホテルにいるはずです」

「ゆきのさん、わたしたちと一緒に会いに行きましょうか」

と徳江さんがいいました。すると江藤さんまでが、

「そうしましょう。わたしの実家は氷川《ひかわ》神社の近くですから、赤坂、山王下、溜池あたりはお庭みたいなものよ。どんな抜け道も知っているわ」

四人は早速出発しました。

よく無事に山王ホテルまでたどり着けたものだと思います。反乱軍の検問では、急病人を溜池の実家に見舞うふりでくぐり抜けることができました。将兵たちはみな若く、

女性には親切でした。

「気をつけてゆけよ。日本はよくなるぞ」

と挙手の礼で見送ってくれました。

しかし、山王ホテルには入ることができません。警戒は厳しく、門前には銃をかまえた兵士たちが立って、集まった記者たちをにらみつけ、いまにも発砲しかねない興奮ぶりでした。

「だめだ、女を入れるわけにはいかん！」

少尉の肩章をつけた将校がいいました。押し問答をしていると、うしろから野太い声の別の将校が、

「見上げた奥さんだ。ご主人を私が呼んできてあげましょう。ここで少しお待ちなさい」

といって玄関の中へ消えてゆきました。
五、六分ほどして、その将校がもどってきました。
「お気の毒ですが、中尉からは、すぐ帰るようにとの伝言です。心配するな、と」

ゆきのさんは、深々ととてもきれいなお辞儀をされ、ありがとうございます、といいました。それから、袂《たもと》から一通の封書を取り出すと、

「それではこれを夫にお渡し願えないでしょうか」

ゆきのさんは会えないことを予測して、手紙をしたためていたのでした。

「分かりました。必ず中尉殿にお渡しします」

と親切な将校は約束してくれました。

徳江さんたちは、ゆきのさんを代々木の自宅まで送り届け、お邸に帰り着いた頃は東の空が明るんで、広庭につもった雪が薔薇色に染まっていました。

奥様には知られずにすみました。ずいぶんたってから、徳江さんは夫の米松さんと執事の奥村さんに事の次第をかいつまんで報告しましたが、二人とも悲しそうにうなずいただけで、何もきかず、いっさい口外もしなかったのです。幸い野口には気づかれなかったようでした。

6

天皇陛下は青年将校のクーデタをお憎みになりました。彼らは陛下の聖断にすがって蹶起したわけですから、敗北以外の何ものでもありません。

二十八日早暁《そうぎょう》、首相官邸を中心とする永田町一帯を占拠している蹶起部隊に大元帥命令が出されます。

「戒厳司令官は三宅坂付近を占拠しある将校以下をもって速やかに現姿勢を撤し各所属

部隊の隷下《れいか》に復帰せしむべし」

というものでした。

二十九日の朝が明けると、空からは「下士官兵に告ぐ」のビラが撒かれ、アドバルーンが上がり、「兵に告ぐ」のラジオ放送が流れました。わたしは両親と弟と一緒にラジオにかじりついて、その放送を聞いたのです。

「勅命が発せられたのである。すでに天皇陛下の御命令が発せられたのである。お前たちは上官の命令を正しいものと信じて絶対服従して誠心誠意活動してきたのであろうが、すでに天皇陛下の御命令によってお前たちはみな原隊に復帰せよと仰《おお》せられたのである……」

反乱軍の下士官兵は次々と原隊にもどりはじめ、主謀の将校二十一名は全員逮捕されました。軍事法廷が開かれ、七月五日、将校ら十七名に死刑が言い渡されます。わたしたちはそれを七月七日の新聞で知りました。むろん、わたしはその中に、ゆきのさんの夫が含まれていたことなど知る由もありません。ゆきのさんの存在すら、まだ知らなかったのですから。

七月十二日、死刑が執行されました。

ゆきのさんは、この悲劇にけなげに立ち向かい、内々の葬儀も滞《とどこお》りなくはたされ、ひそかに館林の菩提寺への納骨も無事すませ、なにもかも終わったある日、清楚なワンピース姿で駒場コートをたずねてきて、奥様や執事、徳江さんや同僚の江藤さん、お久さんにお礼の言葉を述べました。この半年の悲しみと心労で、いくらかやつれはしても、受け応えもしっかりして、美しさと気丈さは相変わらずで、奥様が今後のことを遠慮がちにおたずねになると、はい、いまはまだ何も、と穏やかな微笑を浮かべて答えました。

奥様が緑子をお呼びになりました。緑子は二階のサロンのかげで、じっと下からお母さまが呼んでくれるのを待っていたのです。

階段を駆けおりると、ゆきのさんの胸にとびこんでゆきました。ゆきのさんはしばらく黙って、目に涙を浮かべ、小さな女の子を胸に抱きしめていました。

その夜、ゆきのさんは帝都電鉄にとびこみました。胸に木彫りの観音様を抱いて。

「神様は残酷なことをなさいます」

徳江さんはそういって、涙ぐみました。ゆきのさんがご主人にしたためた手紙はいったいどのような文面だったのでしょう。だれも知ることができません。

「わたしは今でもゆきのさんが、緑子さまを見守っていてくれるような気がして……」

と徳江さんはこの話をしめくくったのです。

7

ある朝、わたしは、鏡台の前で、緑子の髪を梳《す》いているとき、鏡の中をちらとのぞきながら思い切って、

「ねえ、わたしがこちらに来て最初のころ、真夜中、ふと目がさめると、あなたがベッドから消えていたの。覚えてるかしら？」

「覚えてないわ」

そう、とわたしはいって、

「ゆきのさんのこと、覚えてる？」

ときいてみました。

緑子はわたしをふり向き、

「ゆきのが、お話をしてくれるの」

といったのです。

「どんなお話？」

すかさずわたしが問いを重ねると、緑子は小さな頭を振って立ち上がって窓のほうへ走ってゆき、桜の花びらに向かって両手をひろげました。

「ねえ、どんなお話をゆきのさんはしてくれるのかしら？」

「いろんなお話よ。あら、もうピアノレッスンのお時間だ」

そらされてしまいました。ピアノレッスンまでまだ三十分近くあります。

わたしは歯ぎしりしたい気持を抑えて、緑子を一階の小サロンへと手を引いてゆく途中、ふと、あの大時計の前を通ることを思いつきました。小サロンとは反対の方角です。

大時計のほうへつないだ手を引っぱると、緑子はわたしの手の中で少しむずかるような動きをしましたが、わたしがやさしく握り直すと、素直についてきました。

大時計の前に立って、わたしが手をつないだまま文字盤をながめていると、緑子が小さなため息をつくのが聞こえました。こんな小さな女の子でもため息をつくことがある！

ふり向くと、緑子は羽目板の下の小さな穴に視線をすえつけています。

「小人さんでもいるのかしら？」

緑子はいきなりわたしの手を振りほどくと、廊下を駆け去ったのです。

ほんの思いつきで口にした言葉でしたが、緑子の何かを揺さぶったことはたしかで、わたしは、彼女とゆきのさんの世界に入ってゆくきっかけをつかめたように思いました。

でも、緑子の機嫌を損ねたり、気持を傷つけないやりかたで接近しなければなりません。

ゆきのさんはいったいどんな話を緑子にしているのでしょう？　わたしが小人を思い

ついたのは、羽目板の裾にある穴から出入りするのはネズミぐらいだけれど、それを小人だと考えるとおもしろそう、といった程度のものでした。でももしこの羽目板の下に彼らの世界がひろがっているとしたら……。

　葉桜の季節となると、駒場コートには、つねに馬のひづめの音がひびいて、活気がみなぎります。馬術競技の練習がはじまったのです。

　わたしたちもなぜかうきうきした気分になって、日々を過ごします。そんなある日、わたしと緑子は、ニレの木蔭のベンチにお茶とお菓子を持って行き、二人だけのピクニックを試みました。ビスケットとポットをテーブルに置きます。

「お話ししていい？」

　これはわたしのせりふではありません。緑子なのです。わたしは驚きを表情に出すまいと努力しながら、

「ええ、どうぞ。聞きたいわ」

「ゆきのがね、小人の国のことをお話ししてくれたの。どこかのおうちの床の下には小人たちの家族が住んでいて、お父さんはトム、お母さんはシルビア、女の子はマーガレットというの。大きさはこれくらい……」

　と緑子はビスケットを三つつないで立てました。

「三人はとっても仲が良くて、おうちの中もきれいに飾っています。マーガレットは読

み書きができるのよ。でも、小人たちには学校も会社も工場も畑もありませんから、真夜中にこっそり上の家から食べものや絵や紙や皿や椅子などを借りてくるしかないの。それは人間の赤ちゃんや子供のおもちゃが多いの。上の子供たちがときどき、おままごと遊びの道具がなくなったりして、喧嘩になる原因はトムがこっそり借りていったからなのよ。小さな鞄や糸巻き、はえたたきなんかはトムの家にはとっても大切なもの。石炭つぶで火を燃やします。暖炉もあるそうよ。トムが、上の貯蔵庫からじゃがいもをひとつ、うんうんいって転がしてくると、もう三日分のごはんは大丈夫……。ほら、以前にお姉ちゃまのスカラベのブローチがなくなったでしょう。大騒ぎして、わたしがほしがっていたものだから、お姉ちゃまはわたしを疑って、わたし泣いちゃったけど、あれはね、トムがどうしてもブローチについたピンが入り用だったから借りていったの」

「まあ、それじゃトムのおうちはわたしたちのおうちの下にあるのね。そのひとたち、あの大時計の下の穴から出入りするのをあなたはみたの？」

緑子はあいまいにうなずきました。

「いつ？」

「覚えてないわ。タンスの把手《とって》にぶら下がっていたの。夜、わたしが物音で目をさまして、窓のほうをみると、いたの。わたしが枕に頭をのせたまま、顔を横にしてじっとみていると……、窓は月の光でとっても明るかったからよくみえたわ。トムもわたしがみているとに気がついたの。びっくりした顔をしたわ。わたしがにっこりほほえむと、トムもにっこりほほえんだわ。とってもかわいいお父さんなのよ。でも、何を借りにきたのかよく分からない。ゆきのは隣のベッドでぐっすりお休みよ。しばらくして、トムはタンスの上の小さな敷物を借りにきたのだと分かった。お手伝いしてあげたいと思ったけど、わたしの体がどうしても動かないの。だから、わたしはうなずいて、ほほえみつづけて、トムの仕事を励ましてあげることにしたの。……こうして、わたしたちお友達になったのよ。ゆきのに話すと、びっくりしたわ。でも、ゆきののお話どおりのことが起きたのだから、ゆきのもご満足よ。ゆきのがいなくなってから、トムは姿をみせなくなっちゃった。だから、ときどき、大時計のところへ行くの」

わたしは緑子を抱きしめました。

「でもね、いまでもまだゆきのがお話ししてくれるの」

「いつ、どこで？」

緑子はさっとかぶりを振ると、そっぽを向いてしまいました。壁をつくったのです。わたしは焦ってはならないとさとりました。できるだけ質問の形式を取らずに、ゆっくりと核心に迫ってゆく。

背後で足音がしたので、ふり向くと庭師の野口が立っていました。ずっと彼の視線を感じてはいたのですが、いつか緑子との会話に夢中になって、つい忘れてしまっていたのです。彼は剪《き》りたての数本の薔薇を手にしています。

「こんにちは、緑子お嬢さま。きれいな薔薇でしょう」

「まあ、すてき！」

緑子はベンチから立ち上がり、野口にとびつかんばかりに花のほうへ走り寄りました。わたしから逃れられるチャンス到来とばかりに。

それは大小の深紅と黄と白の花束で、ほのかな芳香を放ちながら、野口から緑子の腕の中に移ったのです。

「棘《とげ》に気をつけて」

と野口が甘い声で呼びかけます。

「平気よ」

野口はわざとわたしを無視しています。彼がきびすを返し、柔かな土を踏んで立ち去る足音は、彼のまといつくような視線と同じくわたしの耳に粘っこくひびくのでした。

「持ってちょうだい」

緑子が薔薇をわたしに差し出しました。緑子のブラウスの袖と胸のあたりが薔薇の露で濡れています。

「いい匂いでしょう」

緑子が明るい声を上げました。でも、わたしにはどうしてもその香りの中に野口の汗のにおいがこもっているような気がして、顔をそむけてしまいました。

がまんのしがいというのはあるものです。きのうわたしが経験したことはまさにそれです。

8

ピアノレッスンを終えた緑子が、わたしの部屋に足音もたてずに入ってきて——わたしはそのとき、両親と弟にあてて手紙をしたためているところでした——、

「一緒に来て」

「何かしら」

「谷井のところへ一緒に来て」

緑子は驚くべきことを実行しようとしたのです。館の内回りを担当する使用人の谷井さんに、大時計下の羽目板の穴をふさがせたのです。谷井さんは、すっかり同じ木質、木目の板を張りおえると、

「お嬢さま、気が変わられたんですな。前は絶対にふさいじゃだめとおっしゃってたのに」

緑子は小さくうなずき、

「ありがとう、谷井」

といって、わたしの手を引っぱって広庭へと出ました。

わたしは、どうして？ ときfăたいのをがまんしながら芝生を踏んで歩きます。手にはうっすらと汗がにじみます。ニレの木の下に着くと、わたしはやはり怺《こら》えきれずに疑問を口にしてしまいました。

「どうしてふさいでしまったの？」

「ゆきのがそういったの」

まあ！ でも、ここでわたしは自分を抑えることができました。

ただ、あら、そう、とそっけない調子で応じたのです。

緑子はベンチから立ち上がると、ニレの木の下に立ちました。

ニレは駒場の森の中でもひときわ高くそびえ、幹はふた抱えも三抱えもあるほどで、下から見上げると、梢全体がひとつの大きな森のようにみえます。梢同士、葉っぱ同士がこすれ合って立てる騒《ざわ》めきは、時にわたしを嵐の中にいるような気分に誘いますし、穏やかな日には木の葉たちのたのしいおしゃべりが聞こえてきます。

緑子はしばらくニレの木を見上げてから、

「トムとシルビアとマーガレットはここにお引越ししたのよ」

とわたしをふり返りました。

わたしは、質問ではなく、解説するかのように、

「そう、何か事情があって、トムたちは床下のおうちに住めなくなったのね」

すると、緑子が目をみはって、

「ゆきのから聞いたの？」

わたしは、今が踏み込んでいくチャンスだと考えました。でも、先走ってはいけません。もしここでうなずいたりしたら、うそをつくことになります。それは絶対してはならないことなのです。わたしたちの交流に必要なのは誠実さ、曇りのない目と心だと思います。

「いいえ、そんな気がしただけ」

とわたしは答えました。

「だって、わたしはまだゆきのさんと会ったことがありませんから」

緑子はとてもうれしそうに跳びはねました。そうです、わたしは急いでも、出しゃばってもいけないのです。

「おうちは、この中なの」

緑子は、どこまでも高く、深く、こんもり茂った梢の奥を指さしました。

「ほら、話し声が聞こえるでしょう」

わたしは、緑子の指さした方を見上げようとして、ベンチに腰かけたままからだをひ

ねって視線を向けようとしたのですが、そのとき、わたしと緑子のあいだをスーッと何かが通り過ぎたような気がしました。

野口のかげではありません。あたたかな五月の風の中に、何かの拍子に冷ややかな風が一瞬まじっただけかもしれません。

もしかしたら……。

わたしはあわてて緑子のようすをうかがいました。でも、彼女には何の変化もみられません。

「ネズミがトムたちのおうちをみつけてしまったの。戦っても戦っても、襲ってくるの。ある夜、雪がお庭をすっかりおおったとき、トムたちは床下のおうちを脱出して、この木にたどりついたの。ネズミは雪が苦手で、追いかけてくることができないのよ」

「トムたちはみんな木の中で幸せに暮しているのかしら？」

「そうよ。このあいだ、マーガレットと遊んだわよ。ゆきのが連れてってくれたの」

「まあ、楽しそう！」

わたしは小さな叫びを上げました。

9

ゆきのさんのことを考えると、わたしは悲しみとあこがれで胸が焼け焦げそうになります。

ゆきのさんは二十三歳で命を絶ちました。ひとりの男性を愛し、その愛に殉じたのです。わたしにそんな恋ができるでしょうか。とても無理だと思います。でも、ゆきのさんのことを考えると、どうしてこんなに胸が苦しくなるのでしょう。

緑子はゆきのさんに会っている。ある日、こんなことをいいました。

「きのうはゆきのとお買物に行ったの」

でもお買物のくわしいようすはきかせてくれません。

緑子にとってゆきのさんは実在の人間で、彼女の都合に合わせて現れたり、消えたりする存在なのです。

お館《やかた》の玄関を入ると広いホールがあります。その正面の壁に大きなタピストリーが掛けられています。「アエネアス物語」という題がついていますが、ミセス・バーネットが絵の題材となった物語について話してくれたことがありました。

それはトロイ戦争の物語の有名な場面を描いたものだそうです。トロイ戦争で敗れたトロイア人の英雄アエネアスがカルタゴに流されて、カルタゴの女王ディドの歓待を受け、恋に落ちるのですが、アエネアスはユピテル神の命令でローマ建国の使命を果たすためにディドに別れを告げて出発します。ディドは恋人の翻意を知って、彼を呪いながら自殺するのです。

絵柄は、アエネアスのカルタゴ到着と、それを喜び迎える美しいディドの姿を目も綾な絢爛とした色彩で描いています。

前田侯爵が、以前、パリの日本大使館に武官として駐在中に購入したもので、侯爵が大切にされているものです。

わたしたちはめったにホールに行くことはありません。侯爵が欧州出張中で不在の時でも、ホールにはいつも宮様や華族の方々がおみえになっていて、大サロンや応接室にお入りになる前に、ソファに腰掛けたり、ゆっくりと優雅にお歩きになりながら、絵や置物をながめておられました。

その日、中庭で開かれた美也子さまのお誕生会が終わって、学習院のお友達など、みなさんでがやがやとバルコニーのほうへホールを横切って行進されているときでした。ちょうどわたしと緑子がしんがりにいて、「アエネアス物語」の前を通りかかると、緑子が絵の中のディドに向かって、ゆきの、とささやきかけるのを聞いてしまいました。

だから、わたしも思わず、背を屈めて緑子の耳にささやきかけたのです。

「ゆきのさんて、とってもきれいなかたなのね」

緑子は何の反応も示さず、さっと先に立ち、美也子さまに走り寄ってその腕を取り、何か話しかけました。すると、美也子さまは鈴の転がるような笑い声を上げて、緑子の頬をそっとつねったのでした。

いま、ゆきのさんが来ているな、と感じるときがあります。もちろんわたしにみえるわけはありませんが、緑子にはみえているような雰囲気が感じられるのです。わたしはいらいらして、やはりきかずにはいられません。

「何をみていたの?」

すると、緑子は急にぶあいそになって横を向いてしまいます。

「トムたちは元気なのかしら?」

わたしは少し傷ついて、取りつくろおうとして別の質問をしました。

「ええ、お元気ですよ」

素っ気なく、大人びた答え方をします。

食事中に急にスプーンの手を宙で止めて、何かに耳を傾けている素振りや、お勉強の途中で、じっと壁のほうに視線を向けっ放しにしたり、あるいは、わたしが読書中、カーテンの中に入ってなかなか出てこないこともあります。こういうことがひんぱんに起きるのをみると、はっきりとはいえませんが、緑子とゆきのさんとの交流は深まり、発展していると考えざるをえません。

緑子がゆきのさんに連れられてどこかへ行ってきた、という気配が彼女から濃厚に漂うときがあります。トム一家を訪問したのか、三越デパートへお買物に行ったのか、分かりませんが、そんな行動のあとはしばらくゆきのさんの話をいっさいしません。

いつだったか、深夜、ベッドを脱け出したのも、開け放った窓の際に爪先立ちしてつかまり、庭を歩いているゆきのさんをみつめていたのかもしれません。以前は非日常的な時間帯に交流、交感していたのが、現在は、日常生活の中で、ゆきのさんと過ごす時間と、わたしと過ごす時間を次元の違うものとして使い分けているような気がします。

緑子の食欲が少し落ちたように思えてなりません。わたしはなるたけ広庭や馬場に連れ出して、美也子さまや江藤さんと一緒に、乗馬、ゴルフ、テニスなどをして過ごす時間を多く取るよう工夫しました。体を動かして汗をかくのは大切なことですし、かけっこをしたり、ゴルフをしているあいだは緑子も競争に夢中ですので、ゆきのさんも話しかけようがないでしょう。

ゆきのさんに代わって、わたしがお話をしてはどうでしょう。これまでは、イソップや『アラビアン・ナイト』、日本の昔話や『小公子』や『小公女』といったご本を読んであげるだけでした。

わたしは特に風の強い夜を選んで、緑子をベッドに入らせると、そばに椅子を寄せました。

「きのう、バーネット先生のハイティーのとき、江藤さんがげっぷをしたのを先生がやんわりたしなめたの。すると、江藤さん、こう言い返したのよ。……わたしのお腹が、もう沢山！といったのです」

とまず最新のニュースからはじめたところ、緑子はベッドの中で体をよじり、キャッキャッと声をたてて笑いました。気をよくして、わたしは本題に入ります。

でも、わたしにはもともと物語を作る能力なんかありませんから、たまたまレッスンのとき、ミセス・バーネットが、イギリスのキプリングという有名な作家のものだといって紹介してくれた短篇小説から借りたお話を始めます。

「いま、お父さまが行ってらっしゃるイギリスのお話よ」

と切り出しました。うまくゆくだろうか、わたしは内心ハラハラしていました。

「……あるところに、男の子を亡くしたお父さんがいました。ある日、その人は出張で小さな町へ出かけたのですが、森の中で道に迷って出られなくなってしまいます。はじめのうちはそれほど深い森だとは思えなかったのに、どうしたことでしょう。

どれくらいの時間、さ迷ったでしょうか。突然、目の前に大きな館が現れました。すてきな薔薇の生垣に囲まれ、ニレの木でつくられたいかめしい槍の兵隊が周囲を守っています。

館には盲目の女が住んでいて、彼女は人の心を見透《みすか》したり、神さまの言葉をいくつも伝えられるふしぎな力を持っています。これは、地元の人々はみんな知っていることでした。

噴水のある美しいお庭にもあずまやにも、まわりの薔薇の生垣の周りにも、たくさんの子供たちがいて、たのしそうに遊んでいます。ニレやイボタの木の間を走り回っている姿もみえかくれして、一階、二階、三階の窓やテラスからは手を振っている。噴水の音と子供たちの笑い声の区別もつかないほどでした。

男の人は、たのしそうな彼らに声をかけたいのですが、みんな人みしりして、逃げてゆくのです。玄関のドアを押すと、待ってましたとばかりに開いて、男の人は、あたたかい空気の流れてくるホールの方向へ吸い寄せられるように進みました。

大きな暖炉が炎を上げています。男の人は、やれ、うれし、とつぶやいて暖炉の前の肘掛椅子に腰かけてひと息ついていると、子供が一人そばにやってきて、椅子の肘掛からだらんと垂れている男の手のひらにそっとキスをしました。

男ははっとなって、男の子をふり返りました。手のひらへのキス、これが亡くなった男の子と約束した、二人だけの合図だったのです。それで男の人は、いま目の前に立っているのが亡くなった子供だと分かったのです。……」

目を閉じて聞いていた緑子から柔かなビロードのような寝息がもれてきました。……

この子が寝入ったのは、わたしの話し方が巧みで音楽のようだったからなのか、それとも稚拙で退屈だったからなのでしょうか。だって人間がお話を聞きながら眠るときは、このどちらかですもの。もちろん、わたしの声や言葉が音楽を奏でるなどとほんとうに思っているわけではありませんが。

このキプリングの物語そのものはすばらしくて、これを聞いて心を動かされない大人はいないでしょうが、子供はどうでしょうか。男の子はすでに死んでしまっていますから、子供にとっては現実離れして、感情移入しにくいストーリーかもしれません。

どちらにせよ、大切なのはお話のしかたなのです。緑子を眠らせてしまったのは、わたしのお話のしかたがまずかったからでしょう。

検事様はお気の毒ですわ。わたしの身に起きたことはとてもふしぎな出来事ですのに、こんなお話のしかたでは、到底うまく伝えられないのですから。

わたしはこのとき、ゆきのさんをとても嫉《ねたま》しく思いました。百パーセント勝ち目のない競争に出場しなければならない選手を捉えるのはきっと同じ弱気と絶望でしょう。何ということでしょうか。わたしは不遜にも緑子という美しい少女の心を、この世の人ではないゆきのさんと奪い合いっこしている。

こうも考えました。もしゆきのさんの存在を知らなければ、わたしはこれほど強く緑子を愛しただろうか、と。ゆきのさんという競争者《ライバル》が、わたしの中で大きくなればなるほど、緑子への愛は増幅され、何がなんでも彼女を一人占めしたくなってくるのです。

ものぐるおしく流れてゆく時の中で、わたしは別の考えにたどり着いて、あっと驚きの声を上げてしまいました。……わたしはゆきのさんに会いたい。緑子ひとりのものでなく、わたしもゆきのさんを緑子と共有したい。いいえ、できれば緑子から奪い取って、わたしひとりのものにしたい。

でも、わたしは緑子を通してしかゆきのさんを感じることができない。……ゆきのさんに会ってみたいが、それには緑子の協力がどうしても必要だ、緑子がわたしに魂をあずけてくれてこそ、媒介が可能になるのだけれど、そのためにはまず、ゆきのさんから緑子を奪わなければ。でも、そうなれば、ゆきのさんはもうどこにもいなくなってしまうのではないか。ゆきのさんは、緑子が感知し接触する世界にしか、存在していないのですから。

わたしの妄想は、堂々めぐりするばかりでした。

そんなわたしを現実の悲しい出来事が打ちくだきました。目を覚ませ、という命令だったのかもしれません。

弟が死んだのです。

修学旅行に出発する三日前から、弟は唇の上にできものをつくっていて、位置からして自分でも面疔《めんちょう》かもしれないと思ったのですが、修学旅行にはどうしても参加したかったので、両親には隠して出かけたのです。京都で悪化しましたが、弟は家に帰されるのが嫌で、じっと痛みをこらえて黙っていたそうです。でも、とうとう奈良の旅館で高熱を出して倒れてしまいました。

随行していた校医がメスを入れたのが致命的だったそうです。そのため化膿が進み、炎症が頭蓋内に及んで脳膜炎を起こし、救急車で病院に運ばれましたが、手遅れでした。かわいそうな浩平ちゃん、まだたった十六年しか生きていなかったのに。帝大へ入って外交官になる夢も、恋も何もかも叶えられないまま……。

一週間のお休みをいただき、わたしは両親のそばにいました。浩平の死を誰ひとり信じる者はいません。父の落胆ぶりはひどく、わたしがそばにいなければ何をしでかすか分からないありさまです。ヘボ校医め、ヘボ校医め、と泣きながらののしるのです。

実家で、両親のそばにいると、駒場コートの世界とのあまりの隔たりの大きさに呆然とするほどでした。できるならこのまま両親のそばにいて、弟の死の悲しみを共に乗りこえる日を迎えたいという思いが湧き上がってくるのでした。

わたしは、わたしの妄念からも逃れたかった。

妄念、そうなのです。わたしは天使のような女の子を愛するあまり、いつしか彼女が抱えるファンタジーの世界の住人になってしまったのです。

でも、わたしはいただいた一週間のお休みを一日早く切り上げて、駒場コートにもどってきました。徳江さんや江藤さんたちのお悔みと慰めの言葉を背に受けながら階段を上り、緑子の部屋をノックすると、待ちかまえていたかのように内からドアがさっと開いて、緑子がわたしにとびついてきました。

10

駒場コートにもどって一週間後の昼下り、侯爵様がロンドンから送ってこられたおもちゃ、「愛のハウスセット」で緑子が遊んでいて、わたしは窓際の小机で、夕方の英語のレッスンの予習をしていました。

ふと、何かを感じて、テキストから顔を上げると、緑子がおもちゃの食器棚を持った手を止めて、壁のほうをみつめています。やがて視線は壁の上をゆっくり滑ってゆき、部屋の隅に来て動かなくなりました。

わたしはあることを思いついて、小机を離れるとその視線の先に急接近して、部屋の隅にとどまっている緑子の視線をさえぎろうとしました。

反対側には、前に述べましたように丈長《たけなが》の姿見があります。わたしは一瞬、その鏡にひとかげが映ったようにみえたのですが、わたしが、緑子がみているものの前に立ったとき、姿見にはわたししか映っていませんでした。

その日はめずらしくお客さまもなく、邸内はひっそり静まり返っていました。こんな日は、わたしたちはおとなしくしている約束で、玄関ホールや一階の大応接室、小応接室、大サロン、小サロンなどに入ってゆくことができます。わたしと緑子は小サロンでお絵描きに夢中でした。梅雨の晴れ間の日ざしがバルコニーからサロンに差し込んで、ペルシャ絨毯の花綵《はなづな》模様をあざやかに浮き上がらせています。

わたしは、またもある予感に捉われました。すると、その通りのことが起きたのです。緑子がクレヨンを持ったまま視線を、大きな鉢植えの椰子《やし》の葉むらのあたりに漂わせています。

何かがいるのです。

やがて、緑子の視線がソファの背後に移行して、紫檀の衝立の前を横切り、ドアからバルコニーへ出てゆく何かのあとを追いかけるような軌跡を描いたのでした。

何かが、子供の周辺に現れるのはたしかです。その何かが、ゆきのさんであるかどうかが問題なのです。以前の、ということは弟の死の前のわたしなら、かんたんにゆきのさんだと決めつけてしまったでしょう。でも、弟の死を経験して、いったん妄想から覚めたわたしは、子供に語りかけ、どこかに連れてゆこうとするものを、ゆきのさんという名前だけで呼ぶのは適切ではないと思うようになりました。それはやはり何かなのです。

さらに奇妙なことが起こりました。緑子が「愛のハウスセット」で遊んでいるとき、窓の外からわたしたちを呼ぶ美也子さまと江藤さんの声がしたので、刺繍をしていたわたしが先に糸と針を置いて窓辺に寄り、しばらくして緑子が来て、上と下でたのしい会話がはじまりました。美也子さまと江藤さんが日比谷公会堂でみてきたベルリンオリンピックの記録映画についてでした。

わたしが窓際から離れて、室内をふり返ると、知らないうちに、さっきあれほど散らかしてあった「愛のハウスセット」のパーツが、きれいにおもちゃ箱の中に整理されてもどっているではありませんか。

緑子はお片付けの苦手な子供でしたから、こんなことははじめてです。でも、彼女が成長して、お片付けもできる子になったのは、小間使のわたしとしてはとてもうれしく誇らしいことでした。

たしかに、弟の死でしばらく駒場コートを留守にしたのは、緑子には良い結果をもたらしたのかもしれません。いつもそばにいるはずの人間がいないという経験は、人を少しばかり変える力がある……。

しかし、これが間違った判断であることがすぐに証明されました。

同じ日の夕方のことです。朝、時節に似合わず肌寒かったので、緑子にはカーディガンをはおらせていたのですが、午後遅くにもとの暑さにもどり、緑子は暑いわ、といってそれをむぞうさにソファの背もたれに脱ぎ捨てました。薄手のピンクのカーディガンです。わたしはちょっとした用を思い出して、階下で徳江さんと会って、立話をすませてもどって来ると、カーディガンがきれいにたたまれて、ソファの上に載っていました。わたしは驚きのあまり、その場に立ち尽くしてしまいました。なぜなら、緑子は洋服のたたみ方など知らないのですから。

何かが進行していて、それがはっきり姿を現す日は近いのかもしれない、とわたしは考えました。でも、それにどう対処すればよいのか、有効な手立て、正しい方法を思いつくことができないまま、いたずらに時がたってゆきます。

11

野口のかげがわたしを悩ませます。彼が草を踏む足音が、絶えず背後から聞こえてくるのです。すると、汗くさい体臭があたりに漂います。

七夕さまはみんなで笹を飾って、日本庭園の池のほとりに立てます。緑子は「おとうさま、ぶじにおかえりになりますように」と書き、わたしは「浩平ちゃん、安らかに」と書きました。ミセス・バーネットは、「ロバートから無事の便りがありますように」、徳江さんはご主人の平癒祈願でした。米松さんは一ヵ月前に馬の事故で聖路加国際病院に入院中なのです。

その翌日、わたしと緑子が、まだ笹の葉と短冊が風にさらさらと鳴っている池のほとりを散歩していたとき、遠くの窓にミセス・バーネットの姿がみえ、何か呼びかけています。わたしは太鼓橋のたもとに緑子を残し、池を半周して館のほうへ小走りに向かいました。

ミセス・バーネットがわたしを呼んだのは、オーストラリアにいる息子のロバートから半年ぶりに手紙が来たといううれしい知らせを伝えるためでした。早速、お星さまへの願いが叶えられたのです。わたしもうれしくなりました。

もどろうとして、池のほうをふり返ると、緑子の姿がみえません。池は、中秋の名月には舟を浮かべて観月会を催すくらい広く、深いところもありますが、緑子が水に落ちるとは考えられません。

わたしはあわててもとの場所に取って返し、池の周囲を何度も見回し、小声ですが力をこめて緑子を呼びました。何の答もありません。

池畔《ちはん》を歩き、二つの中ノ島を歩哨兵のように点検しましたが、影もかたちもありません。三羽のカルガモと白鳥が一羽、仲よく並んで、太鼓橋の下をスイーッと通りすぎてゆきました。

そのとき、緑子のかすかな笑い声がひびいたのです。わたしは声のしたほうをふり向き、池の背後に広がるクヌギやケヤキの林の中を見透しました。木の間がくれに緑子の白いワンピースがみえます。

彼女はひとりではなかったのです。わたしが駆けつけると、緑子は野口とたのしそうに言葉を交わしているのでした。

緑子は、クヌギの幹に両腕を回し、上半身をうしろにそらして笑い声をたてていました。

野口の体がなれなれしげに緑子のほうに屈められています。

わたしはさっと緑子と野口の間に割り込むと、

「さあ、帰りましょう。お昼寝の時間よ」

といって抱き上げました。そのとき、わたしの耳もとで、舌打ちとともに、このアマ、という声がひびきました。わたしは緑子を抱いて、館へ向かって足を速めました。緑子をみつめていた野口の奇妙な、甘たるい微笑を忘れることができません。

「おろして！」

緑子が足をばたつかせるので、バルコニーまで来たところで自由にしました。

「野口がね……」

と緑子がいいました。この子はいままで庭師の名前を知らなかったはずです。では、さっき、彼が自分の名前を教えたのです。

「朝顔市にいきましょうって」

何ということでしょう！　野口までが緑子を手なずけようとしているのです。

わたしは思い余って、急いで徳江さんのところへ駆けつけ、これまでのばしのばしにしてきた問いを口にしかけたのですが、野口の名前が出てきただけで、徳江さんの顔がにわかに曇りました。戸惑いの表情も浮かびます。

「……彼が何かしでかしたの？」

わたしは首を振って、

「以前に、何かあったんですね？」

徳江さんはうなずくと、重い口を開きました。

やはりゆきのさんにかかわりがあったのです。ほぼわたしの予想どおりでした。

野口が駒場コートに雇われたのはゆきのさんより二年半ほどあとのこと。来てからすぐゆきのさんを追い回すようになったのです。でもそれはとても巧妙で、ゆきのさんにしか分からない隠微なやりかただったものですから、ゆきのさんは野口の脅威を肌で感じながら、誰に訴えるわけにもゆかなかったのです。

事件は一昨年の春、ゆきのさんと陸軍の将校さんとの間で縁談が進んでいる最中に起きました。

場所は、駒場コートではいつもほとんどひとけのない森の貯水塔付近です。運よく、お久さんが反対の方角から山菜を摘みに森の中に入っていたものですから大事に至らなかったのですが、ゆきのさんのものらしい悲鳴を耳にしたお久さんが、声のしたほうへ駆けつけると、貯水塔の下で、野口が逃げようとするゆきのさんをうしろから抱きかかえようとしていました。

お久さんが大声を上げて、野口に体当りしたのです。

この件は徳江さんに報告され、ゆきのさんとお久さんの三人の秘密として、いっさい口外しないことになりました。ゆきのさんがそれを強く望んだのですが、徳江さんも同じ考えでした。

野口を罰してやりたいのはやまやまですが、下手をすると逆恨みされ、あることないこと言いふらされかねません。野口とはそういう男なのです。大切なのは、ゆきのさんの縁談でした。

そして、十数日後、無事、ゆきのさんの婚約が整いました。

その後、徳江さんは、やはり野口のことをみてみぬふりにしてはおけないと考え、ご主人の米松さんに相談したのです。米松さんは野口を呼び、厳しく叱責しました。野口は、事実は少し違うが……、と抗弁しかけたが、すぐに神妙に頭を垂れたそうです。

「わたしがあなたに、気をつけたほうがいい、といったのは、そういうことがあったからです。ほんとうに大丈夫なのね？」

わたしはたぶん力なく、あいまいにうなずいたのだと思います。というのも、わたしがいま陥っている状態そのものが奇妙で、刺繡糸がもつれ合ったように解きほぐしがたいものだったからです。

緑子とわたしの関係は、かつての緑子とゆきのさんのそれをなぞっています。そこへ野口が割り込んでこようとしている点もまた似ているように思います。

それだけではありません。もっと複雑な要素がからみ合ってきているのです。

ゆきのさんが生きていたとき、緑子、ゆきのさん、野口の関係の中に、わたしは含まれていませんでした。いまはどうでしょう。亡くなったとはいえ、わたしたちのあいだではゆきのさんは生きているのです！

それにしても、徳江さんの話から理解できかねることがひとつありました。ゆきのさんはどうして貯水塔なんかに行ったのでしょうか？　呼び出されてのこのこ出かけたとは考えられません。おそらく徳江さんたちにも、その疑問が浮かんで、ながく尾を引いたことでしょうが、ゆきのさんに思い切ってたずねる勇気は出なかったのではないでしょうか。それに、事件があってから十数日後に婚約というあわただしい時間の流れも、野口にできなかった理由のひとつと考えられます。おそらくその辺の事情が分かれば、野口のやりくちを白日の下に晒して、彼に効果的な懲罰を与えることもできたでしょうに。

ゆきのさんが亡くなられて、この問題が謎のまま残ることになったのは残念です。
むろん、野口をただしたところで、彼がほんとうのことを話すはずはありません。

12

何かが進行している、その何かがはっきり姿を現す日は近いかもしれない、というわたしの予感については先に述べました。でも、どう対処してよいのか考えが及ばない、とも。

さらに新たに野口との戦いも加わってきたのですから、わたしは思案のあげく、ミセス・バーネットに助けを求めるほかなくなりました。

ミセス・バーネットは自由な精神を持ったアメリカ人ですし、ものごとを合理的に考え、理性的に行動することを知っています。前にわたしが、正しい方法で戦わなければと述べたのは、たぶんこのことのようだった気がします。目にみえない敵に対しては、なによりも自由と合理、理性が動員されなければなりません。きっとわたしの難題にも明るい照明を与えてくれるでしょう。

わたしは英語のレッスンのあと、江藤さんや芝さん、松濤や富ヶ谷からいらした三人のご婦人がたが部屋を出てゆくのを待って、ミセス・バーネットと二人きりになると、早速、小声でこれまでのことをなるべく簡潔にお話しいたしました。

……わたしの錯覚かもしれませんが、緑子さまのそばには、何か目にみえないものがいるような気がするのです……。

そのときは、はっきりゆきのさんを名指ししたわけではありません。また、おもちゃとカーディガンの件についても話しませんでした。まずは、緑子のようすを報告して、ミセス・バーネットの反応をみたうえでさらに先へ進むつもりでしたから、おもちゃとカーディガンの件は、緑子の外側で、緑子の幻視とは関係なく、現実の世界の中で、片付けられたり、たたまれたりしたこととして、この段階ではまだ触れないようにしたのです。

ミセス・バーネットはじっと耳を傾けてくれました。わたしが語りおえると、しばらく目を閉じ、黙って、右の中指の先で肘掛を打ちます。トン、トン、トン、といい音がします。

「……もう九十年ほど前のことですが」

とミセス・バーネットが口を切りました。

「アメリカ・ニューヨーク州の小さな村、ハイズヴィルに住むある一家で、ふしぎな現象が起きるというので大きな話題になった出来事があります。ハイズヴィル事件として有名です。

この家の住人は、フォックス夫妻と十歳のマーガレット、七歳のケイトという二人の娘でした。一家がこの家に引越してきて五ヵ月後、天井や壁からラップ音が聞こえはじめ……、こんな音ね」

とミセス・バーネットは指先で肘掛をトン、トンと打ちます。

「そのうちに、誰もいないはずの二階を歩く音や階段を重いものを引きずりながらおりる音、さらにドアが勝手に開いたり閉まったりする音が聞こえるのです。

家族はみんな睡眠不足になってしまいましたが、小さなケイトがあるとき、ふざけて、化けものさん、化けものさん、と呼びかけて、わたしの通りにしてごらん、といって手を拍《う》ったら、ラップ音がケイトと同じ数だけ鳴りました。マーガレットもつづけると、やはり同じです。家族一人一人の年齢をたずねると、正しくその数だけ鳴る。

フォックス夫人がしびれを切らしてこうたずねました。

『あなたは人間、それとも霊？　もし霊なら二つ叩いてごらんなさい』

すると二つ鳴りました。

フォックス夫人がこうして色々なことをたずねるうちに、だんだん分かってきたのは、この家で殺人事件があり、霊は殺された一家の主人で、行商人をしていたということでした。

さあ、大変です。村じゅうの人々にお披露目するや、たちまちアメリカじゅうの話題になりました。最初の村人の中に、ちょっと気のきいたダスラーという男がいて、板に書いたアルファベットを用いながら霊に質問すると、被害者と加害者の名前を答えたというのです。殺された行商人の名前はチャールス・ロースマというそうです。警察は過去にさかのぼって、その名前の主を捜しましたが、分からないまま時がたち、それから五十六年後、事件のあった家の壁の一部が崩れ、そこからついに白骨化した人体とブリキ製の鞄が出てきて、霊の存在が実証されたのです。

でも、ふしぎなのは、ケイトとマーガレットが大きくなって、ハイズヴィルの家を離れても、彼女たちにラップ音がついてゆき、家具が移動したりしたということです。彼女たちは、アメリカ社会で一種のスターのような存在になりました。

フォックス姉妹だけでなく、アメリカやヨーロッパでつぎつぎと似たような現象——これをポルターガイスト現象と呼ぶそうですが——が起きて、大ブームになるのよ。専門の霊媒師が続々と登場して、リンカーン大統領も何度か霊媒師をホワイト・ハウスに呼んで霊界と交信したということです。『奴隷解放宣言』もその影響のもとに起草されたといわれています。

……でも、あなたが心配していることは、どうやらポルターガイストや心霊現象ではなさそうね。……それはたぶん、possession《ポゼッション》だと思うわ」

「ポゼッション？」

わたしはすかさず鸚鵡《おうむ》返しにたずねました。

「そうね……、要するにキツネ憑《つ》き」

意外でした。ミセス・バーネットからそんな言葉がとびだしてくるとは。

「緑子さまにキツネが憑いているとおっしゃるんですか？」

……では、キツネがゆきのさんを演じているのかしら？　とわたしはため息まじりにつぶやきました。

ミセス・バーネットの穏やかな声がつづいています。

「それがあなたの思い込みなのか、そうでないのか、試してみてはどうかしら？　第三者のいる前で、たとえば、わたしのいる前で実験してみてはどうでしょう。できるかしら？」

わたしは自信なげにうなずき、立ち上がりました。

数日後のことです。わたしたちミセス・バーネットを含めた三人は、バルコニーに面した小サロンにいました。

「バーネット先生が、あなたにプレゼントしたいものがあるんですって」

といって緑子を誘い出したのです。

「一階のサロンでお待ちよ」

別に欺したわけではなく、ミセス・バーネットはアメリカ製の二十四色の色鉛筆セットを用意していたのです。以前から緑子が欲しがっていたものでした。

緑子は跳びはねて喜びを表しました。

しかし、この日は何も起こりませんでした。

明くる日の夜、ベッドに入る直前、緑子は急にベッドから離れて壁のほうへ視線をさまよわせて、一分間ほど立ちつくしていました。顔には微笑が漂っています。いま、ここに誰かが来ている。

……ということは、とわたしは考えました。現れるのは、わたしと緑子の二人きりのときだけで、第三者がいると駄目なのかもしれません。

そのことをミセス・バーネットに告げると、

「そうではないと思うわ。たぶん、相手がわたしという人間に慣れていないからよ。それに緑子はこのあいだ、プレゼントの色鉛筆に夢中だったでしょう。どういったらいいか、わたしの想像では、ポゼッションは心の空白に生じるような気がする」

分かるような気がします。

そして、翌日のお昼前のことです。蟬が鳴きしきっていました。わたしにとってはじめての駒場コートの夏です。森じゅうが、アブラゼミの鳴き声にみたされ、まるで大きな滝に囲まれているように感じるのですが、ふと、静寂が生まれることがあります。いいえ、蟬が鳴き止んだわけではなく、相変わらず鳴きしきっているのに、いっさいが無音、そんな瞬間が生まれるのです。

ふしぎな現象ですが、ひょっとしたらミセス・バーネットのいう心の空白にも通じるものではないでしょうか。

蟬の声に囲まれて、わたしは刺繡を、緑子は「愛のハウスセット」で遊んでいるところへ、ミセス・バーネットがふらりと現れました。

緑子は最近、「愛のハウスセット」にも食傷気味で、以前ほどおうちの設計や組み立てや家族関係の設定に熱心ではありませんし、わたしは、「愛のハウスセット」のキットのいくつか——食器棚の中の皿やグラス、フォーク、カーテンの片方などがなくなっていることに気づいています。たぶん、トムの一家に貸してあげたのでしょう。

緑子はちらと顔を上げ、ミセス・バーネットが入ってきて、ゆっくりわたしの近くの椅子に腰掛けるようすをみていましたが、再び「愛のハウスセット」にもどりました。

十五分ほどたった頃でしょうか、緑子が急に視線を暖炉の端のほうへ投げかけました。何かをみつめて、心を奪われているようすです。

わたしは、目でミセス・バーネットに合図して立ち上がると、緑子の視線の先に接近し、彼女の視線をさえぎるような位置につきました。すると、緑子は、わたしを避けるように頭をめぐらし、彼女のみているものが、わたしの背後から移動して、暖炉の前を横切り、窓からテラスへと出て行ったような視線の動きをしてみせたのです。

ミセス・バーネットが小さくうなずきました。それをみて、わたしが、内心で快哉を叫んだことはいうまでもありません。この事態が、わたし一個の妄想でなかったことが証明されたのですから。

夕食後のほんの短い時間でしたが、ミセス・バーネットと二人きりで話すことができました。

「たしかにあなたのいうように、緑子は何かをみつめているようにみえた」

でも、ミセス・バーネットから出てきた言葉はこれだけでした。あとはじっと考え込むようすをつづけるばかりで、わたしは、それ以上の発言を期待していたのですが、彼女は無言で廊下を遠ざかってゆきました。

13

侯爵様が長い欧州出張からお帰りになりました。はじめてお目にかかることになります。

大サロンでお迎えの式があり、わたしも隅っこのほうでかしこまって立っていると、回ってこられた侯爵様に徳江さんが紹介してくれました。軍服姿の侯爵様は笑みを浮かべて、よろしくね、と優しくおっしゃいました。

緑子へのおみやげはフランス人形でした。ベビー服を着たとてもかわいい、大きなお人形で、ミセス・バーネットによると、ジュモーのアンティク・ドールと呼ばれ、大変高価なものなのだそうです。

「愛のハウスセット」にすっかり飽きのきたところでしたから、ジュモーのお人形は絶好のおみやげとなりました。とても気に入って、抱いたきりで、なかなかはなそうとしません。ベッドの中まで持ち込み、一緒に寝ようとしたのですが、わたしはそれを許しませんでした。

「じゃ、寝ていてもみえるところに置いていい？」

と緑子が切なそうに訴えるので、わたしはベッドのそばに椅子を持ってゆき、そこにお人形をすわらせてあげることにしました。

いつもと変わらない、一見平穏な時間の流れるお昼前のことです。わたしの刺繍もいよいよ完成に近づいていました。牡丹の花をあしらったテーブルクロスで、母のお誕生日に贈ろうといそしんできたのです。母はまだ浩平を失った衝撃から立ち直ることができません。

仕上げですから、しっかり針を動かし糸を引きます。針が窓からの斜光を反射して、蝶のようにひらりひらりと翔び交います。時々、詰めていた息をふっと吐き出して、窓の外に目をやり、室内をさっと見回し、緑子にもちらりちらりと目を配ります。緑子は、お人形を抱いて椅子にすわり、足をぶらぶらさせています。でも、先ほどまでとは少しようすが違います。

わたしは刺繍の手を止めて、目をこらしました。緑子は、隣に立っただれかにお人形をみせて、笑いかけているのです。

何という驚き！　たしかに、何かが、いいえ、誰かが傍らにいるのです。

その夜、使用人たちに侯爵様のおみやげの赤葡萄酒がたんとふるまわれました。女たちは一階の小食堂で、男たちは大勢いますから馬場の倶楽部でいただくことになりました。倶楽部は、お館から二百メートルほど離れていますが、百人分の席のある大きなものです。

わたしは葡萄酒を少しと数片のカマンベール・チーズをいただきました。徳江さんは自他共に認める酒豪です。米松さんも無事退院されて、めでたし、めでたしなのですが、米松さんは一滴も飲めません。

ミセス・バーネットもどちらかというと、男のひとたちがいう、いける口、です。

ミセス・バーネットがわたしのところに近寄ってきて、

「いかがですか？　この頃……」

とたずねました。わたしは食堂の隅のほうへ後ずさりして、ミセス・バーネットと二人きりの空間をつくり、これまで黙っていたおもちゃの片付けのことや、たたまれたカーディガンについて打ち明け、さらにきょう、お昼前に起きたことも併せて報告しました。

　ミセス・バーネットはワイングラスを片手に、しばらく黙り込んでいましたが、グラスの縁に軽く唇を近づけながら、

「あれから、わたし、ずっと考えていた」

　ミセス・バーネットは酔うと日本語が乱れます。特に助詞が省かれがちになるのです。

「かんじんなこと、やはり、緑子、何かにポゼスされているということだわ。ここからが大切だから、よく聞いて下さい。何かにポゼス、P、0、S、S、E、S、S、ポゼスされているならば、それ、緑子をどうしようとしているのか、みきわめること、大事ですね。いいですか、do harm to her or do good to her、分かりますか？」

　わたしは首を振りました。

「do harm to her、彼女に害をなすのか、それとも、do good to her、善をなすのか……」

　ミセス・バーネットが青い目を大きく見開いて、わたしをみつめています。

　わたしは、……do harm to her or do good to her とつぶやくと、大きくうなずきました。

　ミセス・バーネットが、わたしの腕にそっと手を置き、まるで少女のようにいたずらっぽく微笑んで、

「ポゼスされている人、あなたかもしれない……」

……わたしがポゼスされている！　思いがけない言葉でした。わたしは衝撃を受けて、足もとがふらついたほどです。

ミセス・バーネットは、自分の言葉がどれほどわたしの心に深く突き刺さったか、気がつかないまま、再び大勢のにぎわいの中へともどってゆきました。

お開きになったあと、わたしたちは女中頭の徳江さんの許可を得て、みんなでお庭を散歩することになりました。真夏ですから、昼間の暑さには閉口しますが、夜になると森の中を通って涼しい風が吹きます。いただいた葡萄酒の酔いと熱をさます必要もありましたし、みんなで夜露のおりた芝生を踏みながら小声で会話を交わすのは、この上ない喜びです。たぶん、こんな楽しみを味わえるお邸は東京じゅう捜しても、この駒場コート以外みつからないのではないでしょうか。

でも、そういうわたしひとりが、こんなすばらしい夜を心からたのしむことができません。

うしろから男の人たちもまたそぞろ歩きで近づいてきました。どうしても、男の人たちのほうが足が速いのです。むろん、酔払って大声など出す者はひとりもおりません。

こんばんは、いい月ですな、などと男の人たちはわたしたちに呼びかけながら追い抜いてゆきました。

うかつでした。男の人たちの最後尾に、野口がいたのです。

しかも、わたしの頭の中ではミセス・バーネットにいわれた言葉が渦巻いていたものですから、みんなから遅れて、やはり最後尾になってしまっていました。

「do harm to her or do good to her、ポゼスされているのはわたし……」

すり寄ってくるまで、彼が近くにいるとは気がつきませんでした。わたしは右腕をつかまれました。

「今度、道玄坂の活動をみにいかないか」

酒くさい息でささやいたのです。

わたしは声を上げることもできません。

「ごめんなさい」

やっと小さな声が出ました。

「道玄坂の活動だ、いいな」

わたしは渾身の力をこめて、野口の手を振り払うと、一目散に館へと駆けもどり、自室にとび込み、中から錠をおろして、大きく息をついたのでした。

14

わたしは駒場コートに来て、はじめて茅ヶ崎へ帰りたいと思いました。お暇をいただくことを真剣に考えはじめたのです。わたしの身に危険が迫っているのかもしれない。目立たないように気を配りながら、自室で帰りじたくのための荷づくりに取りかかりました。

夢に浩平ちゃんが出てきました。一高の制服制帽で、茅ヶ崎の家の玄関に立っていて、わたしや父と母が喜び勇んで、中へ入れといっても、うなだれたまま動きません。それだけです。というより、夢はそこで断ち切られて、わたしは緑子の呼ぶ声で目をさましたのでした。

わたしのベッドの脇に緑子がもたれかかるように立っていました。

「お熱があるみたいなの」

とわたしの枕もとに倒れてきます。わたしは驚いて、緑子のひたいに手を当てると、たしかに熱い。首筋に汗をかき、息も苦しそうです。

わたしは汗を拭いてやり、冬用のピジャマを出して着せ、抱いてベッドの中へ入れてやりました。掛けぶとんとしてケットを二枚加えました。たぶん、風邪の引きはじめでしょう。こういうとき、お薬より、できるだけあたたかく体を包んで、汗をたんとかかせるのが一番なのです。母がよくそうしてくれました。おかげで、わたしは風邪で学校を休んだことがありません。

「大丈夫よ。こうやって眠れば、きっとお熱は下がるわ」

と励まします。

「お人形と一緒に寝ていい？」

「いいわよ」

「明かり、つけておいてね」

と緑子はいいました。

緑子は眠りにつき、わたしは彼女のそばに椅子を持ってきて、手を握って寝ずの番です。

緑子がときどきうわごとをいいます。五歳の女の子のうわごとがどんなに魅力的か、ご存知ですか。心をとろかさんばかりです。でも、それはうわべのことで、頭の中はどんな悪い考えに蝕《むしば》まれているか、分かったものではありません。もし何かが、do harm to her であれば……。

ひたいや首筋をガーゼのタオルでそっと拭いてやりますと、ちょっとむずかります。

でも、わたし自身が頑張りきれずに、ついうとうととっとして、はっとバネ仕掛けの人形みたいにそり返ることもありました。首筋の力が抜けて、頭が前に落ちそうになるのです。

何度目のことだったでしょうか。そり返った直後、わたしのまうしろで、物音がしたのです。

わたしは、それが、駒場コートにきて間もなく、真夜中、聞こえた物音と似ていることに気がつきました。何かを叩く音……、そうです、ミセス・バーネットが実演してみせてくれたあのラップ音なのです。

わたしは音のするほうをふり向こうとしたのですが、体が金縛りにあって、どんなに頑張っても動けません。

音は近づいてきます。わたしは恐怖でのどがしめつけられ、声を出すこともできません。

突然、その音が消えました。と同時に、わたしは何かがこの部屋に入ってきたことをさとりました。体は金縛りにあったままですが、どうやら目だけは自由に動かせるようです。

でも、何かがみえるというわけではありません。矛盾した言い方ですが、ただ気配だけを目で追いかけるしかないのです。

わたしは勇気をふりしぼって、その気配に立ち向かおうとしました。

「あなたは、誰？」

と呼びかけたのです。声となって、外にひびいたのかどうか、たしかではありませんし、反応らしきものも感じられませんでした。でも、その声は、わたし自身の耳には、自分でもびっくりするほどしわがれ、年寄りじみて聞こえました。

緑子はぐっすり眠っていました。

何かは、緑子のそばへ近寄ろうとしているのです。

わたしは、何かの気配を追って、視線をめぐらしました。そうです。わたしの体は金縛りで動けませんから、視線だけで対応しなければならないのです。

それは壁にそって動いて、――そうです、緑子同様、わたしもそれを追いかけるのです――、窓と窓の間にある姿見の前へとさしかかろうとしていました。わたしはとっさの判断で、視線の焦点をそれから鏡面へと移し替え、鏡面の中央に固定して待ったのです。

それが姿見の前にきた、と思ったそのときでした。鏡面がボーッとひとがたをした曇りを帯び、たちまち小さくなりながら、スーッと鏡の奥のほうへと消えていったのです。

室内にはもう、わたしが感じていた気配のひとかけらさえありません。わたしの体はやっと自由に動きはじめ、呼吸も軽くなったようでした。わたしも、何かを感知できるようになったのか……。

わたしは椅子から立ち上がり、姿見の前に行ってみました。もちろん、映っているのはわたし自身の全身像です。まるでにらみあいっこでもするように向かい合います。うしろで、緑子の呼ぶ声がしました。窓の外はもう灰色に変わりつつあります。緑子の熱はすっかり引いていました。汗をきれいに拭き取り、新しいピジャマに着替えさせ、もう一度ぐっすり眠らせました。

わたしは自室の荷物をもう一度解きました。もう一度、というのは、最初に駒場コートに来たときを一度と数えたからです。つまり、わたしは新たな気持で駒場コートに残る決心をしたわけです。

新たな気持というのは、ミセス・バーネットがおっしゃるように、緑子が何かにポゼスされているにせよ、あるいはわたしがポゼスされているにせよ、それが結果として何をもたらすのか、はっきりさせなければならない、それを成し遂げられるのは、このわたししかいないという不遜な決意のことです。

ふしぎなのは、野口についてです。腕をつかまれ、道玄坂の活動に誘われたあの夜のことがあってから、わたしは駒場コートに彼の粘つくような視線をあまり感じなくなったのです。新たな決意をして以来、なぜか、わたしは彼のことがあまり気にならなくなっていました。野口が駒場コートを去ったわけではありません。昨日などは、ケヤキの木に長い梯子《はしご》をかけて、大きな枝を剪り落としている姿をみかけましたから。

数日後、わたしはミセス・バーネットから、英語レッスンに参加している松濤の三輪夫人へおつかいを頼まれました。ジェイン・オースティンの『エマ』の原書を三輪さんにお貸しする約束をしていたのです。ところが、三輪さんが体調を崩されて今週のレッスンを欠席なさいました。そこで親切なミセス・バーネットは、軽い風邪だと聞きましたから、さぞベッドで退屈なさっているでしょう、こういうとき読むのには『エマ』がうってつけなんですよ、とおっしゃって、そのイギリスの女流小説家のぶ厚いご本をわたしに託されたのでした。

わたしが松濤へ出かけると聞いて、緑子がどうしてもついてゆくといってききません。奥様はお出かけですので、徳江さんにお伺いを立ててみますと、

「緑子さまもたまにコートのお外へ出るのもいいかもしれません。一高の構内を横切って行くといいわ。きっと銀杏の黄葉がきれいよ」

わたしは御仕着せをよそゆきのプリーツの入った黄色のワンピースに替え、緑子はレースの白いワンピースに薄手の桃色のカーディガンをはおって、とうとう念願のお出掛けです。頭にはお揃いの紺のボンネット型のお帽子です。緑子はジュモーのお人形をしっかり胸に抱いています。

一高のなかを横切りましたが、銀杏の黄葉はまだ六分ほどでした。野球場で、選手の

練習風景をしばらく見物したあと、緑子の手を引いて広い通りを渡ると、もう松濤のまちです。

以前、ミックロで手痛い失敗をした洋菓子屋さんの前を挨拶して通り過ぎると――遅ればせに申し上げると、お店の名前は勘九郎堂といいます――、すぐ五軒先が三輪夫人の家です。白い洋風木造のおしゃれなお宅です。ご主人は三井物産の上海支店に転勤になられ、現在、単身赴任中です。

三輪夫人は、緑子も一緒なのにびっくりして、どうしても上がって、クッキーとお飲みものを、とすすめられるのですが、緑子が早くおいとまして、まちを歩き回ろうと、わたしの手を外へ外へと引っぱります。

以前は紀州の殿様の下屋敷で、今は公園になっている柵ぞいに南へと下る道を進みます。飴売り、紙芝居屋、豆腐売り、子供たち、傘はりなどと出会い、そのつど緑子がついてゆきたそうにしましたが、わたしが引き止めました。

見上げると、空には鰯雲が浮かび、トビが四、五羽、旋回しています。

わたしたちは、渋谷のまちの喧騒がはじまる手前で引き返し、再びゆるやかな狭い坂道をのぼり、勘九郎堂でシュー・ア・ラ・クレームを二十個、大きな箱に詰めてもらいました。

先ほどの広い通りを渡って、一高構内に入り、運動場のへりの芝生に腰をおろして、学生たちの練習風景を見物することにしました。

　トラックでは、長距離走の選手が走り、コーナーのはずれで、短距離選手たちがスタート・ダッシュの練習をくり返しています。

　フィールドでは、走高跳びと三段跳びの選手が、まるで重力などなくなったかのように、高く、遠くへと跳びはねているのでした。

　空は晴れ渡って、相変わらずトビが旋回しています。あれは、さっき松濤でみたのと同じトビなんだろうか。鰯雲をさがすと、いつしかすっかり消えていて、別の新しい、もっと重々しい白雲が迫《せ》り出してきました。何だか怪しい気配です。

　緑子は、走高跳びや三段跳びをおもしろがって、選手たちのほうへ近づいてゆくと、学生たちが、

「やあ、お人形さんみたいにかわいい嬢ちゃんだ。抱いているお人形さんもかわいいや。どっからきたの？」

　などと声をかけてきました。

「あっちからよ」

　と緑子は運動場の東北の方角を指さしたのですが、それはわたしたちがやってきた方角とも、これから帰ろうとしている方角とも違っていました。でたらめを答えているのです。そこに大きな銀杏の木があります。

ところが、緑子はそのでたらめな方向に向かって、歩きだしました。芝生のフィールドを横切って、わたしからどんどん遠ざかってゆきます。

わたしは、緑子の視線が、前方のある一点に向けられているような気がして、急いで立ち上がると、彼女のあとを追いかけました。

そのときです。緑子がくるりとこちらを振り向き、持っていた人形をかざして、わたしにフィールドの向こうを指し示したのです。

鏡面の奥に消えた何かが、銀杏の木の前に立っていると思い、

「あのひとが、あのひとがいる！」

とわたしは声を上げました。

そのとき、頭上で、群れを離れた一羽のトビが、ピーッとひと声鋭く鳴き、急降下したかと思うと、銀杏の尖端すれすれのところで翼を翻して高く舞い上がり、空の奥深く吸い込まれるようにみえなくなりました。

わたしは身動きひとつできず、立ち尽くしていました。ふしぎな、しびれるような感覚に捉えられて。

フィールドの向こうに、あのひとはもういません。緑子がお人形を抱えて、駆けもどって来る姿がみえるだけです。

波打ちぎわの波が、砂にレースもようを残して引いてゆくのに似て、しびれるような

感覚は消え、わたしは何かから覚醒した思いでした。

そして、四、五秒ほどのち——どうしてそんなふうに時間を秒単位で数えられたのか、ふしぎでなりません、でもまちがいなく四、五秒のちなのです——、わたしは、これからどうすればよいか、具体的な方法がくっきりと頭に浮かんだのです。

もしあのとき、トビが鳴かなかったら、わたしはどうなっていたでしょうか。……わたしは、あのひとのほうへ……、よく分かりません。いずれにせよ、わたしにはまだ良いやり方がみつからず、いつまでも愚図愚図していたことでしょう。

空を翔ぶものには、地上のわたしたちにインスピレーションを与えて、問題を解決へと導く不思議な力があるのだと思います。

15

駒場コートの秋風には色があるように感じられます。どんな色かと問われると、答えるのはとてもむずかしいのですが。

この頃わたしは、ひとりでコートの中を歩き回るたのしみをみつけました。いくつもの入り組んだ小径、万里の長城のような生垣、ざわめく大枝、小波たつ池、思いがけないところに現れるあずまや、さまざまな良い香り、厩舎のにおい、近づくのが怖いようなものかげなどに魅了され、時が経つのを忘れてしまうこともしばしばでした。森の南のはずれに立つと、駒場野の南斜面から池尻、下馬、上馬、はるか駒沢へと伸び広がっている武蔵野段丘の眺望が得られます。

時には、思いがけない闇に遭遇して、小さな悲鳴を上げて逃げ帰ることもあるのですが、たいていの場合、エプロンいっぱいに、滴のついた草花や秋の枝を手折って持ち帰り、お部屋に飾ります。

コートをひとりで歩き回るという行動には、わたし自身の心の中を散歩するという側面も含まれています。

こうして、散歩を重ねるうち、決行の時が近いことを予感し、心が昂揚してゆくのを覚えました。不遜なことを申しますと、クーデタを起こした将校さんがたの心持ちも、このようなものではなかったでしょうか。もちろん、あのかたたちのお庭は、わたしなどと較べものにならないほど広大なものだったでしょうけれど。

そして、決行の日、その庭はぎりぎりの狭さまで縮められたはずです。

昂揚が、あの日の大雪を降らせたのかもしれません。

さらに不遜を重ねさせていただけば、二十一名の将校さま――その中にはむろん、ゆきのさんのご主人も含まれています――、彼らの心の昂揚が弥増《いやまし》に増したのは、決行のときよりも、逮捕と軍法会議・裁判の過程で、陛下からの「善し」のお言葉を待ちつづけていたときではなかったでしょうか。

「Good men!」と。

そして、お言葉は遂になく、七月十二日、方々《かたがた》は刑場の露と消えたのですが、発射された銃弾が胸を、こめかみを撃ち貫くまでの一瞬のうちに、みなさまの昂揚が憤怒、怨嗟に変わっていたのではと考えることもできましょう。

ゆきのさんはきっと、代々木のご自宅で、小さな木彫りの観音像に手を合わせながら、その瞬間を想像し、ご主人の抱《いだ》かれた様々な感懐と一体となられたのです。

刑場は宇田川町ですから、すぐ近くです。銃声が聞こえたかもしれません。

わたしもまた、わたしの心の庭を歩き回りながら徐々に縮めてゆきます。もはやその動きを止《とど》めることはできません。やがて、決行の時がやってくるでしょう。

わたしの場合、日付は検事様がよくご存知のことですし、歴史的事件でも何でもありませんから、何月何日と申し述べてもほとんど意味がないように思います。ただ秋の一日としておきましょう。

天高く、風もないのに樹冠ばかりがふしぎに強くざわめき立っている午後でした。

わたしはすばやく台所に忍び込み、トビの鳴き声を聞いたとき浮かんだ、具体的な方法を実現するための道具を物色しました。それは、窓ぎわの棚に、まるで用意されていたかのようにありました。調理用のプチナイフ。

わたしは緑子を連れて広庭の芝生のほぼ中央に、折りたたみ式のテーブルと小椅子を持ちだし、勘九郎堂のバウムクーヘンとお紅茶をいただくことにしました。ミセス・バーネットを誘うことも忘れません。

バウムクーヘンをいただきながら、ミセス・バーネットは先日、神戸へ旅行してきた印象を語ります。彼女にいわせると、芦屋から神戸、須磨、明石へとつづく六甲山南麓のゾーンは、人間が暮してゆく場所としては世界で一番なのだそうです。前に広がる大阪湾と淡路島、瀬戸内海は、世界で、Mediterranean、地中海と呼ばれる条件を備えている海の中でも最も美しく、完璧なものだ。かつあまたの地中海の中でも、その内部に多島海を含むという類い稀な絶勝の地ということになります。

ミセス・バーネットの夢は、息子のロバート夫妻をオーストラリアから呼び寄せて、余生を神戸で過ごすことです。

関西の海辺はどこも白砂ですが、関東の海はいけません、みな黒い砂です、と吐いて捨てるようにいいます。それにあの本棚を土埃だらけにしてしまう春一番。たしかに茅ヶ崎の浜も大磯も江ノ島も由比ヶ浜もみな黒い砂ですね。

わたしもいつか白砂の海辺の近くに暮してみたい。そして、すぐうしろにはせめて五百から千メートル級の高さの山が控えている、そんな場所……。

わたしは、決行のときが間近まで迫っていることを全身で感じていました。

どこかからハンミョウが飛来して、テーブルの上を翔び回っています。小さな昆虫ですが、緑色に赤い線と黄金《こがね》の斑点が入っていて、とてもあざやかです。緑子は虫を怖がりません。

視線を上げて、ハンミョウの飛翔を追いかけています。

「Oh! Tiger beetle」

とミセス・バーネットが声を上げました。

そのとき、緑子がさっと右手の平をかざしたのです。すると、ハンミョウはみごとに彼女の手の中におさまりました。何という早技！

わたしたちの賛嘆の言葉をさらりと受け流して、緑子はハンミョウを右手の中につかまえたまま、立ち上がりました。そして、迷うことなくニレの木のほうへ歩きだしました。

わたしとミセス・バーネットは彼女をじっと見守ります。

緑子はゆっくりニレのかげに入ってゆき、二、三メートルはなれた位置に立っている何かに軽く会釈して、立ち止まったのです。そして、相手に向かって、ハンミョウをあげようとでもいうのでしょうか、右手を伸ばし、結んでいた手の平の指をゆっくり開きました。すると、ハンミョウは彼女の手の中にしばらくじっと止まっていましたが、やがて舞い上がり、頭上で自由な飛翔をしばらくつづけたあと、木立の中へと消えて、みえなくなりました。

わたしの庭は嵐に見舞われ、木々は倒れ伏し、根こそぎにされんばかり。天は何という試練をわたしに与えようとなさるのでしょう！　わたし自身が根こそぎにされようとしているのです。そのときでした、もう一度トビの鳴き声がひびいたのは。

わたしは、伏せていた顔を上げ、ミセス・バーネットに目で合図を送ると、ゆっくり椅子から離れました。

足音をしのばせて、背後から緑子に近づいてゆきます。緑子は心を奪われていますから、わたしの接近に気づきません。

あらかじめ決めていたとおり、正確に一フィートの距離から、わたしは緑子をぱっとつかまえ——そうです、さきほどハンミョウをつかまえた緑子の早技をまねて——、抱き上げました。

緑子は声も立てず、抵抗もしません。

わたしは、プチナイフを前掛けのポケットから取り出し、緑子に向かって、振りかざしました。ナイフが日ざしをあびて、きらりと光るのが分かります。

わたしは一方の視野に、オーッと叫びを上げ、口もとを両手で押さえて立ち上がるミセス・バーネットの姿をとらえました。彼女は、わたしの意図を察したのです。

あなたがプチナイフを振りかざした瞬間、とミセス・バーネットはのちに語ってくれました。……わたしはあなたが何をしようとしているか、気がつきました、と。

わたしは目を閉じ、天に祈りながら、緑子に向かってかざしたナイフを握った手にさらに力を加え、振りおろそうとしました。突然、わたしは、右手に、世界じゅうの重力がいっせいに集中したかのような抗しがたい圧力を感じ、思わずナイフを取り落としてしまったのです。

何かが、わたしの腕をへし折ろうとした……。

わたしは、ミセス・バーネットが駆け寄ってくる姿はみたのですが、反対側から、猛然と突進してくる野口には全く気がつきませんでした。

野口は、激しくわたしを突きとばし、わたしの腕から緑子を奪い取ると、館のほうへ走ってゆきます。

わたしが呆然と、彼らを見送って立ち尽くしていると、すぐそばで、ミセス・バーネットの激しい息づかいが聞こえました。

わたしはふり向き、彼女の青いふたつの目をしっかり見定めて、

「It did good to her!」

とはっきりいいました。

そこでわたしの緊張の糸は切れ、ミセス・バーネットのほうへ倒れ込んでゆきました。

彼女は、わたしをしっかり腕に抱き取ってくれたのです。

お邸の中は大騒ぎになりました。野口が嬉々として、みんなのまわりをとびはねながら、声高に目撃したことをしゃべり散らしています。

緑子はすでに徳江さんが二階へ連れていって、二人で部屋に閉じこもっています。執事の奥村さん、米松さんや他の男の使用人たちも駆けつけ、バルコニーに集まっていました。

わたしはミセス・バーネットに抱きかかえられるようにして、さきほどの庭の小椅子にたどり着くと、うなだれてすわっていました。でも、わたしの心は穏やかそのものでした。晴れやかといってもいいかもしれません。だって、やるべきことを成し遂げ、それが良い結果に終わったのですもの。

執事の奥村さんがわたしを呼びに来ました。

「あんたの言い分も聞いておかにゃならんからね。野口は、これは殺人未遂だ、あんたが緑子お嬢さまをあやめようとなすったといっておる。警察を呼んで、引き渡すべきだと」

「Oh, no!」

とミセス・バーネットが立ち上がりました。でも、それ以上、言葉が出てきません。

わたしの内心は喜びでふるえているのですが、まわりはわたしに対する怒りと批難で騒然としています。

わたしは、ミセス・バーネットから引き離され、バルコニーに引き立てられて、厳しい弾劾を受けることになったのです。

目撃者は二人しかいません。ミセス・バーネットと野口です。でも、ミセス・バーネットは興奮していて、

「She's innocent!」

と叫ぶばかりです。

侯爵夫妻がおでましになりました。野口の訴えを聞いた奥村さんが、お二人にあらましを報告しております。

わたしが緑子に向かって振りかざしたプチナイフは現場に落ちたままでしたが、野口が抜かりなくすぐに取って返して、拾ってきていました。それがいま、奥村さんの手にあります。わたしが緑子を傷つけようとしたことの疑いようのない物的証拠です。

江藤さんと芝さんは、そのナイフをみて、小さな悲鳴とともに互いに駆けより、抱き合って、泣きだしてしまいました。

「緑子と仲の良かったあなたが、どうして？」

と奥様は事態がうまく呑み込めない様子で、嘆きの声を上げられました。

侯爵はさすがに落ち着いておられて、

「バーネット先生もそばにおられたのだから、野口のいうことばかりでなく、先生のお

話もうかがわなければ、公正とはいえない」

とおっしゃり、ミセス・バーネットに説明を求めました。

でも先に述べたように、わたしとは対照的に、ミセス・バーネットはいつになく取り乱して、紅い頬を、ワインをいただいたときよりもいっそう紅く染め、日本語が出てこないため、早口の英語でまくしたてるのですが、その内容が侯爵にも奥様にもよく聞き取れません。

野口は執拗に警察を呼ぶことを主張しています。とうとう奥村さんが、

「凶器のナイフもこのとおり、ここにあることですし……」

と暗に野口に同調しかかります。

でも、侯爵はうんといいません。

七月七日の盧溝橋事件によって、日本と支那は全面戦争に突入しましたから、この非常時に、侯爵邸での不祥事が公《おおやけ》になるのは、陸軍中将としての侯爵の体面にもかかわります。

侯爵のお気持はよく分かるのですが、わたしの気持は少し違います。もしこの事件が内輪で処理されるようなことになれば、わたしの弁明は、駒場コートのみなさんの間に一時《いっとき》波紋を引き起こしはするでしょうが、やがて忘れ去られるでしょう。

では、いつか将来、緑子が、自分自身の身にふりかかったきょうの出来事の実際を知

ろうとしても、だれがそれを正確に伝えることができるでしょうか。事件が風化してしまい、凶行の茫漠とした記憶としてしか残らないのであれば……。

「警察を呼んでいただけないでしょうか」

わたしはあたりにひびき渡る声でいいました。

わたしはこう考えたのです。警察に連れてゆかれて、わたしは厳しい取調べを受けることになるだろう。でも、わたしの供述は必ず記録され、調書となる。もし起訴され、裁判になれば、わたしの供述は記録にもとづいて公のものとなる。

記憶は風化し、やがて消えてしまうでしょう。でも、調書は残る。いつか将来、緑子がそれを読む機会が万に一つ、おとずれるかもしれない。わたしはその可能性に賭けたい。

動機はどうであれ、わたしの行為は野口のいうとおり、殺人あるいは傷害未遂に当る。わたしは有罪となり、刑に服することについて、何の怖れも感じていませんでした。

警察を呼ぶことについて、わたしと野口の考えは一致し、それを執拗に主張する点も変わりません。そんなわたしの態度に、まわりの他の人たちより、野口がいちばん驚きと戸惑いを隠せないようすでした。

渋谷警察署の警官が三人、自転車に乗って、駒場コートにやってきました。侯爵が警察車を使用しないよう要請したからです。警察が入るのは、コートはじまって以来のことだそうです。

こうして、わたしは、おまわりさんの自転車のうしろに乗せられて渋谷警察署に連行されたのです。

検事様のご指示に従って、今回の事件については、わたしが申し述べることのできる、これがすべてです。付け加えることは何もありません。

16

最初の約束どおり、検事様はいっさい口を挟んだり質問もされず、長々としたわたしの話をしまいまで聞いて下さいました。そして、こうおっしゃいました。

「お前のいっていることは、米人のミセス・バーネットの証言と符合している。奇妙な話だが、お前に危害を加える意図がなかったことはほんとうだろう。

しかし、だれもが誤解するようなことを、あえてしたお前が軽率だったのはまちがいない。起訴はしないから、今後、子供に会わないほうがいい。ポゼッションの問題は、ミセス・バーネットと侯爵夫人らに任せて、身を引いたほうがよくはないか」

17

わたしは釈放され、駒場コートには寄らず、いったん茅ヶ崎の実家にもどることにしました。

父と母は、何か事情があることを察したでしょうが、詳しいことはたずねません。わたしは、それをとてもありがたく思いました。わたしが帰ってきたことに素直な喜びを表してくれたのです。きっと淋しかったのでしょう。

甘党の父には、道玄坂の萬年堂のアンミツをおみやげにしました。黒蜜がたっぷりのミックロです。母へプレゼントのつもりだった牡丹の花の刺繍は、駒場コートでは結局仕上げることができませんでした。よくみると、いろんなところにアラが目立って、やはり集中していなかったことが歴然としています。わたしはやり直すことにしました。

駒場コートへは、本郷の親戚に、お詫びとおいとまをいただく旨の挨拶に出向いてもらいました。

実家で、母に随《つ》いて家や菜園の手伝いをしながら、牡丹の花の刺繍に打ちこみ、完成させました。我ながら上出来だと思います。母の賛嘆の声を聞くことが、どんなに慰めになったことでしょう。

ある晴れた日、わたしは、ひとりで浩平の眠っているお墓にお参りしました。相模湾のみえる墓地です。秋ですから、黄色の小菊を手向けました。

浩平ちゃんに何か話しかけようと思ってきたのですが、お墓の前で、手を合わせていると何も浮かんできません。なんだか心の中にぽっかり穴が開いたみたいで、そこに言葉が吸い取られていってしまうのです。でも、それが虚しいとか悲しいとかの感情を呼び醒ますわけではありません。

18

わたしは、侯爵ご夫妻、奥村執事、徳江さん、ミセス・バーネット、江藤さん、芝さんそれぞれにお詫びの手紙をしたためました。奥村執事と徳江さんには、お許しがえられれば、ご都合のよろしい日時に、おいとまのご挨拶にお伺いしたい旨書き添えました。

折り返し徳江さんから手紙が来て、一週間後の土曜日の午後を指定してきました。

「是非お越し下さい。いまでは、だれもあなたのことを悪くいう者などおりません。おいでの折は、どうぞ正面玄関から、と御奥様がおっしゃっておられます」

その日、大磯の新杵《しんきね》のお饅頭をおみやげに——新杵の大福は伊藤博文公の大好物でした——、駒場コートにうかがいました。

帝都電鉄を駒場の駅でおり、線路ぞいを池ノ上のほうへしばらく行くと、右のほうへゆるやかにカーブしながらの坂道となります。この坂をはじめてのぼったのが一月十五日でした。あれからまだ一年もたっていないのに、あまりにも遠い昔だったような気がしてなりません。できてまもない日本民藝館の白壁と大谷石の塀を右にみながら、お邸の森が近づいてくると、わたしの胸は不安で震えだしました。門を入ると、しばらく白い玉砂利の道がつづきます。わたしの駒下駄が砂利にきしむ音が、両側の紅葉したカエデや黄葉のポプラの木立にひびきます。お館がみえてきました。

はじめて駒場コートへうかがったとき、どこからか乗馬服の若い男性が現れて、道を教えてくれたのはちょうどこのあたりでした。あれ以来、おみかけしていませんが、きょう、お別れに上がったこのときこそ、もう一度お目にかかれるのではないかと、わたしはひづめの音に耳を澄ませたり、左右をふり返ってみたりします。それから、急にそんな自分が滑稽に思えて、つい一人笑いが込み上げてくるのでした。

正面玄関を前にすると、臆する気持が昂じて、ついついうつむきがちに近づいて行ったのですが、ふいにわたしの名前を呼ぶ声がして、顔を上げると、車寄せに徳江さんと奥村執事がにこやかな表情で立っています。

「よくいらしたわ。お変わりなくて？」

「はい、ありがとうございます。その折はほんとうにご迷惑をおかけ致しました」

わたしは羽織を脱いで、深々と頭を下げました。

「さあ、お入りなさい。どうぞ、この上履きを。みなさん、お待ちかねよ」

その上履きはレース模様の入ったお客様用の美しいもので、わたしは一瞬、履くのをためらったほどです。

二人のあとについて行きます。ホールの「アエネアス物語」のタピストリーの前を過ぎるとき、わたしはディドにまなざしで会釈を送りました。

驚いたのは、案内されたのが小応接間だったということです。ここは侯爵のごく親しい、大切なお客様をお迎えする部屋で、例えば東久邇宮《くにのみや》ご夫妻、奥様のご実家の酒井伯爵ご夫妻、近衛文麿ご夫妻といった方々がおくつろぎになる場所でした。

小応接間に入ると、江藤さん、芝さんがいて、わたしに駆け寄ると、目をうるませて、

「お元気そうでよかったわ！」

と肩を抱き寄せてくれます。

奥様がおみえになりました。

「さあ、みなさん、どうぞおかけあそばせ」

奥様はめずらしくお着物で、細かなシボの入った紺の御召《おめし》です。とてもおきれいで、

よくお似合いです。わたしはというと、母に手伝ってもらって縫い上げた木綿絣《がすり》の袷《あわせ》。それを奥様がほめて下さったのです。

「すてきね。お似合い。ご自分で？　お器用でうらやましいわ」

勘九郎堂のロールケーキとお紅茶のポットが運ばれてきました。

少し気づまりな沈黙が漂うなかで、奥様がお紅茶をわたしのカップに注がれる音だけがひびきます。わたしの胸の鼓動が速くなり、膝が小刻みに震えて、止めようにも止まりません。こっそり入口のほうをちらちらと盗み見るのですが、緑子は現れません。それに、ミセス・バーネットの姿もみえないのはどうしたことでしょう。奥様の声が聞こえます。

「どうぞ、お紅茶を召し上がれ。……そんなにあなたが思い詰めていたのなら、わたしにひと言、相談してくれればよかったのに」

と美しい眉を上げて、わたしにやさしいまなざしを向けられました。

「バーネット先生が、わたしにゆっくり説明してくれて、事の次第は分かったわ。あんまり意外な話で、はじめはとても信じられなかったのだけれど……」

どうしてこの場にミセス・バーネットと緑子の姿がないのでしょう。わたしの胸は張り裂けそうです。

最後に、もう一度だけ、お目にかかって、緑子に詫び、ミセス・バーネットがいまもわたしを信じてくれていることを確認したい、それが今回の訪問のほんとうの目的だったのです。勝手な思い込みといわれてもしかたありませんが。

再び奥様の声です。

「あなたが警察へ連れてゆかれてから半月経過しているけれど、わたしやバーネット先生の目からみて、緑子にはまったく不審なようすがないの。何かが憑いていたとしても、それは落ちたのかもしれないわね。あなたがいないことが……」

わたしは深くうなだれて聞いていました。そして、もうこれがしおどきだ、と悟ったのです。これ以上待っていても、つらくなるばかり。

わたしは腰を上げました。

「お会いいただけて、ほんとうにありがとうございました」

「そう、よく来てくれました。また遊びにいらっしゃいとは申しませんが……」

わたしは目礼して立ち上がると、両手を重ねて深くお辞儀をしました。

みなさんが玄関ホールまで出てきて、徳江さん、奥村執事、江藤さん、芝さんたちと別れの挨拶をして、沓《くつ》脱ぎに足をおろそうとしたとき、足音がして、ふり返ると、ミセス・バーネットに手を引かれた緑子が階段を駆けおりてくる姿がみえるではありませんか。

「Oh! 間《ま》にあった」

ミセス・バーネットが叫びました。

緑子がミセス・バーネットの手を振り切って、うれしそうに走り寄ってきます。わたしは、両腕を広げて、思いきり彼女を抱き締め、

「お嬢さま、どうかお元気で！」

といいますと、緑子はわたしの胸の中で涙が止まらなくなりました。

それから、緑子は爪先立って、わたしの首を強く抱き締め、耳もとでそっとささやいたのです。

「さよなら、ゆきの」

この世でいちばん冴えたやりかた

約束よ

1

あなたがわたしの知らないひとのお葬式に行くことに反対はしないわ、と妻のまさるはいった。妙な言い草だ、むしろ言いがかりに近いと夫の雅美《まさみ》には思えて、結婚このかた参列した葬式というものをそらで数え、点検してみると、意外やたしかにこれまで亡くなったのは互いに交誼《こうぎ》の深浅に差はあるものの共通の知人、縁者ばかりだった。参列するのはふたり揃ってでなく、どちらか片方という場合はあったが。ふたりは、女みたいな名前と男みたいな名前を持った夫婦である。互いに三十代も半ばを過ぎると、日々、数える出来事も多くなる。

するとまさるの言い分は正しいわけだ。亡くなった頼《らい》という男と夫の雅美はそれほど親しいわけでも、長い付き合いがあるわけでもなかった。それでも出かけなければならぬと決めたのには理由《わけ》があるが、それはさておき、とにかく彼は頼の葬式に出かけていった。

式場は横浜の保土ヶ谷駅近くの私営の葬祭場で、祭壇までの砂利道に残《のこん》の雪が大きなドブネズミのように連なっていた。映画会社やプロダクション、テレビ局の社長の名が仰々しく入った供花や樒《しきみ》が並んでいる。頼は、昔、映画の黄金期、大手五社の一角を占めていて、映画産業の衰退で何度かの倒産劇をへたあと、そのときの社名とトレードマークだけが辛うじて残ったプロダクションのチーフ・プロデューサーだった。彼が製作する連続テレビドラマのヒロインの職業が、歩道のガードレールや歩道橋や防波堤の波消しブロックのデザインを手がけるインダストリアル・デザイナーだった。どういう経路で舞い込んだのか、いまではははっきりしないが、シナリオの段階で雅美にアドバイスを依頼してきた。クレジットに彼の名が出るという。

三、四度、東銀座にあるそのプロダクションに出かけ、意見を述べた。打ち合わせのあとは食事、そして銀座のクラブという彼らのお決まりのコースである。雅美も誘われて、その都度同行した。頼の自宅が保土ヶ谷区桜ヶ丘なので、用賀に住む雅美は途中までタクシーに便乗して送ってもらった。

頼に子供はいないと聞いていた。雅美は、祭壇の右隣に寄り添うようにして立っている彼の妻の姿を見出した。まさに見出したといってよい。すらりとして、喪服姿のよく似合う女だった。襟足の美しさが際立《きわだ》っていた。頼が夫人のことを口にしたり、仄《ほの》めかしたりしたことはない。

参列者が順番に焼香して、合掌して去ってゆく。雅美はいつまでも列の最後尾についた。つまり、彼のうしろに誰かが並ぶと、列を抜けてうしろに回る。こうすれば不自然でなく、頼夫人の姿をいつまでも眺めていることができるわけだ。そして、いつかは彼女のすぐそばまでゆける。

ついに彼が最後の焼香者となった。焼香台の前に立ったとき、雅美はむせ返るような焼香のにおいの中から、ひと筋の意外な甘い香りを嗅ぎ分けた。

ふり向くと、うつむいた夫人の細長く、青白いうなじが目を射る。柔らかなほつれ髪が、微かに風にそよいでいる。焼香ではない一筋の香りはたしかにそのあたりからくる。抹香をあざわらうような甘く切なく、奥歯をぎゅっとかみしめたくなるような香りである。しかし、微かである。雅美は、意外なその香りをしかととらえ切れないもどかしさに駆られながら、型どおりの焼香をすませた。

踵《きびす》を返して、今度は左側の視界に夫人の姿をとらえ、もう一度その香りを嗅ぎわけてみる。立ち止まることはできない。頼夫人の美しい立姿と、名付けようのない香りが、逃れ去るもの特有のもどかしさと諦めをともなって、雅美の脳裡に焼きつけられた。

帰宅すると、リビングのソファにまさるがいた。ソファは骨が鉄でできたプルーヴェのもので、雅美がニューヨークで買ってきたお気に入りだった。以前はよく、ふたりはこのソファの上でセックスをした。

まさるは、週のうち二日は郊外の私立大学へ非常勤で国文学の講義をしに通っている。専門は平安期の文学、なかでも『堤中納言物語』が主たる研究対象だが、専任の教員になる気はなかった。ちょっと風変わりな少女だった彼女は、祖母の本箱からこっそり取り出して読んだのがきっかけで、小学生上級ごろから岡本綺堂《きどう》や野村胡堂《こどう》の捕物帖の熱烈なファンになった。ひとりで、部屋でハンガーを十手《じって》にみたてて、御用、御用だ、とやっていた。高校生になると、捕物帖を卒業して、「鉄仮面」に夢中になった。きっかけはやはり祖母の本箱にあった黒岩涙香《るいこう》の『正史実歴・鉄仮面』で、そのあと、学校の図書館で、デュマの『鉄仮面』、久生十蘭《ひさおじゅうらん》の『真説・鉄仮面』をみつけて読んだ。

それぞれ鉄仮面の正体が違う。たしかに、ルイ十四世治下のフランスに、仮面をつけられて三十年間幽閉されていた四人がいたことは事実らしい。ただ正体は最後まで分からなかった。ルイ十四世の双子の弟説やフーケ財務卿説、あるいは大逆者説など諸説紛々。バーナード・ショウは、この世の中でいちばん知りたいことは、鉄仮面の正体だ、と書いている。まさるは、パリに本部を置く「世界鉄仮面学会」の日本人でただ一人の会員である。『堤中納言物語』は面白い。鉄仮面の正体捜しはもっと面白い。

週二回の大学の他に、最近週一回、セラピーに通いはじめていた。カウンセリングとアロマセラピーをドッキングさせた、新手《あらて》で非公開の、女性専用の精神療法クラブで、口コミだけでひそかに患者を増やしている。

「日本の小説って、随筆なんかもそうだけど、ぜーんぶ外国種。粉本《ふんぽん》があるんです。粉本がなくては、何も書けないのが日本語なの。尾崎紅葉の『金色夜叉』や『三人妻』は英米のダイム・ノヴェルズの翻案だし、黒岩涙香の『鉄仮面』はボアゴベのもの、岡本綺堂の『半七捕物帖』はシャーロック・ホームズ。だって、日本語そのものが、中国語の翻訳みたいなものですものね。枕草子も雨月物語も奥の細道も。わたしが、みんな粉本を捜さなくてはならないの。わたしがやらなくてはって、そんなふうに考えずにはいられないの」

「きりがないのね」

品のいい、知性を感じさせる端正な顔立ちのセラピストが応じる。年齢はまさるよりかなり若い。

「そう、きりがないの。いいかげんにしたいのだけど、それを考えると眠れない」

「でも、それはあなたのご専門だから。わたしはむしろ、学者の良心の発露だとおもうわ」

「そうかしら。でも、一番最近考えていて、逃れられないのは、中国の黄砂のことよ。先生、今年は特にひどかったのごぞんじ？」

セラピストはうなずき、

「でも、天然現象だから」

「いいえ、人災なのよ。乱開発で、中国北部の内モンゴルや黄土高原の急速な砂漠化のせいなの。中国では一九九〇年代から一年間に二十五万ヘクタールのペースで砂漠が増えつづけているんですって。毎年、神奈川県ぐらいの広さの土地が緑を失ってゆくのよ。もう北京のそばまで砂漠が押し寄せてきているの。どうしたらくいとめられるのかしら？」

「あなたの考えって、いつも数とか広さとか重さが増えてゆくものにつかまるパターンね」

「ええ……、でも、先生」

「先々週は、地球上の海岸線の長さを厳密にはかると、どうなるかということだったわ。岩の小さなくぼみひとつ逃さず測ってゆくと、ほとんど無限の長さになってしまう……。そろそろそういった考えから離れてもいいころね」

「どうしたらいいかしら？」

「感覚で悩んでみることね」

「感覚？」

「せっかく神さまからいただいた五官を働かせて、いろいろ……、数や論理で捉えられないもの、そういうものに感覚を働かせてみたらどうかしら。アロマセラピーはもちろんそのひとつ。匂い、香り、感触、味覚……、セックスはそれらの総合ね。セックスはどう？」

「どうって？」

「ご主人とは……」

「順調とはいえないわ」

「あるの、ないの？」

「……ないわね。触られるのがいやなの。彼のあとでお風呂に入るのがいちばんいやね。それがきっかけかな」

「もっと精神的なきっかけがあったはずよ」

まさるはうつろな目を向ける。視線を自分のひたいの裏側に向けているからだ。ものを考えるとこうなる。

「ないわ。精神的なきっかけなんてないわ。わたしを裏切った徴候はなかったし。いまはわかりませんよ。とにかく、彼のからだの脂らしいものがお湯の表面に浮かんでるのをみたときからよ」

「それまでは楽しんでた？」

「そうね。まあそれほどいやではなかったわ。わたしのほうから誘うことも多かった。リビングのソファで……」

まさるは頬を赤らめる。

「彼は誘ってくる？」

「ううん、最近は誘わない」

「たぶん、あなたが触られるのをいやがっているのを彼も察したんでしょう」

「違うと思うわ。わたしの食べかけを食べなくなったのは彼のほうが先だわ。わたしが彼の食べかけを食べなくなったのはもう少しあと。とにかく、今はもうお互いにそんな気になれないの。ときどき、ひとりでプルーヴェのソファにすわってると……、そうそう、ソファのことを話してなかったわ。彼のご自慢の真っ赤なやつなの。そこにすわっていると、ああ、ここで何回やったかしらって。まあ、やっただなんて下品ね」

「いいのよ。もっと下品におなりなさい」

セラピストは、深い水溜りのような目をまさるに向ける。

「最近ね、もうひとつ悩んでることがあるの」

「どうぞ」

「わたしって色々悩んで、詮索《せんさく》したり、複雑な話を考えついたりするでしょう。ほとんど根拠なんかない妄想なのに、考えた時間がもったいないから、捨てたくなくなる。信じたくなっちゃう。すると、そういう話がどんどんたまっていって、頭の中が満杯になって、この先どうなるのでしょう……」

「また数が増える問題なのね」

2

まさるは、セラピーに通いはじめたことを夫に説明してある。しかし、中身までは、例えば先のようなやりとりがセラピストと交わされていることは雅美に話さないし、話すこともできない。

雅美にも似た事情があった。頼の会社にアドバイスを頼まれたことは説明したが、その頼の葬式に正式な喪服で出かけなければ気のおさまらないそのわけは何も話さないし、話しにくいものがあった。

去年の暮も押しつまったある日、雅美は打ち合わせを終えてから、頼に例の銀座七丁目のビルの四階にあるクラブに誘われた。今日でアドバイスは終了である。しかし、いつもは五、六人で繰り込むところがなぜか頼と二人だけになった。ホステスはすでになじみのみどりと新顔のアンがついた。

アンと名乗った女は、美しい顔立ちだが、声が低くかすれていて、雅美はニューハーフではないかと疑った。彼女は帰国子女だという。どういういわくの帰国子女であるかは口をつぐんだきりなので、深くきかなかった。

よし、帰国子女に漢字のテストだ、と頼はいった。ところが、案に相違して、アンが、蝦蛄《しゃこ》という字も麝香《じゃこう》という字も書けたのには雅美も頼も驚かされた。

ふたりがそろそろ席を立とうかというころ、突然、アンが、お正月には浅草の観音さまにおまいりがしたいといいだした。

「帰国子女がどうしたんだい？　日本回帰か、それとも外人さんのつもりかい？」

頼がからかった。

「違うの。なつかしいのよ。あたし、浅草生まれだもん」

「へえ、浅草生まれの帰国子女か。ひとりで行きゃいいじゃないか」

「行きかたがわからないの」

アンの顔をみて本気だとわかった。

浅草なんて何年ぶりだろう、いや、二十年がとこごぶさたかな、と頼はいった。雅美はまるでなじみがない。しかし、頼は忙しい。手帳を繰って、一月七日なら連れていってやろうということになった。その場のなりゆきで、雅美も加わることになった。女はアンとみどり。一月七日、待ち合わせ場所と時間は追って頼より連絡する。

「ねえ、約束よ」

とアンはいって、頼に指切りげんまんまで要求した。はしゃいで、真剣な割に、はたでみていて、ふわっと力のないアンの小指の曲がりぐあいだった。

雅美は、浅草行きをすっかり忘れて正月を過ごした。一月四日の夜に、まさるが、一月七日は友人と食事の約束があって出かけるというのをきいて、七日といえば……、とアンとの約束を思い出した。クラブホステスとの約束なんて、本気で実行すべきかどうか、相手だってその場かぎりの感興からのものだったかもしれない。それにイニシアティヴはあくまで頼である。雅美は指切りげんまんをしていない。しかし、一応七日の午後からはあけておくことにする。

六日の夜遅く、頼から電話がかかった。

「明日の浅草行き、私、どうしても都合がつかなくなりました。延期してもらえませんか」

頼は忘れてはいなかったのだ。

「私はいいですよ、しかし……」

「そうなんです。ところが私は生憎《あいにく》、アンとみどりの携帯の番号のメモをどこかにやってしまった」

「番号なら、私ももらってますよ。待ってください」

「いえ、ちょっと待ってください。私のほうから掛けてる場合じゃないんです。すみませんが、あなたからアンに一週間延ばしてくれと連絡しておいてもらえませんか」

どこかを車で移動中で、慌てているらしく、こちらの返事も聞かないうちに電話が切れた。雅美はしかたなくアンに電話した。彼女は店にいて、あっさり承知してくれた。一週間後ということは、十四日か十五日ね。みどりさんにはわたしから伝えとくわ、とアンはいった。これで任務は果たした、一週間後はまたどうなるかわからない。雅美はそんなふうに考えた。

十三日になって、頼から電話がかかってきて、十五日の浅草観音まいりの待ち合わせ場所と時間を決めた。アンとみどりに連絡しなければならないんだけど、やはりメモが出てこない。おかしいんです。最近、いろんなメモが身の回りから消えてゆく。私の頭からも。アンの携帯電話番号を教えてほしい。

翌日、再び頼から電話があった。ずっとアンの携帯を呼んでいるのだが、留守電サービスになったままだ。メッセージをその都度入れてあるが、折り返してこない。雅美は、店に電話をしてみてはと勧めかけたが、それはやめて、では私がみどりさんにかけてみましょうといった。

みどりはすぐ出た。名乗って、浅草行きの件だが、と切り出したが、彼女から反応がない。こちらがだれなのかすぐに思い出せないのかな、と戸惑いつつ、とにかく頼が指定した場所と時間を告げる。受話器から耳へ、ひやりとする沈黙が押し寄せる。

そのしじまの中から、いきなりどきっとする声が発せられた。

「アンは死んだの」

アンは七日の夕方、自宅ワンルームマンションの屋上から飛びおりた。松戸の両親が入っている公営の老人ホーム付設のメモリアル・ルームで告別式があり、みどりは店のママとお焼香してきた。

自殺の原因はわからない。心当りのある人間はひとりもいない。浅草生まれというのはほんとうだ。アンが三歳のとき、父親の仕事で家族でLAへ行った。かつて帰国子女だったというのもほんとうである。十六歳のとき帰国した。

帰国子女という言葉は、厳密には、海外勤務者の子女で、一年以上海外に在留し、前年四月一日から当年三月三十一日までの間に帰国した児童生徒のことをいうらしい。つまり帰国子女という言葉の有効期間は一年間である。アンは十年前、たしかに帰国子女だった。その後どういう生き方をしてきたのかは定かではない。

みどりは告別式でふしぎな話をきいたという。――アンがエレベーターに乗って、最上階の十階でおりるまで、目撃者はいなかったが、エレベーターの防犯用モニターカメラが彼女をとらえていた。映っていた彼女の顔は、とても明るく、いまにも唇からハミングが出てきそうな表情だったという。ビデオは警察に押収されている。

アンは、三階の自室を出ると、早稲田通りの向かいにあるコンビニエンスストアへ行き、八十円と二百七十円の切手を一枚ずつ買い、もどってくるとそのままエレベーターで十階までのぼった。飛びおりるときはいていたサンダルも脱がず、落下途中で右足が抜けたが左足はそのままだった。切手の入った薄いビニール袋も手に持ったままだった。

「八十円と二百七十円切手といえば、速達よね。早く天国へ行きたかったのかしら」

とみどりはいった。

頼が脳梗塞《こうそく》で倒れたのは、それから一ヵ月後である。一命は取りとめたが、右半身の麻痺と言語機能に大きな障害があって、すぐに身体機能回復と言語機能回復のリハビリがはじめられたが、はかばかしくなかった。どうやら相手の話を理解したり、文章を読解することはできるらしいが、発話と筆記が困難をきわめた。特に平仮名や片仮名がだめで、目の前にあるバケツという言葉が出てこない。しかし、手もとの紙に、蝦蛄と麝香という漢字をいきなり書いた。覚束《おぼつか》なげな線だが、たしかにそう読める。その夜、二度目の発作があり、開頭手術をしたが、甲斐《かい》なく、意識不明のまま息を引き取った。

3

一月七日に、約束通り浅草観音におまいりしておれば、アンは死ななかったのだろうか。雅美にはわからない。死ぬ直前に、なぜ切手など買ったのだろう。どうしてエレベーターの中でたのしそうにふるまい、屈託なげだったのか。

アンの死と頼の死にどこかでつながりがあるのだろうか。

あるとする。アンと頼が、死まで引き寄せるほどの因果の関係で結ばれていたとするなら、では同じ約束につらなっていた雅美やみどりはどうなるのか？　いつか自分にも何か起きるかもしれない、という不安と期待と興味をつのらせて、雅美は頼の葬式に出かけ、彼の美しい妻をみそめた。そう、たしかにみそめたという言葉がふさわしい。

これがおれに起きたことだ、と雅美はひそかにつぶやいた。

彼は待ちかねて、いそいそと頼の初七日に出かけていった。頼家はもとは三島の旧家で、むこうのしきたりで、初七日からずっと七日ごとに四十九日まで、自宅で法要を行なうのだ、と頼自身の口から酒のみ話で聞いていた。初七日に、保土ヶ谷区桜ヶ丘の自宅を訪ねて、雅美ははじめて夫人と差し向かいになることができ、自己紹介に及んだ。仕事上で大変お世話になった、といった。

夫人は、髪をうしろの小さな髱《たぼ》にきれいにまとめて、この日はきものでなく、黒の半袖の刺繍ブラウスにスカートだった。刺繍レースは、ほどよく目のつまったつつじの花柄である。

雅美は、夫人のうしろに廻る機会を何度もうかがった。仏壇にむかって焼香して、立ち上がり、いとまを告げる。夫人が並んで送りに出る。敷居のあたりで、雅美は急に何か忘れ物でもしたかのように立ち止まって、仏壇をふり返る。彼女のうなじがすぐ目の前にくる。しかし、その日、彼は期待した、うなじから漂うあの香りをかぐことはできなかった。

そのことが頭から離れない。頼は果たして、妻のあのにおいをかいでいたのか。おれだけににおったのか？ どちらにしても、もう一度、あれをつかまえたい、と雅美はすばしっこい野生の動物を追いかける狩人のような心境である。十四日、二十一日も訪ねた。桜が満開になった。保土ヶ谷の丘と谷は美しい。桜ヶ丘というだけあって、丘の上の古い閑静な住宅街の尾根道には、ソメイヨシノの老木が延々とつらなって、保土ヶ谷公園の深い谷間までくだっている。二十八日の法要には、夫人に保土ヶ谷公園を案内してもらった。何度も彼女のうしろに廻る機会を捉えたが、やはりあの香りをつかまえることはできなかった。

4

セラピストの三枝《さえぐさ》は、まさるの右肘のあたりにそっと指先で触れて、

「さあ、この二週間、何があったか話して」

と低い、なめらかな声で語りかけた。

「とうとう鉄仮面の正体をつかんだわ。ルイ十四世の理髪師だった男なの」

「理髪師なの。つまんないのね」

「それもそうね」

「やっぱり鉄の兜で顔を覆われるのは、悲運の王族か英雄でなくては」

といいながら三枝はゆっくりまさるのブラウスのボタンをまさぐる。まさるは目をみはり、息が少し荒くなる。

「ご主人とは？」

「順調よ」

といって、まさるはクスッと思い出し笑いのようなものをする。

「どうしたの？」

「……最近、ある人が亡くなったの。主人の友人というほどでもないんですが、仕事上でちょっと付き合いがあって。わたしは会ったことも声を聞いたこともない、何か映画関係のかた。その人のお葬式に出かけたの。ここまでは変じゃないけど、それからがちょっとおかしいの。初七日、十四日、二十一日と連続、おまいりしたのよ」

セラピストは、細い白い指を巧みに動かして、まさるのモーヴのシルクブラウスのボタンをはずしおえた。ブラジャーは白で、渦巻き模様の縁飾りがついている。

「そのドアを入ってきたとき、最初からあなたはわたしをとりこにしたわ」

とセラピストはささやいて、甘い息をまさるの胸の谷間に吹きかけた。

「きょうは、わたしも脱ぐわ」

とつづける。

ふたりの女、セラピストと患者は、脱ぐ間も矢継早に他愛のない問答をつづける。

「じゃあ、先生のほうはこの二週間、何があったの?」

「LAに行ってきたわ。わたしの卒業したアロマセラピースクールで、国際的な研究発表会があったの」

「発表したの?」

「いいえ。わたしはあなたのような学者じゃないから。でも、この世界も日進月歩なのよ。うかうかしていると、置いてゆかれるの」

三枝は白い、しなやかな熟れ切った裸身を、まさるはやや小麦色がかった均整のとれた裸身を相手の前に開く。

まさるは、命ぜられて、診察台の上に横たわる。三枝はクレンジングオイルで軽くマッサージしながら、まさるのメイクアップの汚れを落としてゆく。

「きょうは、エッセンシャル・オイルなしでしましょう。セラピストとクライアントの垣根も取り払って、相対《あいたい》でいきましょう。カウンセリングの最終段階よ」

三枝は唇を重ねてきた。まさるは、とうとうだわ！と声にならない叫びをあげた。セラピストの接吻があまりにすばらしかったので、呼吸するために力を抜いて、ちょっと体を離したとき、酔い痴《し》れて、耳が遠くなり、痺《しび》れたように震えていた。ふたりは全身を蛇のようにからませあう。

「このにおい、何？」

長い、陶然となる時間を過ごしたあと、まさるがセラピストの長細いうなじに唇を押しあてながらたずねた。相手は首をねじって横顔を向け、含み笑いをしただけで何も答えない。

「ねえ、ほんとうにこの香りは何？　はじめてよ」

えもいわれぬ香りとはこのことだわ！

「何か新しいアロマを使ったの？」

「いいえ、何も」

「じゃ何なのかしら……、あなた自身が分泌してるの？」

まさるは、彼女の背中に乳房を押しつぶすようにくっつけている。

「そうね、……ある特定のときにわたしのからだから出るみたいなの。でも、うなじからだけ」

「特定のときって？」

「たとえば、いったときね」

まさるは二の句を継がせずに、顔を三枝のうなじに押しつけ、深く息を吸う。すると、もう何も感じられない。

消えた。

「あなたにも、ご自分の香りがわかるの？」

「いいえ、わたしにはわからないわ。だからちょっとやっかい」

「強く吸いこもうとすると消えるみたい。軽く、そっと、そうね、羽毛を飛ばすみたいに鼻先を……」

とまさるはうなじの周辺で、まどろむような表情を浮かべる。

「他にはどんなときに？」

息をあえがせながらたずねる。

……それが、と三枝はちょっと口ごもって、くるっと寝返りを打って、まさるの目をのぞきこむ。細いしなやかな指が再びまさるの股間にしのびこんでくる。

「まあ、こんなに濡れて！　わたしはこのにおいがすきよ」

彼女が掲げた指先に白い粘液が付いている。

「ねえ、どんなときなの？」

まさるは猫撫で声を出した。

「ひとが死んだとき」

「ひとなんていつも、いっぱい死んでる。いま、このときだって、あちこちで……」

「そうよね。言いかたがうまくなかったわ。飛び切り親しいひとが亡くなったとき。最初に教えてくれたのは父よ。祖母が亡くなったときだったわ。何だ、おまえ、そのにおいは？　って。傷ついたわ」

「いいわ。とてもいいにおい。ひと口では言えない」

「香りを形容する言葉はないのよ。えもいわれぬ、これだけね。……あるひとがね、男の人だけれど、これは麝香《ムスク》に近い。ムスクはオスの麝香鹿の精液なのにね、変な女《ひと》だ、と彼はいったわ。でも、精液というのはまちがいよ」

「その男のときはいったのね」

「恋人よ。三年前に亡くなったわ」

「じゃあ、亡くなったときも、あなたのうなじから香りが立ったのか。女薫《かおる》中将だわ、あなたって」

まさるは讃嘆と快楽がひとつになった叫びを上げた。

5

雅美は頼夫人を映画に誘い出すことができた。ゴダールのおかげである。彼女が夫同様、ゴダールのファンだと、玄関先で、頼の思い出話をしていたとき、打ち明けられた。彼女は、日本に来たゴダールの作品はもらさずみている。

それから二、三日後、雅美は偶然、新聞の小さな記事で、ゴダールの日本未公開フィルムが銀座のテアトルシネマにかかっていることを知った。一九六四年の作品だから、「軽蔑」と「気狂いピエロ」の間に撮られたことになる。

二人の青年がアンナ・カリーナ扮する女の子の手引きで、彼女の寄宿する叔母の家に強盗に入るが、別のギャングに青年の一人が殺され、残った一人とアンナが船でブラジルに逃げるところで終わる。

外に出ると、まだ充分な明るさだった。

「さあ、僕たちはどこへ逃げますか?」

頼夫人はにこりともせずに、

「東京駅まで歩きましょう」

といって、京橋方向へ歩き出した。

「横須賀線ですから、新橋からでもいいんですけれど」

　雅美はあわてて追いすがるように、

「ほら、ふたりの男が押し込みに入るとき、アンナ・カリーナにストッキングを脱げというでしょう？」

「ええ、あそこはすごくよかった。彼女が電線のコイルか何かに足をかけ、スカートをあげて脱ぐんでした。そのストッキングが黒なのよね。あの頃は黒がはやりだったのかしら。それをふたりの青年が頭からかぶって、覆面代わりにするでしょう。あれがふつうのベージュか何かだったら、間が抜けて、つまんない」

「そうですね。それにアンナからストッキングを受け取って、男がにおいを嗅いだでしょう。あのとき、私はそのにおいを実際に嗅いだような気がしました。あれはよかった。彼女が叔母の家へ走り去った方をみて、見たか、脚がすごく白い、というでしょう。しびれました。黒と白、におい、モノクロの画面……」

「『はなればなれに』、ってタイトルもいいわ。原題の直訳なんでしょう？」

「そうです。ゴダール自身のナレーションもよかった。ほら、三人が横に並んでダンスのステップを踏むカフェの場面で、……えぇっと、……ここは括弧《かっこ》を開き、三人の心情を語ろう、なんて」

「わたし、アンナ・カリーナってあまり好きじゃないんだけど、今日のはとってもいい」

雅美は歩きながら、手にしたプログラムを開いていった。

「彼女、このとき二十三歳ですって」

「若いのね」

雅美は、明治屋の角でふと立ち止まって、夫人のうしろから、

「キスの経験は？」

「あるわよ」

「やりかたを知ってる？」

映画のシーンの再現である。夫人はどぎまぎするふりをして、

「ええ、舌を使うんでしょ」

雅美は考えこむように数歩歩いて夫人の前に出てから、ふり返って、

「じゃ、やってみよう」

夫人は目をつぶってぺろりと舌を出す。水蜜桃のようにつややかな舌だ。彼女から笑いが吹き出す。

「この場面もよかった」

「アンナ・カリーナの本名ってごぞんじ？」

雅美は首を振る。

「デンマーク人らしいのよ」

アンナ・カレーニナ、と雅美はつぶやく。トルストイのあれは、正しくは「アンナ・カレーニン」なんだそうだな。アンナ・カリーナはブラジルに逃げるが、アンナ・カレーニンは機関車に飛び込む……。彼は、死んだアンのことを思い出していた。そういえば、どことなくカリーナに似てなくもなかったな。頼りなげな少女のようなまなざしと暗いまなざしが、端正な顔立ちの中でめまぐるしく交叉した。

八重洲通りにぶつかる。

「すぐそこにちょっとしたすし屋があるんです。軽くつまみませんか？」

夫人は腕時計をみて、三十分ぐらいなら、と応じた。すし屋は、日本橋の丸善のほうへ抜ける途中の小路にある。店を開けたばかりらしく、暖簾《のれん》の下あたりに慎《つつま》しく打ち水と盛り塩がしてあった。

カウンターに腰かけて、つまみで少し燗酒《かんざけ》をのむ。

「この前、この店で、むこう端のカウンターに、美しいきもの姿の女性をつれた男がいましてね。ちょっとその筋のお兄さんふう。ずっとつまみでのんでいたのが、最後に蝦蛄のにぎりを一個だけ頼んでいました」

夫人は表情を変えないで、

「字のほうが、実物より凶々《まがまが》しい感じがするわ」

といった。彼女はきっと夫が死の直前に書いた字を甦らせたに違いなかった。

「この話にはおちがあるんです」

あら、という表情に変わる。

「その男、手首に蝦蛄の刺青《いれずみ》を入れていたんです。内心、吹き出しそうになりました」

「つくり話でしょ？」

「いえ、ほんとうの話です。ねえ、おやじさん？」

おやじさんは曖昧にうなずいて、

「蝦蛄、にぎりましょうか？」

と頼夫人に声をかけた。

「いいえ、けっこうよ」

とつくろったような無表情で答えた。

雅美は、夫人があの白い細い指で蝦蛄のにぎりをつまみ、いや、蝦蛄という凶々しい漢字をつまんで口の中に入れるところを想像して、生唾をのみこんだ。あの水蜜桃のような舌が蝦蛄にからみつき、白い肉をゆっくり溶かしてゆく。

のれんをくぐるとき、雅美はさっと夫人のうなじに嗅覚をのばしたが、やはり嗅ぐことはできなかった。

ふたりは、八重洲口から改札を通って、長いコンコースを進み、横須賀線の地下フォームへもぐった。

四十九日は、実家のある三島の菩提寺で納骨をする。

「来週、三島の心経寺《しんきょうじ》でしたね。直接うかがいます」

ええ、と夫人はうつむいたまま答える。

「無理なさらないで下さい。ごくごく身内だけで行ないますから……。でも、来てくだされば、頼もよろこぶでしょう」

「うかがいます。二時でしたね」

「ええ、二時です」

雅美は、まるでピクニックにでも出かけるような口ぶりである。そのことに気がついて、急に声を落とした。四十九日にはきっとあの香りに出会える、そんな気がした。夫人の白い肉《ししむら》とあのにおい……。電車が入ってきた。

「何かありましたら、携帯にください。番号、お持ちですよね」

彼は、頼夫人との交際のために、最近、まさるには内緒で、新しく携帯電話を購入していた。夫人はうなずき、グリーン車のデッキに片足をかけ、うるんだまなざしでふり返った。

雅美は、プラットフォームで腰をかがめて、シートにかけた夫人の姿を捜したが、なぜかどこにも見当らなかった。

6

まさるの顔の周囲に、三枝のうなじのえもいわれぬ香りが漂う。まさるは、彼女の背中から胸に両腕を回して抱え、下腹を彼女の尻に押しつけ、脚を脚にからませる。

「におう?」

「ええ、すばらしいわ」

「きっと、わたしだけじゃないとおもうのよ、このにおい」

「いるかしら?」

「いるわ、探せばきっと」

と三枝は箱からティッシュペーパーを取って、紙の中に小さなくしゃみをほうりこむ。

「勘でわかるのよ」

「いたの?」

「いたわ。でも死んじゃった」

まさるは、相手の肩ごしに顔をのぞきこんだ。鳶色《とびいろ》の虹彩《こうさい》をみていると、こちらがめまいをおこしそうになる。

「でも、ほかにもまだいるはずよ」

そして、もったいつけずに、すかさずつけ加えた。

「あなたよ。でもまだ出てないわ」

まさるはある考えに打たれた。……そのときは、このひとが死ぬんじゃないかしら？

「いま、あなたが考えたこと、わかるわよ」

「そうよね。あなたはプロだから」

といって、まさるは女の肩に触れる。ゆっくりと繊細に、指を湿った腋の下のほうへ這わせてゆく。

「わたし、主人と別れるわ。これがあなたのセラピーを受けた結論よ」

セラピストは起きあがり、下着をつけながら、

「他の問題はどうするの？」

「他の問題って？」

まさるも起きて、下着をたぐり寄せる。ストッキングは黒だ。

「鉄仮面の正体や海岸線の長さや中国の黄砂とかよ」

といいながら、三枝はコーヒーを淹《い》れ、まさるにマグカップを渡してやる。

「別れようと決めたら、どうでもよくなったわ」

三枝は白いカップのへりから、柔らかな、包みこむようなまなざしを送った。

「じゃあ今回で治療は終了ね。さようなら」

彼女はまさるの両手を取って、指先でやさしくさすりながら、ドアの方へ押してゆくようなしぐさをした。なんて優雅な動きかしら、とまさるはうしろ向きに歩を運び、唇の内側を軽くかんでつぶやく。

「あなたと離れたくないわ。別の場所で会えないかしら？」

セラピストは瞼をおろし、小さくかぶりを振る。

「あなたはもう治ったのよ」

「いいえ、まだよ」

セラピストがドアを開け、まさるの腰に手をあてて回転させる。外に押し出されながら、まさるは肩ごしにふり返る。閉じられようとするドアによりかかって、彼女は小首をかしげてたたずみ、まさるをなおも誘うようにも、拒絶するようにもみえる表情をうかべた。

「三十七分ですよ」

無愛想な受付の女の声が超過時間を告げる。

7

まさるが帰ってきたとき、雅美はまだ二階のアトリエで仕事をしていた。前庭の噴水は、夕方になると音が冴えるような気がする。

マナーモードにしてワイシャツの胸ポケットに入れてあった携帯が入電を知らせて震えた。番号は頼夫人しか知らない。

彼女ではなかった。

頼芙美子の実姉だといった。頼のことでは色々心遣いをいただいて恐縮している。口調は取り澄まして、冷ややかだ。

「何でしょうか？」

雅美はやや苛立って問い返した。

「妹にききましたが、四十九日の納骨にわざわざ三島までお運びになるとか……」

「お運びになる？……はあ、そのつもりですが。頼さんには生前、ひとかたならぬお世話になりました。急逝されましたので、惜別の念もひとしおです。二時、心経寺とうかがっておりますが」

実姉はさらに冷ややかな調子になって、

「ご遠慮いただきたいのです。七日ごとに、桜ヶ丘におみえになっておられるのも、縁者のあいだで話題になっております。妹を変な目でみる頼家がわの人間も出ています」

雅美は携帯を耳からはなし、手のひらでそれを一回転させた。必要もないアンテナを引き出す。女の声が遠くからひびいている。やおら耳に当てる。

「芙美子からあなたにお断りしてくれ、と頼まれました。今後……」

雅美は思わず口を挟んだ。

「頼まれた？　ほんとうに彼女が」

「そうです。何か？」

「いえ。わかりました、とお伝え下さい」

といって、雅美はいきなりホールドボタンを押した。

頼の四十九日を愉しみにしていた。彼の喪が明けるのだ。初夏の日ざしを浴びて、彼女は手足を思いっきり伸ばすのだ。

その期待がこんなふうにいきなり拒絶され、奪われるなんて、と雅美は口惜しい思いにとらわれた。落胆の奥に、ほんのちょっぴりだが、裏切られたという無念がひそんでいる。

無念がどこからくるのか、すぐにつきとめることができた。拒絶が頼夫人から直接来ずに、彼女が他人《ひと》に頼んで伝えてきたからだ。

経験を積んだ中年になっても、心臓の大きさも強さも変えることはできない。どんなに剛毅《ごうき》そうにみえる人間でも、みんな小鳥のような心臓しか持っていない。片手でかんたんに握りつぶすことができる。なんでもないことで傷つく。

彼は、突然アンのことを思い出した。

……おれも頼夫人の姉と似たような役目を彼女に対して果たしたことになるのかもしれない。銀座のクラブで、酒の上で交わしたさして重要でない約束の、単なる延期にすぎない。アンは平気で一週間の日延べを受け入れたように思えたけれど、ひょっとしたら……。

彼女は、浅草ゆきの約束を頼と指切りげんまんしたのだ。その約束の延期を、頼から直接でなく、言伝《ことづ》てとして知らされる。まさかそんなことでアンが死を選んだなんてばかげているけれど、コップを満たす水が縁すれすれまで来ていて、一滴だけ掬《すく》い取れば溢れなかったのに、逆に、しずくがひとつ垂らされた。つまり、彼女の心にほんの浅いひと傷がつけられた。これで充分だ。彼女は、エレベーターで屋上までのぼり、鉄柵を乗りこえ、水が縁から溢れ出るように、落下することができる。

言語機能をほとんど失った頼が、最後に、蝦蛄と麝香という漢字を書いた。彼は、何かやましさのようなものを感じていたのか。

雅美が、アンの死をみどりから聞いて、頼に電話で伝えたとき、約束どおり七日に観音さまにおまいりしておけば、彼女が死ななかったなんて思いたくないね、と彼はいった。むろん、約束の延期を言伝てで伝えるということが、アンの心に引き起こしたかもしれない波紋のことなど気づくよしもなかった。

頼夫人は、夫が書いたそのたどたどしい線の複雑な字をみただろうが、それがアンの死と響きあっていたことは知るはずもない。ただ雅美の胸のうちだけで、響きあったのである。彼は、いつの日か、彼女と懇《ねんごろ》になって、あのえもいわれぬうなじのかおりの中で、そんなことも話題にしてみたいなどと好い気なことを考えていた。

その頼夫人との交渉が断ち切られる。それも彼女自身の声でなく、言伝てによって。しかし、それは彼の場合、死の一滴ではなく、より深い懸想《けそう》の一滴となって溢れ出る。

8

リビングにおりると、まさるがCDでチャーリー・パーカーを聴いていた。彼女はいつになく、ひどく疲れているようにみえた。

「少し飲みたいな」

「わたしも少しいただくわ」

雅美は棚からバーボンを取り出して、二つのウイスキーグラスに注いだ。真っ赤なプルーヴェのソファに並んで腰かけ、ほとんど同じタイミングでグラスを傾ける。

互いの頭の中を占領しているのは、すぐ隣にいる相手のことではないので、二人の関係は非常に穏やかに、落ち着いてみえる。うわの空の視線は時にやさしく、相手の存在の周辺を回遊する。

雅美が先に立ちあがって、風呂に入った。使った浴槽の湯は必ず全部落として、洗って、あとに入る者のために新しい湯に入れ換えておく。結婚して十五年になる。新婚のころはよく一緒に入った。四、五年前までは先の湯を落とさないで、そのまま浸《つか》った。

雅美は風呂から上がると、バーボンの入ったグラスを片手に寝室に引きあげる。遠くで、まさるの湯を使う音がかすかだが聞こえてくる。庭の噴水の音とまじっている。

ふたりの寝室が別々になったのは三年ほど前のことである。リビングに隣接するのがまさるの部屋で、廊下を挟んだ向かいが雅美の部屋である。

彼はベッドに入っても寝つけなかった。想うのは頼夫人のことである。はじめて見た葬式の日の喪服姿、うなだれたうなじの青白い長い線と、そこからふいに漂い出たあの香り。低い、ややくぐもったような、だけど明瞭に聞き取れるふしぎな声。

寝静まった界隈に、噴水のささやき、自動車のタイヤのきしる音、猫の鳴き声が交錯している。雅美は目を閉じ、夫人の姿をまぶたの裏に描き、それが現実にみえるもののように目を開ける。枕灯をつけ、ベッドから出て、部屋の中を歩き回る。

……彼女の不興をかったのだとしたら、きっとあのすし屋で、蝦蛄のことを話題にのぼせたからだ。しかも、彼女に蝦蛄を食べさせようとまでした。いや、あれはおやじがすすめたんだ。

彼女が蝦蛄のにぎりをつまみ、口の中に入れる。……雅美は、背中を熱いものがかけあがって、肩を震わせた。全身がうずくようだった。ベッドにもどり、枕灯を消して、なんとか眠ろうと試みる。しかし、よけい冴え返り、全身が燃えるようで、やがて焼け切れて、一本の赤熱した針金になってしまった。……ひょっとして、おれは焼香のように消えて、あとにおれが求めたあのにおいだけを残すのではないか、という考えにつかまった。

まさるも眠っていなかった。セラピストのことが頭を離れない。シルクのパジャマをつけた自分のからだを、自分のものでないかのように抱きしめ、足の爪先でシーツを蹴る。ああ、あのかおり、とためいきをついて、ベッドをおり、部屋の中を歩き回る。

「雅美とは別れてもいいわ」

と自分を慰め、鎮《しず》めるようにつぶやく。

「彼だって、そう思っているに違いないわ。憎しみ合うことなく別れるなんて拾いものじゃないかしら」

別れるわ、と彼女は何度も言いきかせる。焼け切れるような想いから何とか気をまぎらわせたいのだ。あの女《ひと》のことは考えまい。しかし、考えまいとすればするほど、より深くその考えにとらえられてしまう。

もうほんとうに会えないのかしら？　もう二度とあのにおいをかぐことができないな

んて！

　彼女は再びベッドにもどって、目をつむった。頼りないシーツを抱きしめて、からだをくねらせた。頭が焼け切れそうだ。セラピストの声がきこえた。

「なんて悲しそうな顔してるの？」

「わたし、いけない女。よこしまな考えに悩まされているの」

「どんな？　宥《なだ》めるのはかんたんよ。よこしまな考えなんて」

「どうやって？」

「それが実現したあとのむなしさを思いうかべるのよ」

　そのとき、あの香りがした。現実そのものではないかもしれない。しかし、まさるの思考がそのにおいをかぎ分けた。

　息を整え、嗅覚に全神経を集める。微かだが、たしかにあの女のうなじに匂い立ったものだ。シーツを払って、首をもたげ、あたりを見回した。息を吐いて、大きく吸いこむ。消えた。何もない。

　やっぱりたしかに感じる。ひょっとしたら、自分のからだから出ているのかしら、とまさるは考えた。でも、どうして？　死の前兆？

　彼女は起きあがった。枕灯も何もつけない。すっと、きわめて細い、糸を引くような香りがたしかに存在する。あの香りそのものかどうかさだかではないが、四周から漠然とやってくるのではなく、どこかひとつの方向からだ。もし灯りをつけたら、きっと逃げてゆくに違いない。暗闇の中を進む。手のひらの水を一滴もこぼさないで、ずっと遠くまで運ばなければならない、そんなふうに。

まさるはドアにたどりつく。香りが少し濃くなったように感じる。近づいているのだ。抱き締めあったときの感触が、毛穴のすべてを通ってよみがえる。ドアのむこうに彼女がいる。まさるを押し出して、そっと閉められた診察室のドアが、いままた開けられる。

まさるはノブを回し、押した。ドアはおとなしくて、いつものようにはきしらない。

リビングは暗い。庭にむかったテラス戸のカーテンは重くぶ厚く垂れ下がり、完全に街の明るみを遮断してくれている。まさるは手さぐりひとつする必要もないほど、広いリビングの勝手を知っている。コックピットのようにおびただしい電子灯がついているが、それらは自らの存在を表示するだけで、決して闇を照らしはしない。

でも、いったいわたしはどこへ導かれてゆくのだろう。一瞬、まさるは自分というものが、自分のからだの外にいるのか、中にいるのかわからなくなった。やっぱり夢なんだわ、これは。

そのとき、向こうの廊下で床のきしる音がした。夢ではない。泥棒だろうか？

三年前、ひとり暮しをしていた彼女の叔母がこの家にしばらく滞在した。ある日、まさると雅美はふたりとも出かけていて、まさるが帰ってきたとき、階段下で叔母が倒れて、すでに息が絶えていた。心筋梗塞だった。叔母かしら？　埒《らち》もないわ、亡霊なんて。でも、もっと埒もないのは、この香りだわ。

また床がきしむ。ドアのノブが回転する音がきこえる。ドアがこちらに向かって開く気配だ。香りの糸がいちだんと太くなる。

もっと埒もない考えが、まさるをよぎった。先生がやってきたんだわ。

セラピストがリビングに入ってくる。香りはさらに高まる。まさるはおびえて、立ち止まる。すると、むこうの人影も立ち止まった。雅美のシルエットが壁に浮かんだ。それなのにまさるの胸は早鐘《はやがね》を打ちつづける。まさか雅美があの香りを発しているわけでもあるまいに。

雅美のシルエットがさらに近くなった。ふたりの間をプルーヴェのソファがまるで深淵のように隔てている。

雅美の足が、さっき飲み残して床に置き忘れたままのバーボンの一パイント瓶に当った。瓶が倒れる。まさるは思わず小さな叫びを上げた。魔法は消えた。

「わからないわ、なぜあなたがここにいるのか」

「僕だってわからない。どうしてきみがここに？」

……僕はただあのひと筋の香りの糸をたどってやってきただけだ、とつづけたが、声にはならなかった。

ふたりは息をあえがせ、暗闇の中でじっと互いの顔をみつめあった。

「におう?」

欲情のために渇ききった声で、ふたりはほとんど同時にたずねあう。

青黄《チンホアン》の飛翔

　さて、何はさておき、公安の旦那さまに知っていただきたいことは、わたくしは麦村《マイツン》の青黄《チンホアン》と呼ばれ、安徽《あんき》の村、秋浦《しゅうほ》生まれの女、二翠《アルツイ》の一子だということでございます。父親についてはその名はもちろん、その存在すら知れません。男はなくとも子は生まれる、とお袋はよくわたくしに言いきかせたものですが、わたくしの生まれたのが、ちょうどお袋が、麦村のはずれの、*青黄《チンホアン》のうっそうと生い茂る中だったので、そのおかげで右のような名といいますかあだながついたという次第でございます。

　わたくしの母親というのは、――どうか天にましますヤハーヴェの神よ、彼女をお許

＊青黄　ゴマノハグサ科の大形多年草。原野に自生。根の形をした茎は黄色で、高さ二メートルに達する。茎全体に青灰色の柔毛、腺毛が密生している。葉は狭卵形で、胡麻の葉に似る。夏、茎頂に淡紅紫色の鐘状花をつける。葉は有毒。別名ジギタリス。

し下さいますよう、そして天国の門を開いてやっていただき、地上ではついに味わうことのなかった安らぎをお与え下さいまし――、秋浦の河に漂流しておりました九つの姓の漁戸《ぎょこ》からなる妓女《ぎじょ》の船隊の、李《リー》姓の娘と生まれ、いまから四十年ほど前、共産党によって強制的に陸《おか》に上げられたのでございます。お袋はそのとき八歳ぐらいだったそうです。

秋浦の河岸に五つあかりが連続して点滅しますとそこに客がいる合図だそうで、船を漕ぎ寄せます。ある年の梅雨どきの、べとつくような夜気の中、船があかりをめざして近づいているとき、李の船のひとりの女がにわかに産気づいて、船ばたでお袋を生み落としたのです。それから十九年ののち、すでに一族は陸に上がっておりましたが、河の魚も陸にあがればなんとやら、といいますとおり、なかなか正業にもつけず、戸籍ももらえず、物乞いや日雇い仕事をしながら村から村へ、もちろん共産党の目を盗んで女たちは春もひさぎながらの流浪生活でございました。そして、わたくしの母は、麦村《マイツン》のはずれの青黄《チンホアン》の中で産気づき、その場で、むせ返るようなくさいきれと血のにおいの中にわたくしを生み落としたのでした。

なぜ母親の一族を含む九つの姓の流民の一団が河を漂流していたかと申しますと、遠い昔、ご先祖さまが、土匪《どひ》が起こした反乱に加担したというので、時の天子さまのお達しで、岸に上がることが許されなくなったということでございます。

そんなわけで、何はさておき、弁護士の旦那さま、手短に話せということですので、先に進めますと、わたくしは駆けまわる鶏をつかまえるのがすこぶる上手な子供でした。床下に逃げこんだおびえている鶏でもわけなく誘い出してつかまえることができましたし、人が来るとけたたましくわめいて、羽毛と糞まじりの土埃をあげてとび回るやつらも、わたくしには自分から足もとに猫のようにとさかをこすりつけてくるのでした。こうして何百羽いや何千羽の鶏の首をひねったことか覚えておりません。というのも、そのころのわたくしは数を数えられなかったからでございます。

五、六歳のころ、母親とともに上海に出てまいりました。途中、晴れた当塗《とうと》の空をおびただしい金色の糸が飛んでゆくのをみあげました。あれは生まれてまもない蜘蛛が、糸を空中に流し、糸の先にぶらさがって遠くまで飛んでゆくのだ、とお袋が教えてくれたものでした。

上海にもぐり込みますと、閘北《ザーベイ》の棚戸《ほうこ》区に住みつきました。棚戸と申しますのは、荒れた墓地、荒れ野原、低湿地、それに汚れた水溝《クリーク》のほとりといったところに、廃船の木材を支柱にして、それを草やぼろ布で覆っただけの、住宅の名に値しないしろもので、閘北《ザーベイ》の悪臭漂うクリークの岸から水へ差し渡した、母子二人がやっと横たわることができるほどの大きさです。戸のうちでもさらに最低の棚戸でした。祖先たちが秋浦の河を漂流した、その船のなれのはてがこれでした。そこでお袋は春をひさいだのでございます。汚くて黒くて、干した魚のような臭いをたてる男たちが、夜ともなると三人四人と出入りしました。ああ、神様、お慈悲によって、彼女の罪と汚れを拭いたまえ。

わたくしは、生まれつきの盲人のふりをして物乞いに歩くことをおぼえ、南京路や北京路、香港路、それに外灘《ワイタン》などをうろついておりました。日本人の旅行団がカメラをぶら下げて歩いているのを遠くからみとめると、裏道を駆けて先回りし、途中からひょいととびだして、盲《もう》のふりで近づいてゆきますと、小銭でたちまち空缶が一杯になります。なかにけちなのがおりますと、日本鬼子《リーベングイズ》！と叫び、ボクのジィちゃんバァちゃんは日本兵に殺された、とわめきたててやりました。通訳がそれを訳しますと、さすがの彼らもしゅんとなったものでした。

　物乞いの世界にも位階、縄張りというものがございます。とにかくなんでもござれの世界ですが、なぜかこの世界でいちばん偉いのが盲人と相場がきまっているようです。目がみえない、いつも闇をみているというのには、なにやら威厳のようなものがかもし出されるようです。外灘《ワイタン》、北京路、南京路、香港路一帯の親玉は包《パオ》という四十すぎの盲でした。わたくしは包ににわかめくらであるのをたちまち見破られ、さんざんお仕置きを受けましたが、五、六歳のがきにしては泣き喚きもせず、歯をくいしばって音を上げないところが気に入られ、彼の手引きをつとめるようになったのでございます。

　包はよほど変わった男でした。背丈は一メートル五十くらいしかないのですが、ひたいが達磨《だるま》さんのように大きくとびだして、手は八つ手の葉っぱのようにばかでかいのです。わたくしの顔全体をそいつに鷲づかみされますと、すっぽり入ってしまいます。変わっているのは外貌だけではありません。決して笑わないのです。盲《もう》は笑うとばかにみえるからでございましょう。この包は知識人でした。毛語録をぜんぶそらんじていたのです。道教のご祈禱や漢方の処方もやりました。

彼は、居民委員会の集会や文化大革命時代をなつかしがる連中の宴会などに呼ばれては、みごとな声と身ぶりで、毛語録の全章を、独特の京劇の節回しで誦《しょう》するのです。文化大革命でひどい目にあった人たちの集会にも呼ばれます。彼が毛語録を半分くらいまで誦したあたりで、人々の怒りと悲しみが頂点に達します。そこでわたくしは、「毛主席万歳！」と叫びます。

するとと、彼らの感情ははじけ、わたくしにむかって殺到し、殴ったり蹴ったりしはじめるのです。年端のゆかないわたくしにむかって、彼らは中国共産党への私憤、公憤、憂さを晴らして、なぐさむのでした。しかし、お布施のほうはどちらかというと後者の集会のほうがはずんでくれたのですから、包《パオ》はなるべく反毛の集まりを優先いたしました。わたくしのほうはたまったものではありません。

包は、わたくしの傷口に宴会の残りの茅台酒《マオタイ》をすりこみます。傷がしみて、わたくしは悲鳴を上げます。

とか！」

「ああ、おまえのおかげで、おれの口に入るはずの茅台酒がどれだけ無駄に流されたこ

ひどい雇主でした。毛《マオ》のやつは死してなおわたくしのようなみじめな父《てて》なし子にまで祟るのでした。しかも、この才気煥発な盲人はわたくしの母を愛人にしていたのです。

めずらしく上海に雪のふったある日のことです。わたくしが、やはりさんざん殴られ、体中を茅台のにおいでぷんぷんさせながら、閘北《ザーペイ》の棚戸に帰ってみると、お袋は目を開いたまま冷たくなっておりました。人の命ははかないものでございます。ついきのうまで気配ひとつなかったのに。自然というものはわれわれをうまく欺してこの世から連れ去ってくれるものです。

わたくしは三日間、お袋がまだ生きているかのように、ずっとそばにいっしょに横になっていてやりました。腐臭がたちはじめて、ようやく死体を棚戸からクリークに転り落としてやったのでございます。どす黒い水をはねあげて、お袋は沈んでゆきました。どす黒い水でも、はねあがった飛沫はきらきらときれいなものでした。

わたくしは、もう一度お袋の顔が拝みたくて、じっとまっ黒な水面に目をこらしておりましたが、それっきりでございます。

母親の死をきっかけに、わたくしは包《パオ》のもとを去る決心をいたしました。というのは、わたくしはひとりの同い歳ぐらいの少年と知り合いになり、彼から徐家匯《じょかわい》にある孤児院

のことをきかされていたからです。そこでは毎朝、毎夕、鐘とともにお祈りを唱えさせられるが、一日三食にありつけるというのです。

包と別れぎわ、わたくしはいつものように彼を手引きするふりをして、彼をクリークのへりまで連れてゆき、――ちょうどお袋を沈めたあたりです、突き落としてやりました。わめき声と、水をばしゃばしゃやる音がうしろから追っかけてきましたが、わたくしは振り向かず、徐家匯めざしてひた走ったのでございます。

包は夜郎自大《やろうじだい》なすれっからしでしたが、この盲が、しかしわたくしの蒙《もう》を啓《ひら》いてくれたということを疑うわけにはまいりません。

徐家匯は上海の西南端でございます。昔から有名な天主教の大礼拝堂がありました。はじめて大礼拝堂をみあげたときの感動は忘れられません。ふたつの尖った塔が、ずうっと上へ上へぐんぐんと伸びて、雲をもつらぬくようでした。龍や麒麟《きりん》やらの怪物たちの彫像が正面の大扉を飾っております。御堂の内部はがらんとして、何もありません。祭壇もイエス様の磔刑《たつけい》像も紅衛兵にこわされてありません。もちろん、このときわたくしがイエス様の存在など知るはずもございません。わたくしたち罪深い人間の身代わりとなって磔《はりつけ》にされたイエス様のことを知ったのはずっとあとのことですが、わたくしはここで読み書きを覚え、そして聖書と出会ったのでございます。

毛沢東が死んで、わが国でもキリスト教が、党の路線に反しないかぎり許されるようになり、破壊された天主堂の修復も少しずつはじまり、朝夕や日曜の礼拝もできるようになりました。徐家匯の大礼拝堂もその例にもれず、香港からの地下送金などで、構内で孤児院を経営するようになっていたのでございます。

わたくしが、生まれてはじめての熱い肉入りスープと黄ニラと肉入りの饅頭《マントウ》を口にしたのは、大礼拝堂の裏手にあるみすぼらしい孤児院にもぐりこんだ夜でした。神父さまは包《パオ》といいました。わたくしはぎくっとなりましたが、もちろんあの盲の包と同一人であるはずはありません。しかし、あとで二人の包は兄弟であることがわかりました。弟が聖職者で、兄が詐欺師というわけです。わたくしは詐欺師を逃れて聖職者のもとに走ったのですが、いまだにこの二人のあいだを行ったりきたりしているような気がすることがあります。神父の包については、もしわたくしが天国に召されて、神様に尋ねられたなら、包は神様をないがしろにして、香港からの地下送金をくすねていた、あなたの御使いに適《ふさわ》しい男ではありません、と証言するつもりです。神様に嘘をつくたのしみを持って天国へゆくというのは、いまからたのしいものです。包はそれから十年後の、一九八九年の騒動の中で、どこかへ連れ去られたままでございます。

さて、わたくしが熱いスープと饅頭にありついた幸福な夜とは、じつは過越《すぎこし》の祭の日だったのです。包は、この特別の夜のことを次のように語りました。

神はモーセにカナンの地を約束なさいました。モーセはエジプトに奴隷となっていたヘブライ人を集めて、これを率いてエジプトを逃れてシナイの砂漠をわたり、約束の聖地カナンをめざしました。その出発を記念する祭が過越節なのです。そして、同時に、神の子イエスが十字架につけられる前の日の夕、十二人の弟子たちと最後の晩餐をとったのも過越の祭の夜だったのです。

なんだか急に信仰心あつい少年に豹変したかのような口ぶりですが、決してそんなことはありません。わたくしはワルでした。ワルでけちでした。十歳のとき、お尻を貸し借りする悪習にも染まりました。

話を簡潔にという裁判官さまのきついご命令です。わたくしの生いたちについて供述せよとのことでしたので、つい甘えて、簡潔に対する配慮を怠りました。それでは簡潔に、徐家匯《じょかわい》の大礼拝堂付設孤児院時代について、ひとつだけ、ぜひとも聞いていただいて、次に、かんじんの、わたくしがなぜ飛行機の車輪などにぶら下がって、遠いアメリカへ空の漂流をする破目に至ったか、そこをお話しすることにいたしましょう。

孤児院時代に、わたくしにはお尻を貸し借りする熱い仲の羅《ルオ》と馮《フオン》という二人の友がおりました。羅は十七歳くらいで背がひょろりと高く、耳の中にいつも蛆虫をわかせており、馮は十六歳で、背はほぼ十歳のわたくしと同じしかないチビでかつ淋病にかかっていて、小便ひとつするのに七転八倒の苦しみようでした。まるで粉々になったガラスを出してるようなんだぜ。小便をぽたぽた垂らそうとして、苦しみ悶え、冷汗を垂らしながらそういうのでした。この二人に共通なものは、ふたりとも歯がごっそり欠けていることでした。羅《ルオ》は浙江の粛山《しょうざん》の浮浪児で、馮《フォン》は九江《きゅうこう》からやってきたのだそうですが、一年前、歯のごっそり抜ける夢をみて、翌日、ふたり共そのとおり抜けてしまったんだそうです。おそらく極度の栄養失調かなにかのせいでしょう。

二人は、かつてのフランス租界の淮海《わいかい》中路にかたまる共産党幹部の邸にしのびこみ、老人の頭を木槌でぶんなぐって気絶させ、盗んだ入れ歯をしておりました。はじめのうちはうまく合わなかったのですが、そのうちしっくりくるようになったそうでございます。

ある夜、羅のやつがわたくしのベッドに酒くさい息を吐いてもぐりこんできました。ああ、あんなやつはきっといまごろ地獄でのたうちまわっていることでしょう。まったくそれがふさわしいことだと存じます。

そこへ馮のやつがしょんぼり帰ってきまして、三人でのことがおっぱじまり、終わってお祈りを唱えたのですが、馮の口からシューシューと息がもれるばかりです。入れ歯をなくしたんだよ、と馮はいいます。人民公園のトイレで、入れ歯をはずして身なりの立派な男色者にサービスしていたものとみえます。市の幹部だったよ、と彼はすり取った財布の中の工作証をみせました。

翌朝、羅と馮は人民公園に入れ歯をさがしに出かけましたが、おかしいのはゆうべと違って、羅がめそめそ泣いていたことでした。彼は、一晩寝るうちに、入れ歯をなくしたのは自分だと思いこんでしまったのです。

その日も次の日も二人はもどってきませんでした。三日後、市の中級法院の庭の公開処刑を見物にまいりますと、なんと壁の前に立たされた七人の中に羅と馮がいるではありませんか。

わたくしは、二人の胸に、それぞれ五発の銃弾が撃ちこまれ、首が垂れ、腰からくずおれ、歯のない口がアスファルトの地面に、まるで腐りかけた桃や梨がつぶれるような音を立ててぶつかり、やがて運び去られるまでたっぷり見物してやりました。しかし、二人とも壁の前に引きすえられたとき、喚きも泣きもしなかったのはみあげたものでございます。

これが簡潔を心がけてお話しする二人の友の最期でございます。

さて、検察の旦那さま。いよいよわたくしが空にまいあがった顛末にとりかかろうとおもいますが、その前に、わたくしが徐家匯《じょかわい》の孤児院にまいってから読み書きを習ったことは先に述べたとおりでございます。そのさい、はじめて熱いスープと饅頭《マントウ》にありついた夜が過越の祭の夕べだったことをも申しそえました。さて、過越節は、神様がモーセに乳と蜜の流れる地カナンを約束なさいました、そのカナンをめざして出発したことを記念する祭であることもたしかお話ししたと思います。

ある夜、わたくしにもそのような夕べが訪れ、神が顕現《エピファニー》されたのでございます。そして、わたくしにアメリカの地を与えると約束されました。神様の顔が、どこかあの盲の包《パオ》に似ていたことだけが玉にきずではございましたが、それには目をつむることにいたしましょう。小異を捨てて大同につく、というやつでございます。

包に似た神様がわたくしに約束された夜から二、三日後のことですが、徐家匯近くのクリークの岸をぼんやり歩いておりますと、——白状しますと、盗みに入るに適当な、不用心そうな家を物色していたのですが、ふと、死んだお袋が話してくれたわたくしたちの祖先についての物語が思い浮かんだのでございます。わたくしたちの先祖は天子に罰せられて陸に上がることができず、秋浦の河を百年、二百年漂流しておりました。このことも先に述べたとおりでございます。九姓、九隻の船隊を組んでおりました。九姓とは、わたくしの李《リー》姓、それから張《ジャン》、馮《フォン》、紐《ニュウ》、羅《ルオ》、呉《ウー》、賈《ジア》、包《パオ》、孔《コン》の九つでございます。九姓総勢で百人から百二十人ぐらいだったともうします。それが共産党によって船を沈められ、上陸させられ、上がっては公安や軍、やくざの追い立てと乱暴にあって、またたくまにちりぢりになってしまいました。

わたくしは、このちりぢりにされた九姓の民はユダヤの民と同じ運命に出会《くわ》したものだと気がつきました。それならば符合します。わたくしに神様が顕現《エピファニー》されたのは、モーセにおきたこと、モーセがおこなったことをおまえもやれ、という意味ではなかったでしょうか。大昔、紀元前十三世紀のはじめ、モーセの身におきたことが、その三千三百年後、私の身におこったのです。モーセからわたくしまで、ながァいながァい鎖でつながっております。わたくしは、この鎖の両端をみたような気がいたしました。いっぽうの端にわたくしがぶら下がっていて、もういっぽうの端にモーセさまがいらっしゃる、てなぐあいでございます。

そのような夢想にふけっていた頃、例の羅と馮の入れ歯事件がおき、二人ははかなく刑場の露と消えたのでした。

わたくしは孤児院をとびだしました。身近な人間が死ぬとその場を離れる、というのがわたくしの習い性のようでございます。わたくしの胸には、一冊のボロボロになった袖珍《ポケット》聖書と、燃えるような出エジプトの使命感だけがありました。かつての九姓の民を捜し出し、集め、神様が約束した聖地アメリカに脱出するという夢でございます。申し遅れましたが、すでにお気づきのように、カナンというのはアメリカのことでございます。

わたくしはまず、お袋たちが陸に上げられた、かの麦村《マイツン》にむかおうとしました。麦村にゆけば、わたくしたちこなごなにされた船団のかけらぐらいを拾うことができるかもしれない。それをもとに九姓の末裔を捜し出す。こう考えたからでございます。麦村は秋浦の河が長江に合流するあたりにございます。上海からおよそ三百キロの道のりで、こんな遠い道をよくまあ十年近いむかし、お袋と歩いて上海にたどりつけたものだと感心いたしました。

けっきょくわたくしは麦村にはゆかなかったのでございます。長江ぞいに当塗《とうと》まではたどりつきました。李白が水に映った月を捉《と》ろうとして溺れ死んだところでございます。そこでわたくしは公安に捕まり、スパイ容疑をかけられて上海に連れもどされ、労働改造所にほうりこまれました。といいますのも、その年が例の一九八九年でございます。北京や上海でひと騒動がおっぱじまったところで、わたくしも浮浪者に身をやつした、各地に潜行している民主活動家との連絡員にまちがえられたのでした。

連行されて上海にもどりますと、その日、人民公園で人だかりがしております。まんなかの机の上にとびのってこぶしを振りあげて演説しているのが、ひょいとみると、なんとあの盲の包ではありませんか。クリークで溺れ死ななかったものとみえます。

大騒動は数ヵ月で終わりました。天安門広場で五千人が殺された、いや一人も死者は出なかったともいわれます。しかし、わたくしは釈放されませんでした。まもなく上海では、あげて高速道路や高層ビルの建設ラッシュがはじまりました。あの大騒動が嘘のようです。わたくしたち労働改造キャンプの人間はあちこちの道路建設や里弄《リーロン》の古い建物の取り壊し作業にかりだされました。

簡潔に、かつ話をぐいと前に進めるようにとの裁判官のだんなさまのご命令がございいました。それでは、ぐいと。さて、……忘れもいたしません。わたくしが虹橋《ホンチャオ》飛行場の滑走路延長工事にかりだされたときのことでございます。わたくしははじめて飛行機というものをまぢかにみました。星条旗というものもです。仲間に、それがアメリカの国旗であることを教えてもらいました。アメリカの飛行機がつい目の前に、巨大な姿で翼をやすめておりました。

それは、徐家匯《じょかわい》の大礼拝堂をみあげたとき以上の感動で、わたくしの胸は異常に高鳴り、打ちふるえたのでございます。やがて、その飛行機は、立派な身なりのたくさんの人間を呑み込みますと、耳をつんざく轟音と、あたりのプラタナスや榛《はん》の木立、むろんわたくしの体をも吹きとばさんばかりの風を巻きあげて、やわらかいエナメルを塗ったような空へ舞いあがり、消えていったのでございます。

あれに乗れば、アメリカへ行ける。そうだ、まずわたくしひとりが先に出発する。わたくしが飛び立てば、噂をきいて、きっとちりぢりになった九姓の末裔たちが、かつてのイスラエルの民のごとく次々とあとにつづくだろう。かつて青黄《チンホアン》の林にきのこ狩りに入って、みつからなくて、あきらめて帰りかけようとしたとき、わたくしが最初にたったひとつの舞茸《まいたけ》をみつけたら、あとは他の連中も次々みつけられるようになったじゃないか。

もちろん戸籍のない身にパスポートもなければ、手引きしてくれる蛇頭《じゃとう》に払うカネも、肩代わりしてくれる親も親戚もありません。どうやって飛行機にもぐりこむか。とても不可能だとさとるのにさして時間はかかりません。

絶望の淵で、わたくしは夕焼けの空をみあげました。胸中は無念さでいっぱいです。あの下のほうが剃刀《かみそり》ですうっと切ったようなあかね雲をつっきってゆけば、そのはてに約束の地がある。その雲と地のあわいを、金色の糸がとんでおります。そうです、生まれてまもない蜘蛛が、糸を空中に流し、糸の先にぶら下がって遠くまで飛んでゆくのです。

わたくしはあることを思いつきました。しかし、このとき、わたくしは自分にそれをはっきり考えにすることを禁じました。考えるとは、文章にすることです。わたくしは学校へ行っておりませんから、文章の訓練は受けておりません。ですから、わたくしが考えるのは、ただ聖書のこと、聖書の文にそくしてのみでございます。聖書には考えがぎっしり詰まっております。わたくし独自の考えなど、わたくしにはありません。もしわたくしが、このとき思いついたことを考えにしてしまうなら、慣れないことですから、必ず他人の知るところとなる。これが、盲の包《パオ》から学んだ知恵のひとつなのです。思いを文章にしてはならない。どこでそれが、たとえば飯場での寝言に、あるいは酔って口をついてとび出すやもしれないのです。顔色にさえあらわれます。一度、こんなことがありました。……ああ、検事の旦那、脱線をしてはならないのでしたね。では、急いで話を本筋にもどしてつづけます。

次の日から、わたくしは腕を鍛える算段にとりかかりました。泥棒の腕でもお釜を掘る腕の上達でもありません。ただ腕そのものの腕の力を高めるのでございます。

飯場の近くに小学校がありまして、わたくしは人より一時間早く起きて、校庭の隅の鉄棒にぶら下がりにゆきます。夜も暗くなった八時ごろから十二時すぎまでぶら下がっておりました。腕立て伏せは一日千回を課しました。やがて、わたくしは飯場主任の許可を得て、飯場の脇に自前で鉄棒をつくり、そこで暮らすようになりました。眠るのも鉄棒にぶら下がってです。鉄棒人間の噂がひろまって、見物人がおしよせるようになりました。なにしろ食うのも排泄するのも眠るのも、鉄棒にぶら下がってか、鉄棒の上に腰かけてなのですからめずらしかったのです。で、飯場主任の賈《ジア》は気のきいた、融通のきく抜け目のない男でしたから、見物人一人頭、十角の入場料を取ることにしたのです。案の定、公安がけたたましくサイレンを鳴らしてやってきて、見物人を追い払い、わたくしは鉄棒から引きずりおろされました。主任の賈とわたくしは飯場から追放され、賈は妻子のいる四川《しせん》のいなかに帰り、わたくしはさらに腕にみがきをかけるため黄山《こうざん》へと修業の旅にのぼったのでございます。

ごぞんじのとおり、黄山は、山水画の世界をそのまま造化させたような山々で、その美しさはたとえようもありませんが、黄山の奥深くにはまだ仙人が住んでおります。彼らは人目を避けて、樹上生活を営んでおりまして、めったに地上に足をつけることがございません。

仙人というのは、火に入っても焼けず、水に入っても溺れず、顔や形を自在に変え、姿を隠せる術を会得し、現身《うつしみ》で不老不死、天にも昇ることができる能力を持った方たちのことでございます。お信じになれないかもしれませんが、わたくしは確信を持って証言いたします。彼らは存在する、と。

わたくしは、空を飛ぶ修業コースの孔《コン》という老人のもとに弟子入りいたしたのでございます。しかし、黄山での修業につきましてはこれ以上詳しく述べることはできません。もし、この裁判の過程で、わたくしのことが新聞かなにかで報道され、中国当局の耳に入るようなことがありましたら困ります。当局は必ずや黄山の仙人集団を一網打尽にするでしょう。

さて、何はともあれ、検事の旦那さま、わたくしは強制送還されれば死刑になる身の上ですから、わたくしをどうか貴国の法律のもとで起訴していただき、懲役刑なりなんなりとご処罰ください。わたくしに刑を科することで、貴国にとどまれるようおねがいいたしたいのでございますが、黄山での樹上生活、ありていにもうせば、人間たるわたくしがいかに猿の本能と機能をとりもどすか、先祖がえりのきびしい修業でありました。このようにわたくしは孔のもとに二年間おりました。

それから免許皆伝、上海にもどりましたが、このときは黄山からずっと三百キロほどの道のりを樹から樹へ、一度も地面に足をつけることなくたどりついたのでございます。今年七月二十四日のことでございました。

わたくしは虹橋《ホンチャオ》の飛行場近くの草むらに身をひそめました。カナンの地にむかう飛行機は、毎日一便はございます。しかし、警戒がきびしくてなかなか近づくチャンスはありません。

二十八日の夕方でした。わたくしは気づかれずに鉄条網をかいくぐり、停車中の車づたいに格納庫の中に忍び込むことができました。どでかい飛行機が格納されており、みたことのない国旗がついております。

翌朝、つまり二十九日のことですが、そのどこかの国の飛行機が格納庫から引っぱり出されるのに、車輪にかくれたままわたくしもいっしょに動きました。車輪は直径二メートルに近く、太さは五十センチもありましたから、そのかげに隠れて移動するのに何の支障もありませんでした。飛行機は所定の位置にきて、止まりました。ふとみると、二百メートルほどむこうに、星条旗のはためいている大型機があるではありませんか！

このとき、聖霊の啓示が下ったのでございます。時は充てり、と。わたくしはお題目、アーメンを二度となえ、胸に十字を切って、歩き出しました。

なぜでしょう？　わたくしには確信がありました。いま、わたくしは、世界中の人間がこの飛行場に集まってきているとしても、何億何十億の視線の死角の中を歩んでいるのだ、というものです。黄山での仙術修業の成果なのでしょうか。それとも、神のおみそなわしなのでしょうか。たぶん、その両方だと思います。イエスは水の上を歩かれたではありませんか。

わたくしの身なりは、青いTシャツ、グレーのズボンにスニーカーというもので、もちろんぜんぶ盗んだものでした。所持品はボロボロになったあの袖珍聖書《ポケット》、ただひとつ。斜めむこうから、ひとりの若い男が近づいてきました。どうやらわたくしが目ざす飛行機の車輪部分の点検をおえた空港整備員のようです。このまま双方が同じむきに進めば鉢合わせはかくじつです。しかし、わたくしはおちついて、そのまま進みました。そして、ほぼ五メートルぐらいかれが斜め前方に接近したとき、

「あれはアメリカへゆく飛行機かい？」

とたずねました。すると、青年は、

「そうだよ。ロスアンゼルスゆきだ」

「そいつはたしかにアメリカかい？」

「アメリカ西海岸の大都市さ」

「ここからどれくらいあるのかな？」

「そうだな、……一万五百キロ、飛行時間は約十五時間」

「ありがとう。恩にきるよ。きみの名前は？」

「紐《ニユウ》だ。紐約《ニユーヨーク》の紐だ。さようなら」

紐と名乗った男は、口もとを両側に引く笑顔をみせて遠ざかったのでした。その顔には、わたくしがこれから飛行機の車輪にぶら下がってアメリカまで旅をする前途を祝福してくれているような、そんな表情が読みとれたように思いました。もちろん錯覚でしょう。しかし、これは大変幸先のよいことでした。

すぐにエンジンがかかって、耳をつんざく音があがります。うまく右側の車輪のあいだに回り込むことができました。わたくしは、しっかり巨大なタイヤとタイヤのあいだの車軸をつかまえました。まさにこのときのために、わたくしは血と汗のにじむ鍛練をつんできたのです。鉄棒生活二年、黄山における樹上生活二年。わたくしはこの車輪にぶら下がって高く舞いあがり、はるか一万五百キロの海をこえて、ついに約束の聖地にむかうのであります。

飛行機が走り出しました。離陸しました。わたくしのからだもぐいと持ち上げられ、ふわっと宙に浮かびます。何という軽い酔い心地でしょう！

上海のまちが眼下にひろがり、みるみる小さくなってゆきます。いっとき、このすばらしい眺望をたのしんでおりましたが、予想外のことがおきました。車輪が上に持ち上げられ、飛行機の腹の下にある格納庫におさめられようとしているのです。

わたくしはあわてました。車輪はそのままだと思いこんでいたものですから。ひょっとしたら、格納庫の中で巨大なタイヤにおしつぶされるかもしれない。見上げますと、格納庫の内部が近づいて、壁面には何本ものパイプが張り巡らされているのがわかります。わたくしは車輪からパイプに手をのばし、とびつき、体をねじって壁にへばりつきました。そうなってみますと、この予想外のできごとが、じつはわたくしの長い道中にとって、がぜん有利に働くだろうことが判明しました。もし車輪が外に出たままですと、わたくしも車軸にぶら下がったままなわけですから、アメリカに着くまで外気にさらされます。いま思い出してもぞっといたします。上空一万メートルは鉄棒の上や黄山の樹上とは違うのです。黄山でいちばん高い山の天都峰ですら千八百十メートルでございます。

わたくしは、神様は天におられるのだから、高くのぼればのぼるほど快適になれるのだと信じていたのでありますが、そうは問屋がおろさなかったのでございます。まず息苦しさが、それから寒さがやってまいりました。水しぶきが吹きつけ、霧にまみれ、やがて固いものが体に当ります。みると雹《ひょう》でした。寒さ、息苦しさがつのります。皮膚とその下の筋肉の層が凍りはじめるのが感じられます。それがここちよいのです。わたくしは右腕、左腕を交互にパイプからはなして、体をさすったりたたいたり、片足で片足をこすったり蹴ったりしてなんとか凍りはじめる筋肉を叱咤激励したのでございます。奇妙な眠気が襲ってまいりました。黄山の奥で、松の木にぶら下がっていてもついぞ味わったことのない甘い眠気でございます。

「甘い眠りには気をつけろ。命取りになるぞ」

と孔《コン》師は申しました。たぶん、これがそれだったのでございましょう。女のかたわらではございません。わたくしは、アーメン、と三度唱えました。神はわたくしのさらに頭上はるかの天におわします。なにとぞおみそなわしくださいませ、と祈りました。

気を失う寸前だったとおもいます。もう二、三秒遅ければわたくしはそのまま凍りつき、たちまち一万メートルの上空で宙に放り出されていたでしょう。ごろごろと車輪が動きだしたのでございます。と、ものすごい風が下から吹きあがり、わたくしはその衝撃で気を取り直し、パイプを握り直しました。タッチの差でした。一瞬握り直すのが遅かったら、わたくしは下からの暴風に吹きとばされていたことでしょう。一瞬一瞬が、生と死の瀬戸際の動きでした。

車輪がすっかりおろされました。アメリカです！

着陸のときはものすごい音と衝撃でしたが、持ちこたえることができました。タイヤが地面をこすって火花が散り、猛烈な熱が生じ、それがわたくしに浴びせかかり、凍えきったからだが溶けはじめました。ひと心地つく、とはこのことでございます。着いたのだ。約束の地に着いたのだ。わたくしの目は思わずうるんだのでございます。

わたくしはまだ車輪格納庫のパイプにぶら下がっておりました。もう少し隠れているつもりでいたのです。ところが、いきなり下から懐中電灯で照らされ、整備士にみつかってしまったのです。あとのことはもう公安の旦那さま、検事さま、弁護士さま、裁判官の旦那さま、みなさますべてご承知のとおりでございます。

わたくしは逮捕されました。そして、ある事実をつきつけられました。ここがアメリカでなく、日本だということでございます。

検事の旦那さまはこうおっしゃいました。

「おまえは密入国の罪で逮捕された。通常ならただちに入国管理事務所に引き渡して、強制送還の手続きを取るところだが、おまえがジャンボ旅客機の車輪にぶら下がって密入国した行為は、蛇頭絡みの漁船やコンテナーでやってきた連中より罪が重い」

「なぜ重いのでございますか」

わたくしはこうおたずねしました。

「なぜならば、おまえが車輪にぶら下がることによって、ひょっとしたら飛行機は墜落する危険があったのだ。あのノース・ウェスト機には三百五十人が乗っておったのだぞ」

まさかとは思いましたが、わたくしごときがぶら下がることで、あのどでかい飛行機が墜落したかもしれないといわれて、悪い気はいたしませんでした。

強制送還以外でしたら、どんな刑罰にも甘んじます、とわたくしは答えました。なぜなら、わたくしは強制送還されたら、あの羅《ルオ》や馮《フォン》と同じように、法院の庭で銃殺刑に処せられるのは火をみるよりあきらかだからです。そんなことはあるまい、せいぜい罰金刑ですむだろう、と弁護士先生はおっしゃいます。ああ、なんという楽観主義！　よくお考えください。わたくしは孤児、天涯孤独の身なのでございます。身許引受人もない流民のわたくしが、いったん、いかなる名目であれ公安につかまったら最後、どんなひどい目にあうか、とても日本のみなさんにはわかっていただけないかもしれません。

おねがいです。どうかわたくしをアメリカへ強制送還してください。わたくしは神様からお約束いただいているのでございます。モーセはエジプトを脱出して、カナンに還ったのでございます。その伝でゆきますならば、わたくしが還る先は中国でなく、アメリカなのでございます。

なにはともあれ、こうしてわたくしの罪が重いということで、起訴され、このように日本の法廷に立たされる破目になったのでございますが、これこそ災転じて福となすのたとえどおりで、わたくしには国選弁護人という旦那がついていただけることになり、ごはんも充分いただいておりまして、このようにわたくしの半生についてお話しし、自分自身の申し開きもできるわけでして、ありがたいことと感謝いたしておるのでございます。

弁護士さまのおっしゃるには、わたくしが生きておれたのはほとんど奇跡に近い、と飛行機会社や空港関係者は異口同音に申しておるそうです。過去に、世界中で、わたくしのように車輪にぶら下がって密航を企てた人間はわずかに一人をかぞえるのみで、その男はエジプトのカイロ空港の滑走路を飛び立った直後、千メートルの上空から振り落とされたそうです。もちろん、これは確認されているかぎりのことでして、上空一万メートルでは零下四十度から五十度、空気は薄く、人間が生きてゆける限界をこえておりますから、まず凍死か窒息死するだろう。たとえ一万メートルの高度にたえたところで、着陸態勢に入る前に振り落とされてしまうだろう。というのは、飛んでいるうちに格納庫の中にとびこんだ雨滴や霧やその他の水分が氷《こお》って、大きなかたまりになっていて、もしこれが空港周辺の人家に落ちたりしたら大変だというので、成田の場合は、房総半島に近い太平洋上でハッチを開いて海に落とすことにしているのだそうです。このとき、ハッチの中に吹きこむ風は風速百メートルもあるそうで、ぶら下がった人間などひとたまりもありません。

あとにも先にもわたくしひとりだろう、奇跡というしかない、と弁護士の旦那はおっしゃるのですが、それはわたくしの腕の力、黄山での修業ぶりを知らないからでございます。

奇跡は神の力で、人間一生にたった一度だけ起きるものですが、わたくしは、まだこんな程度のことで奇跡をいただくつもりはなく、もっともっと、わたくしの修業では及びもつかない、ぎりぎりのところでお願いするつもりでおります。

　裁判官さまが、

「たすかって、ここにいるけれど、どう思いますか」

　とおたずねになりますので、

「神様に感謝します」

　とわたくしはお答えしました。とても心証をよくされたようです。

「拘置所の待遇はどうですか」

「けっこうでございます。毛布を三枚もいただいており、孤児院の食事の四倍は食べております」

　ひもじい思いをしなくてすむ。これは何ものにも替えがたいのでございます。

「ところで、ちょっと気がついたことがあるのですが、あなたの先祖の船隊の九姓をもう一度ここであげてみてくれませんか」

　と裁判官の旦那はおっしゃいました。そこでわたくしは、わたくしの李《リー》姓を筆頭に、張《ジャン》、馮《フォン》、紐《ニュウ》、羅《ルオ》、呉《ウー》、賈《ジア》、包《パオ》、孔《コン》と九姓をあげさせていただきました。

「なるほど。あなたの生い立ちからこれまでの話で、節目節目にあなたと関わりを持った人間を振り返ってみましょう。まず盲《もう》の包《パオ》、神父の包、孤児院仲間の羅《ルオ》と馮《フォン》、飯場主任の賈《ジア》、黄山の先生が孔《コン》、上海の空港整備員は紐《ニュウ》でしたね」

わたくしはあっと驚きました。たしかに、わたくしの先祖の九姓のうち六姓までが彼らにあてはまるではありませんか。彼らはたして、ちりぢりになった漂流船団の末裔だったのでしょうか。彼らが有形無形の力で、まずわたくしを約束の地へと旅立たせる後押しをしてくれたのかもしれません。

しかし、あと二人、張姓と呉姓にはまだ出会《くわ》しておりません。

「あと二人ですね」

裁判官さまはおっしゃいました。まるでわたくしの考えが声に出たようでした。

「教えてあげましょう。あなたの向かいの検事席にいるのが呉《くれ》検事です。そして、あなたの国選弁護人をつとめるのが張本さんですよ。これで揃いましたね」

そこでわたくしは裁判官の旦那さまにおたずねしたのでございます。

「では、裁判官さま、あなたのお名前は？」

わたくしは固唾《かたず》をのみました。わたくしがどんな名を予想し、かつ望んだかは神のみぞ知るところでございます。

「私の名は鈴木です。日本中に腐るほどありますよ」

がっかりするなというほうが無理というものでございましょう。

さて、何はさておき、ここにお話しいたしましたあれこれ、そのほかくさぐさのことどもがございまして、そのあと、検事さまよりの求刑がありました。懲役一年六ヵ月というものでした。これの軽重を云々する資格はわたくしにはありません。弁護士の旦那さまは、まああんなもんじゃろう、とおっしゃいました。

　それからまた、ここにお話ししたことのほかのことどもが出来《しゆつたい》いたしたのち、一週間後に判決が下りました。

「被告李青黄《リーチンホアン》を一年六ヵ月の懲役刑に処す。ただしその刑の執行を三年間猶予する」

　わたくしは通訳の旦那さまから耳打ちされまして、欣喜雀躍いたしました。

　控室にもどると張本先生と抱き合いました。

「さあ、きみはこれで釈放だ」

　わたくしが勇んで部屋を出ようといたしますと、うしろからあなたはいわれました。

「ドアを開けるのはちょっと待ちたまえ。外には入管の係官が手ぐすね引いて待ちかまえているよ」

　はじめはどういうことか分かりませんでした。

「きみの刑が確定して、きみには執行猶予がついた。だからきみは外に出られる。入管の係官は、出てきたきみをただちに収監して、中国へ強制送還する手筈なんだ」

　ああ、弁護士の旦那さま、わが漂流民の末裔よ、あなたはぬけぬけとこうおっしゃったのでございます。それではいったいこの裁判は何だったのか。わたくしはふるえあがりました。

「しかし、打つ手はある。いますぐ控訴すれば、きみは東京の高等裁判所で裁判を続行することができる」

わたくしはとびつくように控訴書類に署名したのでありました。控訴と知って、入管の係官は舌打ちして帰っていったそうでございます。こうしてわたくしは、千葉から小《こ》菅《すげ》というところの拘置所に移され、二審裁判を待つ身となるところだったのですが、わたくしは、この先のことを透徹した頭とまなざしで勘案してみました。

これは控訴してみたところで見込みはない。たとえ無罪を勝ち取ろうと、一年六ヵ月の懲役刑が一年になろうと、結審するやただちに入管がわたくしの身柄を拘束して、強制送還してしまうことに変わりはないのだ。

さらに追いうちをかけるように張本弁護士さま、あなたはこういわれたのです。

「さあ、きみとはこれで永久にお別れだ。高裁ではまた別の国選がつく」

ああ、あなたはわたくしをお見捨てになるのか！　わたくしは呆然と立ちつくしたのでございます。

拘置所の方が、わたくしを護送車に連れてゆこうとしました。裁判所の裏門に立ちますと、飛行機の轟音が聞こえてまいりました。巨大な腹をみせて、車輪を引き上げながら、どこか遠くの国へと飛び立ってゆくのです。

わたくしは、トイレ、といいました。トイレの前では手錠をはずしてくれます。みなさま、ご承知のように、わたくしは黄山で仙術の修業を積んだ身です。用を足すふりのあと、やにわに窓にとびつき、あっというまに横の庭に出て、走りました。

こうなればもう日本の公安はわたくしをつかまえることはできません。日本の公安は決して発砲してこないのですから。

わたくしは難なく成田空港にたどりつき、苦もなく滑走路にもぐりこみました。ごらん下さい。旦那がた、いま、わたくしは再び空に舞いあがり、腕一本で一万メートル上空をゆくジャンボ機の車輪にぶら下がっているのでございます。もはや空気の薄さも寒さも屁とも思いません。さきほどは、西の空に豪勢な夕焼けを拝みました。この飛行機がどこの国の飛行機で、どこへむかっているのか、そんなことはどうでもいいような気がしてまいります。何という軽い、軽い酔い心地でありましょう。こうして腕一本で漂流しておりますと、わたくしの先祖は河を漂流しておりました、そのことと考え合わせ、つくづくわたくしは漂流する運命にあったのだと身にしみて思い知るのでございます。

しかし、ついさきほどは、裁判所のトイレに聖書を忘れてきたことに気づいて、思わず取りに降りようとパイプを持つ手を放しそうになって危ないところでした。よろしい！　その気になれば、わたくしは聖書のどの章でも頭の中から取り出すことができる。

毛語録をそらんじていた包のように。

わたくしはいま自由でございます。そして、人間にとりまして、これだけが、いちばん大切なことなのだと思わないわけにはまいりません。

神様、わたくしは、いまあなたに最も近いところを漂っておるのでございます。と同時に、まことにふしぎなことでありますが、幼少のみぎり、あの麦村《マイツン》の青黄《チンホアン》のむせかえるような林の中で、お袋の胸に抱かれているような思いが湧きあがってまいりました。

かくて、わたくしは、ちょうどこのとき、お袋の胸と神のふところに抱かれ、景気も上々、わたくしの幸運という幸運の、絶頂にぶら下がっていたのでございます。

かみにさわった男

彼女は区役所や銀行の窓口で何かの用紙に自分の名前を書かなければならないとき、いやだな、とおもう。つまり、こうなのだ。麤子という文字を書く。苗字でなく名前である。麤は、音よみでソ、訓よみであらいと誦《よ》む。用紙の枡目にはどうしても入りきらない。シカが連なって遠くへ走って行く意を表す。転じて、粗と通用し、あらいの意に借用する。

ママが漢和辞典でいちばん画数の多いのを選んで決めたというのだから、救いがたい。三十三画もあるのよ、いやになっちゃう、とぼやいたこと数知れない。ふん、昔から子供に名前をつけるのは男の役目だった、それなのに女の自分が、というママの憤り、男へのあてつけだ。しかも、しゃくなことに最近、ママは「ハローページ」の記載を娘の名前にしてしまった。ずいぶん抗議したが、応じない。こういう漢字のあることを、世間の人におしえてあげるのよ、といった。ちなみに、ママの名は一子《いち》。

われわれは、音よみで、ソ子と呼ぼう。

ソ子は他にもいやなことがある。家に帰って、ママが先に帰っていたりすると、やはり、いやだなとおもう。居間のソファで携帯《ケータイ》をしていたり、大きな音を立てて新聞をめくり返していたりするのは、うっとうしいことこのうえない。わたしを産んでくれたということだけはたしかな、まだまだ色気も生命力も旺盛な生命保険のおばさん。

もうひとつある。髪にさわられること。小さい頃からいやだった。ママの友だちの男たち。何かというと髪に長い手を伸ばしてくる。特に人の心をくすぐるほど上等の髪ではない。黒くもなく、長く垂らしたり、粋に巻き上げたりしているわけでもない。黒髪なんて大嫌い。ほんとうに日本の男って嫌い。それと、同じくらいいやなのは、自分の髪にしょっ中手をやる女。ねじったり、かきあげたり、指で梳《す》いたりを人前で平気でやる。ソ子の経験則では、そういう女はたいてい性悪だった。

女子美を出て、代官山のテディ・ベアの店に勤めて、三年間、テディ・ベアを作ったり、店で客に応対したりした。とてもうまくいっていた。二つの恋をした。一年半にひとつの割合いだ。ひとつは男で、ひとつは女で、やはりなぜか二人とも彼女の髪にさわりたがる。髪がじつにきれいだ、という。じつは、彼女の髪は細くて、柔かくて赭《あか》いのだ。色白で、バストはつんとすましたようにとがっていて、足首はしっかり締まっている。

「あなたがパンプスに足を入れるところ、うしろからみてると、たまんなくすてきよ」

とふたつめの恋の相手はいった。

こんなざれうたが店ではやった。「テディ・ベアは泣くし笑うし、病気にもなれば恋もする。だけど、テディは文盲よ」

ある日、突然、テディ・ベアの顔がまぬけで、ばかばかしくみえてきて、三ヵ月ほどたつと吐き気がする。出社拒否症におちいって、店をやめた。自作のものを含めると四十体はあったテディ・ベアのコレクションをぜんぶゴミに出した。中には、十五万もするコレクター垂涎《すいぜん》のドイツ系アーティストの一品物もあった。自室に引きこもり、デッサンをしたり、本を読んで半年を過ごした。エーコ、カルヴィーノ、レスコフ、マルケス、百閒《ひやくけん》、柳浪《りゆうろう》、岸田秀。自分でもけっこういい好みだとおもう。

ママとはめったに口をきかない。外からの通信といえば、女子美時代の友人から電話が三件、昔の恋人から一件、小松川高校のクラス会の案内一通。あとは区立図書館の返却催促葉書と督促電話数回。そんなところだ。拒食症になりかけた。こわくなって、外に出ることにした。いつまでもごろごろしているわけにもゆかない。近所の松江《まつえ》商店街にある不動産屋の事務所にアルバイトで雇われた。お客さんを物件先まで案内する。男の客はたいてい食事に誘うが、断ることにしている。専属で物件を預からせてもらっている賃貸マンションのひとつにボタン・コートがある。その名の通り、エントランスも中庭《パティオ》も屋上も牡丹《ぼたん》の花でいっぱいだ。ボタン・コートに目のみえない噺家《はなしか》がいて、ソ子は二、三度すれ違ったことがある。角刈りでりゅうとしていて、高倉健と死んだ川谷拓三を足して二で割ったような感じだ。どきどきして、思わず目を伏せてしまった。

その人が、最近結婚したらしい。秋田の人で、美人だという。そりゃそうだろう、とソ子はうなずいた。秋田だからでなく、盲《もう》の人に連れ添うのは美人でないとさまにならない、とただ訳もなくおもったのだ。

「どうするんだろうねえ？」

派手なランジェリーを脱ぎ捨てながらママはいう。汗ばんだ皮膚が、こちらにまで感染してくるみたいだ。

「何が？」

「だって、美人だって、顔がみえなくちゃね」

とママは下品な、くく、という笑い声をたてた。痰《たん》がからんで、あわててティッシュ・ペーパーの箱を、まるで盲人の手つきでさぐった。ない。ちょうどソ子のうしろにある。出してあげない。

「H…の購買部長さんがね」

と大手の電気会社の名をあげて、

「きのう、とうとう根負けして、付き合ってあげたの」

痰がからんだままの声である。

「だって、購買部にお出入り自由にさせてくれて、おかげで五人も契約取れたんだからね。彼ったら、クルマ運転できないのよ。それで、東京駅の銀の鈴で待ち合わせて、東海道線で小田原まで行っちゃったのよ。連れ込み。それが、彼、不能なの。ソ子にこの意味わかる？　でも、彼はあっけらかんとしたもんよ。あんたなら、いけるかもとおもったけどな、だって。試したんですって。お気の毒さま」

「ママ、やめてよ」

「あら、ばかね、あんた。どうせ赤坂に出るんなら、こういう話になれたり、覚えたりしとかなくちゃだめよ」

ソ子はその男にふと興味を覚えた。不能か。ふん。

彼女は、赤坂のクラブに来月から出る破目になった。チーママが、ママの生命保険の大口加入者なのだ。ソ子は、ママから六十万円借りている。親のくせして、それをきびしく取り立ててくる。しかたなく、うなずいた。わたしはママに売られたのよ、とソ子はいった。

一週間後に店に出る。その打ち合わせをかねて、チーママがおひるをごちそうしてくれるというので赤坂に出た。

「ばかねえ、あんた。こういう商売、なんだとおもってたのよ。みんなお客さんと寝るのよ。もちろん選ぶ権利はあるわよ。でも、選ぶ権利のないときもあるわよ。あんたのママだって、いちおう業界は違うけど、はっきりいって同じ穴のムジナよ。それから、いい、うちはいちおう赤坂では高級クラブだから、店でエッチなまねはさせませんが、髪のタッチはフリーよ。ときどき、いるのよね。胸やお尻はオーケーでも、髪をさわられるとおこりだす女の子。でも、あなたならたちまちナンバー・ワンよ。そこそこエキゾチックだし」

とまくしたてられ、悄然《しょうぜん》として赤坂見附の駅まできた。このままどこか遠くへとんずらしたい。どこがいいか。たいした旅の思い出もない。たしかな土地が思いつかない。いっそ外国がいい。考えたり、つぶやいたりしているうちに、なんとなく丸ノ内線に乗って淡路町まできて、都営新宿線に乗り替えていた。いつもの帰宅ルートである。電車は昼下りのせいか、すごくすいていた。食べた広東料理と軽く飲んだ紹興酒のせいで、浜町までは起きて文庫本を開いていたが、菊川をすぎたあたりからがまんしきれずにうとうとしはじめた。

いきなり視界が一面金粉をまぶしたように明るくなり、轟音が広い空にあけ放たれる感じがして、電車が地上に出たことがわかる。やがて東大島駅に着く。ヒガシオオジマ、とよむ。この駅は旧中川の川の上にある。

電車が動き出し、加速し、荒川へとさしかかる。なまあたたかな風が吹き込む。髪に何かがさわった。ひんやりとした感触だったから風ではない。ソ子の体はけだるくて、まぶたをあけるのもおっくうだった。

蝶だろうか。荒川の上をよくキアゲハが飛んでいて、電車の窓から入ってくることがあった。顱頂部《ろちょう》からうなじ、うなじの少し上の両耳のあいだを左右に動く羽のような触覚。

人の息の気配が漂った。はっとなって、顔をあげて、あたりを見回す。近くにはだれもいない。ソ子は、首筋や腋の下に冷汗をかいていた。

電車は荒川を渡りおえると船堀駅に滑り込む。やはり高架の駅だ。ソ子はおりた。

自室に入って、ソ子は少し泣いた。そして、机に突っ伏してうたた寝しているところに一本の電話がかかってきて、てもなく誘い出された。のほほんとたそがれていた。

ソ子は、指定場所の船堀駅近くのデニーズへ自転車でむかった。全然見ず知らずの男が合図してきた。歳は二十代後半、黒い硬そうな髪が、せまいひたいからうしろへなでつけられ、きれいに櫛《くし》の目が通っている。ひげはない。青い剃りあともないつややかな皮膚だ。八重歯がのぞいている。猪首《いくび》に、ベージュの麻のジャケットを窮屈そうに着て、足には革のサンダル・シューズといういでたちで、タバコを吸った。指先も、サンダル・シューズからのぞいている爪もとてもきれいだ、とソ子はおもった。とぎすまされている。どこかでみたかもしれないビーズのような黒いまなこ。人間の目、とりわけモンゴロイドの目ってこんなに黒かっただろうか。その目で、じっと視線を送ってくる。目の前に、いきなりこんな美しい女があらわれて、驚愕している気配がある。声は電話のときと同じでややかん高く、語尾がふるえ、時折、口角に小さな唾の泡ができる。茶色い革のボストンバッグが、ペットのように彼の横に置かれている。何が入っているのだろう。

「重そうね」

というと、にやりとして、左手で把手《とって》を撫でるようにした。あたりを見回し、

「この店ひとつぐらい、ふっとぶさ」

「まあ」

彼からの電話というのがふるっていた。

「あなたをよくみかけます。好きになりました。結婚して下さい」

とのっけにいったのだ。

「みかけますって、あなた、わたしの何を知ってるの？」

「なにもかも」

「なにもかも？　それって、何も知らないのと同じじよ」

今日でなければ、ソ子はこんな電話で誘い出されるような破目にはならなかった。デニーズで向かいあったときも、ソ子は同じ質問をつっけんどんにした。

「みかけますって、あなた、わたしの何を知ってるの？」

「なにもかも」

「うそ。だって、あなた、さっきわたしが店に入ってきたとき、すぐにわたしのこと、わかんなかったみたいじゃない？」

「考えごとしてたんだ」

とひと口、コーヒーを静かにすすって、

「トミーとよんでくれ、トミーと」

と男は興奮して、声をふるわせていった。

ソ子は少しこわくなった。男は、指で水の入ったグラスをしきりにはじく。硬い爪がガラスを打って、キン、とかん高く鳴る。切り裂きジャックやロンドンの爆弾魔はこういう指をしているにちがいない、と空想したりした。

二人はコーヒーを一杯のんだだけで立ちあがった。トミーが、帰ろうとするソ子の腕をつかんではなさない。自転車を放り出して、片手にボストンをぶら下げて、ソ子を船堀駅のほうへ引っぱってゆく。

「あなた、いったいだれなのよ！」

ここでソ子はそんなふうな問いかけでなく、大声でたすけを呼ぶべきだった。あなた、だれ？と口にした瞬間、彼女の脳裡を、このままこの男とどこかへゆく、という想念が稲妻のように駆け抜けた。

彼女の左肱《ひじ》の関節のくぼみに男の指がペンチのようにくいこんでいて、痛さで涙が出るほどだった。振りほどくことはできなかった。

笹塚行きの電車がきて、乗り込む。小川町でおり、聖橋《ひじりばし》を渡って、湯島の坂をのぼる。右側にラヴ・ホテルが並んでいる。

部屋がロックされ、閉じ込められる。ソ子は抵抗しなかった。縛られたり、殴られたりしたわけではない。しかし、目にみえない縄でぐるぐる巻きにされた感じなのだ。その縄がどこから繰り出されるのかはわからない。

男のからだは日なたくさいにおいがして、何だか獣がじゃれついてくるようだ。みつめられると身動きできなくなる。半ば獰猛《どうもう》で、半ばやさしげな視線が、闇の奥からじっと向けられる。でも、ほんとうに男はわたしをみているのだろうか、と疑わしくもなる。

髪にさわってくる。ソ子はその手を払いのけた。思い当った。荒川の上で、居眠りしていたときの蝶の羽のような触覚。では、この男なのだ！

再び手が伸びてくる。ソ子はまた払いのける。執拗だ。手の代わりに舌を使って髪を攻めてくる。ソ子は男の顔を見返す。目だけがずっと奥のほうに輝いて、顔の輪郭はどこにあるかわからなくなっている。あたりはまるでくさむらの闇のようだ。たしかに草いきれもする。

指と舌の動きはソ子の全身にわたった。お目こぼしにあずかるいかなる隅も襞《ひだ》もない。水だって、入ってこれない部分があるのに、とソ子は嘆息した。

さらに、男のきらきらする視線がからだのまわりに蜘蛛の巣のように張りめぐらされる。わたしは網にかかった蝶だ、とソ子はおもう。でも、あまりに手間をかけすぎる。男の一物に手をのばした。一瞬、この人、不能なんじゃないかしら、とひらめいた。

そのとおりだった。しかし、彼女自身はベッドが水びたしになるほど濡れた。

「はじめてよ、こんなの」

思わず口走っていた。

「トミー」

とはじめて男の名を呼びさえした。悔やんでも、また引きずり込まれる。

ベッドからおり、バスローブをはおって浴室へ行く。シャワーで髪をたっぷり濡らした。毛穴から怖れが湧きあがった。わたしはいったい何をしているんだろう？

「あなた、だれ？」

曇りガラスのむこうに黒いものが映った。ソ子はぎくっとした。うしろ向きの男の影で、のっそりと熊のようだ。殺されるかもしれない、とおもった。殺人鬼？……でもこの男、どこか違う。殺人鬼だって人間だろう。だとすれば、彼はどこか違う。もっとこわい。いや、こわくない。奇妙に屈折したこの恐怖には、どこか安心できるものがある。たとえば、優しくなった狼のような……、そうだ、熊だ。テディ・ベア……。

ソ子は妄想を振り払うように、髪の水を切った。もうきまぐれな冒険もいいかげんにしなければならなかった。服をつけはじめる。

「どこへゆく？」

「帰ります」

「朝までここにいろ。おれたち、明日、結婚するんだから」

「狂ってる」

「好きだから」

朝までに殺すつもりだわ、とソ子はおもった。いいわ、ノンシャランな二十五年間のつけがこうして回ってきたんだ。別れを告げなければならない人なんかだれもいない。強いてあげれば……。ソ子は意表をつかれた思いだった。……強いてあげれば、わたしを殺すこの人。

「あなた、わたしをほんとうにどこでみたの？」

「まちでみたといってる」

「どこのまちで？」

「あちこち」

あいた口がふさがらなかった。頭を振った。

「説明して。そんなことってある？」

「ある」

「あなた、きょう、都営新宿線に乗った？」

「乗らないよ」

「うそ。荒川の上で、わたしがうとうとしてるのをいいことに髪にさわったでしょ？」

「おれがさわったのは、荒川の上じゃない。このベッドの上だ。でも、いい髪だ」

ソ子は男にむかってひろげた手を突き出した。男はけげんそうに見上げた。ソ子のほうがわずかに背が高いのだ。

「おカネ、いただくわよ」

とっさの思いつきだった。

「ばかねえ。ただだとおもってたの。あなたはお客さんよ」

おどろいたことに、男はすなおにカネを出したのだった。

「こんなもんかい？」

十万円だった。

「うそよ」

といって、ソ子は押し返した。

男は眠った。虫の息ほどもたてずに、やすらかに。このやすらかさに呪縛されて、ソ子は逃げられない。歯がゆくて、憎らしい。

ボストンバッグがベッドの下に置かれている。デニーズを一軒ふっとばすことのできるほどの爆弾が、あの中に入っている。ほんとうだろうか。いったい何のために? わたしを威《おど》すため?

ソ子はボストンの中をたしかめようと、そっと起き出して、片足を床におろした。ぎくっとなった。振り返ると、男が、みひらいた目をじっとこちらに据えていた。ソ子はあわててトイレに行くふりをした。

彼女はまんじりともしなかった。窓の両開き扉のスリットから、レモンをおしつぶしたような光がこぼれた。ソ子はそれをずっと嵌《は》め殺しだとおもっていた。開ける。音がいっせいにとびこんでくる。五十センチほどの距離で、灰色の壁が迫っていた。雀が五羽いた。ソ子は、ママや不動産屋やホステス稼業の日常を想像した。嫌悪感が吐き気のようにこみあげた。扉をぴしゃりと閉めて、くるりと部屋に向き直った。

男ががばと起きあがった。決してベッドで愚図ついていない。ぱっとめざめ、さっと立ってシャワーをあび、洗面する。起きるなり駆け出す犬のようだ。そのずんぐりした裸のうしろ姿に、ソ子は欲情して、ゆうべの記憶を呼びおこしながら、しなだれかかっていこうとするのをかろうじておさえた。

二人はホテルを出た。湯島の坂のすぐ下でタクシーに押し込まれた。羽田、とトミーは運転手に告げた。

空港に着くと男はいった。

「秋田行きのカウンターはどっちだい？」

「あっちよ」

ソ子は全日空のカウンターを指さした。

「おれたち、ハネムーンなんです」

カウンターでトミーは平然といってのけた。

「それはおめでとうございます。でしたら、スーパーシートにまだ若干、空席がございますが……」

「それにしてくれ。グリーンみたいなもんだろ。いくらだい？」

「おひとりさま、三千二百円の追加でございます」

「じゃ、そいつだ」

「では、お名前をちょうだいいたします」

ここまで軽快なやりとりだったトミーの呼吸が一瞬乱れた。ソ子を振り向き、前に押し出した。

「タカバシ・トミーとソコです」

ソ子はとっさに、しかし口ごもりながらいった。

「トミーさまは、トにミに棒引きでよろしいですか」

「そうだ、棒引きだ。棒引きにしてくれ」

トミーはひとりおもしろそうに笑った。

「いくらだい？」

トミーは尻ポケットから立派な革の札入れを取り出す。ゆうべの十万円といい、羽田までのタクシー代といい、そのつかいっぷりからみてカネは相当持っているようすだ。ボストンの中には盗んだ大金も入っているのかもしれない。

「お荷物はいかがなさいますか」

トミーは思わずボストンをうしろに隠すようなしぐさをした。ソ子はひらめいた。手荷物検査がチャンスだ。きっと開けられるにちがいない。ヒューと口笛を吹きたい気分だった。この男が捕まるところをぜひみてみたい。

よいご旅行を、というカウンター嬢の声に送られて、二人は搭乗口へとむかう。トミーは係官の指示に従って、ボストンバッグをトレーに乗せる。それがローラーの上を滑りはじめる。先にソ子がゲートを無事くぐる。すぐうしろで警報が鳴った。トミーが女の係官に呼びとめられる。タバコ、ライター、コインをポケットから取り出してトレーに置き、再度くぐる。また鳴る。トミーの顔がひきつってくるのがわかった。ボストンだって、もうすぐチェックがかかる。それで、わたしのとんだ冒険茶番劇にも幕が下りる。

ところが、ゴムの遮蔽幕《しゃへいまく》の中から、ソ子の目の前に、あの茶色いボストンバッグがひょっこひょことアヒルのように抜け出してきて、係官が持ち上げ、台の上にのせ、どうぞ、という。ソ子はがっかりしたが、トミーのほうは念入りにボディ・チェックを受けている。彼の苛立ちが、こめかみとうなじから肩の線にみちあふれた。女係官の手が、ずんぐりむっくりしたトミーの体を上から下までさわってゆく。ソ子は生唾をのみこんだ。暴れだせ、トミー。

「つかまえて！　この男は私を誘拐して、縛り、強姦したのよ。違うわ、トミーは不能だったから……そう、強制猥褻行為、淫行を繰り返したのよ」

ボディ・チェックを受けているトミーをみていて、ソ子は、彼がポケットの中に、財布とタバコとライター以外何も入れてないことに気づいた。男というものは、ポケットにもっと色々なものを入れて喜ぶものではないだろうか。ライターや財布はもちろん、名刺入れ、キー・ホルダー、ハンカチ、手帳、ボールペン。彼はそんなものを何も持っていない。腕時計すらしていない。

「ベルトをはずしてみてください」

と係官がいっている。トミーはほとんどくいつきそうな表情で係官をにらみつけた。そばに屈強な警備員がふたりいる。トミーはしかたなくベルトをはずした。ゲートをくぐる。これで四度目だ。無事通った。ソ子は目を閉じて、安堵とも絶望ともつかないため息をついた。

飛び立ってまもなく、飛行機の窓から、群青色の空に、まるで天から吊り下げられたような富士山がみえた。

トミーは目をつむって、身じろぎもしない。このひと、はじめて飛行機に乗るのだ、とぴんときた。両足の間にボストンバッグを置いている。空港の放射線検査にもひっかからない爆弾とは、いったいどんな爆弾なのだろう。

目を下にやると、ネズミ色に蛇行して光る川がみえた。荒川だ。だらしなくのびて、動かない。あの鉄橋がたぶん都営新宿線、あのトラスがたぶん船堀橋、とソ子はつぶやいた。

「きょうは、何日の何曜日だったかしら?」

「六月二十三日、水曜日」

すかさず目をつむったままのトミーから声が返ってきた。

「そうだ、ママの誕生日だったわ。じゃ去年の今日は何曜日?」

「火曜日」

トミーはまぶたを上げ、くくと笑い声をあげる。顔の皮膚は動かない。

「まあ！　いま何時かしら？」

「もう十五分で十時だろ」

トミーは、時計のようにいつでも日付や時間を知っているのだ。

スチュワーデスが紅茶を運んでくる。ソ子はのむ。トミーはのまない。飛行機が揺れる。トミーは目をつむる。全身のこわばりが伝わってくる。彼がもし飛行機を乗っ取るつもりなら、もうとっくに行動をおこしているはずだ。この男は決して暴力をふるわない、とソ子はおもった。しかし、いつも暴力の予兆をまとっている。それは何なんだろう？　しかも、トミーの記憶力の良さといったら！　もう少しこの男と、記憶に関する言葉を交わしてみようとおもう。

「きのうのホテルのカーテンの色と柄を覚えてる？」

「うすい青で、小さなひまわりの花が一面だ」

「ほんとう？　でもたしかめようがないわ。だって、わたしは何も覚えてないんですもの」

「おれは何でも覚えてるよ」

とまたくくという笑いをもらす。そうなのだ。彼は、昭和六十二年九月三日の新宿中央公園からみた明け方の南の雲の形と色彩を覚えており、それをゆうべのラヴ・ホテルのバスの紛《まが》い大理石の縞模様とくらべることができた。同じ年の同じ日、同じ明け方に、ソ子は初潮をみた。トミーには知りようのないことだ。

「どうりで！」

とソ子は両手を打ち合わせた。

「だから、手帳もボールペンも時計もいらないわけね」

トミーのひたいがくもり、肩がぴくりと動いた。

左手に鳥海山頂がみえている、あと十五分で秋田空港に着陸する、と機内放送が告げた。ソ子は窓に顔を寄せた。でこぼこした焦げ茶色の山巓《さんてん》にまだら模様に雪が残っている。そのむこうに明るい海がみえた。

「おふくろが、秋田といっていた」

トミーがぽつんといった。

「だから、秋田なのね」

ソ子の縁者、友人知人に秋田とつながるような人物はいなかった。ひょっとして、秋田で、このひと、死ぬつもりじゃないかしら。ふとそう考えた。わたしを道連れにして？　よしてよ、冗談じゃないわ。

しかし、どうなるか、もうちょっと先まで行ってみたい、というこわいものみたさもあった。この男の呪縛してくる力の源泉を解き明かしてみたい。フィールド・ワークよ、と泣きべそまじりにつぶやいた。真実は、ボストンバッグの中身にあるのだろうか。いや、そんなものではありえない。彼の存在そのものからやってくるような気がする。

機内放送が、座席とテーブルをもとに戻し、シートベルトを締めるようにいった。その直後、飛行機がまたひどく揺れだした。トミーがいきなり立ち上がった。拳をきりきりと握りしめ、力のこもった肩がもりあがる。狂暴な目つきだ。スチュワーデスがとんでくる。

「お客さま、どうぞお席について、シートベルトを」

と呼びかける彼女の手を、トミーははげしく払いのけた。ソ子が、彼の肱にそっと手をかけると、しずまった。坐り直して、シートベルトをしめ、目をつむった。

ソ子のテーブルの上にさきほどの紅茶を置いたときの薄手の紙のコースターが残っていた。紅茶が少しこぼれたあとがしみになっている。ソ子はすばやく、コースターにボールペンで、たすけて、バクダン、と書きつけ、ブラウスの胸ポケットに滑り込ませた。必ず、どこかで使うときがくる。これだけの動作で、ソ子はひどく疲れ、ひたいに汗をかいた。

ふと、ママのことを思い出したりした。どうしてるだろうか。たすけて、ママ、誘拐されて、いま秋田空港よ、と電話するとする。ママはきっとこういう。きょうはいいフライト日和《びより》ね。

着陸した。

ロビーを通り抜ける。むこうからは、出発便に乗る客たちが三々五々やってくる。ソ子はめざとく、彼らの中に、一人、みおぼえのある姿をみつけた。ボタン・コートに住む噺家だ。近づいてくる。たしかに彼だ。だけど、どうして？　そうだわ、彼は秋田の女《ひと》と結婚したんだった。それなら、彼を秋田空港でみかけるのは奇遇だけれど、不自然でもなんでもない。そうだわ、彼にさっきのコースターを渡そう、ととっさに思いついた。このままトミーのいいなりになんかならない。わたしがこの先の展開で主導権を握るのだ。これはゲームだわ。この一枚のコースターで展開は変わる。

しかし、このまま双方がまっすぐ進めばうまくすれ違うことはできなかった。ソ子は何気ないふりで、トミーの右側を歩いていたのを左側へと移った。ごく自然な流れるような動きだったので、トミーにみとがめられることはなかった。そこでトミーもごく自然な動きで、左手のボストンを右手に持ちかえた。

あと十メートルだ。噺家は黄色いシルクの長袖シャツに黒い麻のパンツをはいている。杖は左手だ！　これではすれ違ってもコースターを渡すことができない。

「おねがい、持ちかえて！」

そのとおりになった。あと一メートルというところで、噺家は杖を左手から右手に持ちかえたのである。ソ子はすれ違う寸前、トミーよりわずかに歩調を遅らせて、四分の一歩ばかりのずれをつくりだし、そのずれを、コースターを噺家に手渡すチャンスに利用した。

うまくいった。しかし、ソ子の手際の良さだけでこうはうまくゆかなかった。相手との呼吸である。このとき、噺家の、盲人特有の勘の良さとすばやさがなければ、おそらく鋭いトミーの勘付くところとなっただろう。盲人が幸いした。トミーのような存在には、何かしら盲目のような力だけが対抗しうるのだ。


いっとき波立ち、また、すべてがトミーの奇妙な沈黙と暴力の予兆の支配する世界へと、ソ子は引きもどされた。

トミーはレンタカーを借りようとした。しかし、彼は運転免許を持っていない。ソ子が運転するのである。手続きはすべてソ子がやらなければならなかった。トミーはいちばんの高級車を選んだ。最新型の白のトヨタ・クラウンだ。

ソ子は何度もうしろを振り返った。助けはまだこないのか。

トミーは、ソ子にまずクラウンを秋田市役所へ向けて運転させた。ソ子はカウンターでもらった市内地図のコピーと道路標識をたよりにハンドルを握る。トミーはボストンバッグを膝にのせて、地図も道路標識も見向きもしない。

「ずるいひとね。協力しなさいよ」

といった。ハンドルを握ると少し強気になった。トミーは聞こえないふりをした。そばを流れている深々とした川は雄物川《おものがわ》だった。

どうにかこうにか市役所にたどり着いた。戸籍課戸籍係で婚姻届用紙を取って、お濠《ほり》端《ばた》の喫茶店に入ると、トミーは白いテーブルにそれをひろげ、ビーズのような目を大きく開いてソ子をみた。結婚するというのは本気なのだ。

ソ子は首を振って、足を組み変え、投げやりにボールペンを取り出した。夫になる人、妻になる人、住所、本籍、父母の氏名、婚姻後の夫婦の氏《うじ》・新しい本籍、同居を始めたとき。

ソ子はとりあえず自分の名前だけ記入しようとして、一瞬、頭の中が白くなった。漢字が出てこない。ようやく思い出して、書いた。トミーはじっとくいいるように彼女の筆跡をみつめた。あとは適当に、でたらめに書き入れた。

「あなたも書きなさい」

テーブルの上で、つっと用紙を男に向けて滑らせた。

「いいんだ」

といって、トミーはそれを小さくたたむと胸ポケットにしまった。

「わたし、もうくたくた。どこかで眠らせて」

どうして助けにきてくれないんだろう、と怒りがこみあげたとたん、気がついた。噺家は目がみえなかったのだ。だから、あのSOSは読まれなかった！

　ばかね、わたし、とソ子はもはやすっかりどうでもよくなって、大きなあくびを三つ立て続けにした。コーヒーにふだんは入れない砂糖をスプーンにすくって二杯三杯と足して、掻き回した。

「おい、砂糖というもんは、このへんから静かに入れて、掻き回さずに、渦をたのしむんだぞ」

　トミーが思わせぶりな含み声で注意した。まあ、なんてきざな男、柄に似合わず妙なことにこだわるのね、とソ子は無視して掻き回しつづけた。

　トミーは新しいコーヒーを注文した。そして、したり顔で繰り返す。このへんから静かに入れて、と彼がいうこのへんとは、ちょうどコーヒーの表面に四十五度の角度であるらしい。なるほどきれいな渦ができる。ソ子はそのとおりにした。

　ふいにコーヒーカップを口もとに持ってゆく指の力が抜ける。

「ごめんなさい。ゆうべ一睡もしてないの」

　眠ろう、眠りの中で、わたしは自由になる、と唱えて、椅子に腰掛けたまま、顎を胸に落とした。

　揺り起こされた。夢もみなかった。自分がどこにいるか瞬時にわかった。悪夢はこっちだった。

「どれくらい眠ったかしら？」

「一時間と十分」

「まあ、そんなに！　あなた、ずっとそこにいてくれたの？」

変な問いだった。わたしが逃げないように見張っていたにすぎないのに。ソ子は、身内にかなりな体力がむなしくよみがえるのを覚えた。わざと大きな伸びをして立ちあがった。その拍子に、すねをテーブルの縁にしたたか打ち当てて、テーブルが傾き、水の入ったグラスとコーヒーカップが床に落ちて割れた。

「わざとやったな」

怒りのこもったささやき声と同時に手が伸びてきて肩をつかまれた。ウェイトレスがとんできた。

「すみません。弁償するよ」

「いいんですよ。おけがはありませんか」

とび散ったかけらをトミーはていねいに拾った。すごく目がいい。どんな小さなかけらも、どんなかげの透明なかけらもみつけだした。

ソ子をうながして、例によって肱をしっかりくいこむほどにつかんでレジへむかった。こうなれば、とにかく先へ進むしかなかった。うしろを振り返っても、だれも追いかけてきて、助けてくれる可能性はない。もうたくさん。すごく不細工な人生だったわ。

ステーション・デパートで、彼女の着替えや化粧品、男物の下着などを買い揃えた。ソ子の有り金は二万円ばかりで、彼の札入れには少なくみてもまだ三十万円ぐらいは入っていそうだった。ソ子は下着だけは自分のカネで買った。

「何か、いいもの買ってやるよ」

「何もいりません」

クルマにもどると、ソ子は、さあ、どこへ行くの、と助手席を振り向いた。トミーにふと途方にくれたような表情が浮かんだ。ソ子は一枚の秋田県観光案内図を手にしていた。

「どこへ行きたい?」

トミーがそうたずねたのだ。

「もちろん、おうちに帰りたいわよ」

「どこへ行きたい?」

しつこく、妙にやさしくきいてくる。

「あなたがわたしを連れてきたんじゃない」

「おれは、この先、どこでもいいんだ」

ぼそっと、ボストンの把手を撫でながらいった。

クラウンは国道七号線を時速百キロで南下した。ソ子は、次々と追い越しをかけた。

「秋田の人って、おとなしいのね。みんなせいぜい六十キロってとこよ」

右手にいつまでも海がつづく。快い海風が、ソ子の髪の根もとまで入ってくる。

「これが日本海なのね。はじめてよ。意外とおだやか。あなたのお母さんのふるさとってどこ?」

トミーはタバコをくゆらせて答えない。小さな咳払いをする。道の両側につづく砂防林の松のほとんどがマックイムシにやられて、赤茶けた枯木の姿を無惨にさらしている。

「母親なんかいない」

え、とソ子は振り向く。

「どこへゆく?」

「象潟よ」

「キサガタ……」

「そうよ。松嶋は笑ふが如く、象潟はうらむがごとし。寂しさに悲しみをくはへて、地勢魂をなやますに似たり。芭蕉の『おくのほそ道』よ。昔はね、たくさんの小島が浮かぶ潟湖だったの。それが二百年ほど前に地震で三メートル近くも隆起して、陸になってしまったのね。象潟や 雨に西施《せいし》が ねぶの花。西施というのは、呉の国に拉致《らち》された越の国の超美人……」

秋田空港の出発便待合室で、盲目の噺家の遊動亭円木《ゆうどうていえんぼく》は、妻の寧々《ねね》に軽く口許《くちもと》を引く笑顔を向けていった。

「ほら、こんなものいただいちゃった」

「なんですか？　コースターね」

「付け文。こんなとこにもファンがいるもんですかねえ」

むろん冗談である。

「なんで盲《もう》のわたしなんかにねえ」

寧々がその紙のコースターを手にしていった。

「円木さん、これは付け文じゃないわよ」

「なんですか、なんと書いてあるんです？」

「いたずらよ」

「なんと書いてあるんです？」

「たすけて、バクダン」

「おや、いたずらだろうか？　いたずらじゃないとしたら」

「ええ、いたずらじゃないとしたら……。どんなひとでした？」

「どうも娘さんらしかったよ」

搭乗がはじまった。

二人は、やはり放ってはおけないと空港警察にむかった。けっきょく彼らは、十三時五分発の全日空874便東京行きに乗り損なった。その日、夕方から向島の検番で、ひいき筋の内輪の、円木を聞く会があったのだがお流れになった。

ソ子の案に相違して、ママは今朝早く、小松川警察にかけこんでいた。昨夜、船堀駅のプラットフォームにのぼる長いエスカレーターを、男に強引に腕をつかまれてのぼってゆくソ子の姿を、ママの同僚が下りのエスカレーターから目撃していて、電話で知らせてくれたのだ。彼女はまんじりともしなかった。

秋田空港警察は、東京からの全日空873便でおりたった男女の二人づれが空港レンタカーを借り出したことをつきとめた。

仲睦まじそうだったが、とカウンターの男は証言した。

「犯人はバクダンを所持しているおそれあり」

と緊急指令が発せられたのは午後四時三十五分ごろで、その頃、トミーとソ子は、ちょうどこの日は夏至で、日ざしも風もよく、象潟の水田の中に点在する小島のひとつに歩いてのぼり、草の上に寝転んで鳥海を眺め、白雲の速い流れを追い、まぢかで囀《さえず》る幾種もの小鳥の声に耳を澄ませていた。

トミーはむっくりと起きあがり、ソ子をみる。彼は何もいわずに彼女をみる。いつもそうだ。トミーの目のまわりに闇がひろがる。いまはくさむらの中にいるからなおさらだ。その外側を金色の蚋《ぶよ》が飛んでいる。

「トミー、あなたはどんな仕事してるの？」

「いろんなことやったよ」

「人を殺したことある？」

思わず口をついて出た。生まれてはじめて他人に面とむかって口にした問いだ。だから、反動でくらっときた。

トミーはかぶりを振った。信じてよさそうだった。しかし、今夜それを実行しないという保証にはならない。

二人は国道沿いにある象潟シーサイドホテルにチェック・インした。適当な苗字につづけて、トミー、ソ子と記入した。うしろは浜辺で、日本海の波が打ち寄せている。三階の端の国道に面したツイン・ルームだった。エレベーターからも階段からもいちばん遠い部屋だ。

鉄板の上を歩いているような足音のよくひびく長い廊下のはてだ。大きな窓からは、国道のむこうに象潟の九十九島《くじゆうくしま》が残照をあびてひろがり、視線を上げれば鳥海が空を領していた。ホテルの前はだだっ広いアスファルトの駐車場で、まん中に彼らの白いクラウンがぽつんと一台だけ停まっている。客はいまのところ彼ら一組だけらしかった。

窓から離れたとたん、トミーがソ子をベッドに押し倒した。カーテンは左右に開かれたままで、ガラス一面に暮れなずむ光が蜜のようにこぼれていた。

「女の体は水だ」

とトミーはいった。

「蜜だ」

「え……」

といって、ソ子はすばやくシーツを自分の体に巻きつけた。トミーはシーツごしに指と舌を這わせてきた。ソ子には、ふしぎな快感だった。

「男の体は泥だ。くそだ」

「あなたの体は日なたよ。わたしとまだ結婚する気？」

トミーは大きくうなずき、慟哭するみたいに体をふるわせた。

「いまなんだ。いまじゃないと、もうだめなんだ」

「じゃあさっきの婚姻届、出してみて」

トミーはベッドからおりると、脱ぎ捨てたジャケットの胸ポケットから折りたたんだ婚姻届を持ってきて、ソ子に手渡す。ソ子はそれをベッドの上にひろげる。

「こんなの紙切れにすぎないわ。でも……、じゃあ、あなた、書きなさい。そして、届けましょう。書けば、あなたがだれなのか、わたしにはわかるわけですから。それが嘘でも、書いてしまえば、それを信じればいいの。警察に訴えたりはしないわ。わたしとあなたは結婚する。でも、わたしを放して、おねがい」

ソ子は目の縁をまっ赤にして、白い大きな紙を男の目の前につきつけた。

トミーはまばたきもせずにそれをじっと、両肩にのしかかる重い物にたえるかのようにみつめていたが、やにわに引きむしると、まっぷたつに裂いた。さらに四つに引き裂いた。

「どうしたのよ？　わたしたち、結婚しましょ。いいのよ。わたしはずっとひとりぼっち。あなたもひとりぼっち。だから、あなたと結婚してもいいのよ」

そういって泣きじゃくりながらトミーにとびついてゆき、頬をぶった。はげしく、何度もぶった。トミーはじっとみていた。やはり黙って、ぶたれるままに彼女の目をみていた。

何てことだ。彼は殴られても決して殴り返してこない。ソ子は震えた。この世の中で、とりわけ女の身にとって、暴力よりこわいものがあるだろうか。ところが、トミーは、一見、その暴力的なものの化身であるかのようでいて、それを決してふるわない。ふるわないことで、これほど深く呪縛してくる。そのことでソ子は震えたのだ。

そして、やはり今度も男は不能だった。ソ子は茫然とした。不能が力だなんて、そんなことがありうるだろうか。それなのに、わたしは屈服している。

トミーは起きあがり、裸のままタバコを吸った。うつむいて、自分の吐き出した煙の中に視線をさ迷わせるようにして、何ごとかぶつぶついっている。ソ子は気を取り直して、ベッドの背もたれに寄りかかった。灯りは点《とも》さないままだ。青い水のような薄闇が部屋を領していた。ソ子は、見捨てられたようなこの部屋に、自分の声をひびかせたかった。

「ねえ、おとぎ話よ。きいてくれる?」

トミーはうなずく。彼はいつも話をききたがっている。

「サソリとカエルのお話なの。あるとき、サソリが、カエルの背中に乗って河を渡らせてくれと頼むと、カエルは、もしぼくの背中にきみを乗せたら、きみはぼくのからだを刺して、殺してしまうだろう、といってことわった。すると、サソリはこう文句をつけた。そいつはあんたらしくないことをいうね。第一、論理的じゃない。だって、もしおれがあんたの体を刺したら、二人とも溺れてしまうじゃないか……」

そのとき、ベッド脇の電話が鳴った。ソ子が取った。食事の用意ができたから、一階のレストランへどうぞ、という案内だった。

レストランには四組の客がいた。いずれも男ばかりで、どうやらこの辺にあるTDKの工場へ出張でやってきた連中らしい。唯一のアヴェックであるトミーとソ子をぶしつけにみていた。ソ子に、彼らに助けを求めようという考えはちらと浮かびもしなかった。彼らよりトミーだ。こわくても、トミーの世界。奈落に墜《お》ちるかもしれないけれど、トミーがましだ。

日本海のこのあたりの名物は岩牡蠣《がき》である。めずらしい夏場の大きな牡蠣だ。それを刺身で食べる。トミーは酒を飲まない。彼はきれいな食べ方をする。テーブルに肱をつかない。口を閉じ、ほとんどかまないで嚥下《えんげ》する。

「お酒、飲んでいい？　じゃ清酒を少々ね。地酒で」

ソ子はマネージャーを呼んで、このへんの地酒を注文した。

「このお酒、おいしいわ。さあ、さっきの話のつづきよ。サソリがカエルを刺したら、二人とも溺れてしまうじゃないか、というところまででした。……そこで、論理的動物であることを自他ともに認めているカエルは、サソリを運ぶことに同意するの」

そのとき、ソ子の視界の端で赤い光が点滅した。彼女は用心して、視線を動かさなかった。

「……だけど、河のまんなかまできたとき、カエルは背中にはげしい痛みを覚えた」

赤い点滅する光は回転しながら静かに駐車場に入ってきた。トミーはちょうど駐車場にむかった窓に背を向けてすわっている。しかも、ソ子の話に夢中で聞き入っている。

「カエルの体がだんだんきかなくなり、呼吸も苦しくなる。沈みはじめたカエルは、嘆きの底から、いったいこれが論理的だというのか？と訴えた」

パトカーがスーツと白いクラウンの横にとまった。

「いったいこれが論理的だというのか、とカエルは嘆きの底から訴えました」

ソ子の声が微妙なふるえを帯びた。

「すると、刺すことを運命づけられたサソリもまた悲しげに答えました。これがおれの性格さ。性格は論理じゃない」

口を半ば開いた、真剣な表情でトミーは聞きおえた。

「あなた、どっちがかわいそうにおもう？」

トミーは口を閉じた。黙っている。

「わたしは、サソリがかわいそう。あなたもかわいそう。殺されるわたしもかわいそう」

涙声になった。

トミーが首を振って、立ちあがった。

ソ子はすばやく右側に、つまりトミーと窓とのあいだに割り込んだ。並んで、歩調を合わせて歩く。ロビーに出て、すぐエレベーターに乗る。ソ子の胸は早鐘を打っていた。部屋に入るとすぐカーテンを引いて、トミーの首に抱きついていった。さて、どうしよう？

ソ子は体を離して、トミーの顔をみつめた。欲情をおさえたしかめ面なのか、それとも深い苦悩をおさえたしかめ面なのか、どちらともつかない。彼の左手がかさこそ鳴る。

「なに？」

トミーは、手の中にまださきほど引き裂いた婚姻届を握りしめていたのだ。手をひらくと、しわくちゃになった紙をのし、人さし指の先で彼女の名前のところをおさえた。彼は完全に言葉を失ったかのようだ。ソ子も訳がわからず、首を小さく振る。すると、トミーは動いて、クローゼットへ行く。そこからボストンバッグを持ってくると、ベッドの上にどんと置いて、ファスナーを引いた。

ソ子は目をつむった。警官は拳銃をかまえながら、もうロビーからあの長い廊下をこちらにむかっているだろうか。

ソ子は、息を殺して、目を大きく開けた。

トミーがボストンバッグから取り出したのは、部厚い一冊の「ハローページ」だった。昼からちろっと舌の先を出して、いかにも熱心に、考え深げにめくりはじめる。

そして、しるしの折りを入れたところで、動きがぴたりと止まった。指でおさえたところが、赤いマークペンで囲ってある。ソ子の名前だった。龘子。漢和中辞典の中でいちばん画数の多い字。

ソ子はさとった。トミーは、「ハローページ」の中から、いちばん画数の多い名前の女を拾って、電話をかけてきたのだ。

ソ子は哄笑《こうしょう》したいような気持と、それ以上の憤怒にとらえられて、婚姻届をトミーからむしり取ると、裏返し、そこにボールペンがきしむほど力をこめて、大きく、麤子、と書いた。

「この名前がどうしたのよ！　ああ、いやだ、森の中を、シカが三頭、遠くへ走ってゆくのよ」

と叫んで、紙きれをトミーに投げつけた。トミーはそれを拾いあげると、じっとみて、

「これが、シカ、なのか？　シカが三頭なのか？……似てるなあ」

指でその字をなぞった。ソ子は、まるで彼の声をはじめてきくようだった。

「何に似てるの？」

いらだたしげに問い詰める。

「シカにさ」

上気した顔をあげて、

「おまえは、遠くへ走ってゆく三頭のシカなのか」

「わたしはシカじゃないわよ。それはただの漢字よ」

と口にしたとたん、ソ子ははっと固唾をのんだ。彼女の中で、爆弾が炸裂したように、強烈な真実があきらかになった。でも、そんなことってありうることだろうか？　それは想像を絶することだった。信じられないことだった。目の前にいる人間が文盲だとは。

ソ子は、奇跡に打たれた人間のように立ち尽した。やがて、ゆっくりと嘆きとも悲し

みともつかない感情が胸の底からこみあげてくるのを覚えた。

トミーがどのようにして文盲でありえたか、神のみぞ知るである。ソ子にとって、そのような存在は、もはや天使のようなものとしてしか理解できなかった。

ドアのフォンが鳴った。

「出ちゃだめ！　警察よ」

とソ子は低く、力をこめて呼びかけた。

トミーは、ベッドとベッドの谷間で途方にくれたような身振りをした。視線はうつろに宙をさ迷い、足がたたらを踏むように動いた。まるで天使が、勝手の違う地上でしきりに戸惑っているというふうだった。

次の瞬間、彼はウオッと声をあげて、ドアに突進していった。しばらく数人の男が無言でもみあう音がひびいた。パーン、と鈍い爆発音がおきた。

「あ、しまった！　こいつ」

とトミーでない声があがる。ソ子はそっと首を突き出した。制服警官と二人の背広姿の男がトミーをねじ伏せていた。脇の下から、血が細く糸を引いている。ずんぐりとした熊のような背中が大きく波打っている。

「救急車だ！」

と男が叫ぶ。

「だいじょうぶですか?」

もうひとりの男がかけ寄って、よろめきかけたソ子の腕をつかんだ。

「バクダンはどこです?」

ソ子は、ベッドの上のボストンバッグを、それから十センチほどの厚さの、ちょうど轟子のページがひろげられた「ハローページ」を指さした。

トミーが警官から拳銃を奪い取ろうとして、もみあううちに暴発して、彼の肺を撃ち抜いたのだった。ソ子は、トミーがあそこでなぜ警官にとびかかっていったのか、どうしても解せなかった。とびかかっていったのではなく、とっさに逃げようとしたのだと考えた。拳銃を奪おうとしたというのは、あくまで警察側の説明で、ソ子は信じなかった。彼が、あんな暴力装置の最たるものを手にしようとしたとは考えられない。

明らかなのは、真実は、トミーがあの世に持っていってしまったということだ。彼自身の真実とともに。

警察で、ソ子は、見知らぬ男についてゆくなんて、まるで小学生やフーテン並みだ、とたっぷり嫌味をいわれた。ママは、これで一生、娘をからかい、牛耳《ぎゅうじ》る材料を労せずして手に入れたことになる。

警察はついにトミーの身許をつきとめることはできなかった。ソ子は、ややこしい、延々とつづく訊問にうんざりしていた。それは刑事にしても同じことだったようで、とうとう彼はしびれを切らしたように、苦笑しながらたずねた。

「いったいこの男はだれなんですか？」

「このひとは……」

とソ子はしおらしく言葉を切って、左手で赭い髪を大きくかきあげた。

「わたしの夫です」

いまのところ彼女には、これ以上、最良の答はみつからなかった。

窓ガラスの文字

円木《えんぼく》から電話がかかってきたのは、亜紀子が近所の沢理髪店が昨夜ぼやを出したそのお見舞いに清酒一本と、二番板さんの修二に急いであつらえさせたお造りの盛り合わせの大皿を、かなに持たせて届けて、帰ってきたばかりのことだった。お勝手に近づくと、すでにもうずいぶん前から鳴っているとわかる調子で、電話が鳴っている。引き戸をあけ、上がり口の置台にまさにおどるような感じでひびいている受話器をつかんだ。

明楽《あきら》のだんなの重篤《じゅうとく》を知らせてくれたのである。亜紀子は、今が今まで明楽の病気のことを知らなかった。知らされなかった。明楽さんがお茶の水の順天堂にかつぎこまれた。

塩原の畑下《はたおり》は、箒川《ほうきがわ》が蛇行して、できた川原部分を嵩上《かさあ》げした土地で、ここに有名な『金色夜叉』の清琴楼《せいきんろう》がある。

尾崎紅葉は、『続続金色夜叉』で、間貫一《はざまかんいち》を塩原に遊ばせ、畑下の清琴楼というところに宿をとらせるが、もちろん架空の宿である。ところが、その後、いつのころよりか清琴楼なる旅館が畑下に存在する。しかも、今はどの旅行案内書にも、

「清琴楼は、蛇行する箒川に囲まれるようにして立ち、尾崎紅葉がここで『金色夜叉』を執筆したとして知られる旅館。紅葉が滞在していた本館は、残念ながら宿泊できないが、部屋は紅葉の間として保存され、筆や硯《すずり》などの遺品を見ることができる」

といったふうに紹介されている。

じっさい紅葉が『続続金色夜叉』を執筆したのは、畑下より少し上流の古町《ふるまち》の、いまはない米屋という旅館である。

昔から塩原七不思議というのがある。逆杉《さかさすぎ》、木の葉石、源三窟《げんざんくつ》……等々。清琴楼の「紅葉の間」は入っていないが、かぞえてもいいのではないか。

その清琴楼本館正面をかすめて左手路地に分け入って、箒川の浅瀬と対岸の絶壁が目と鼻の先にせまるといったどんづまりの左側に、小体《こてい》な一軒の宿、「せれす」がある。明楽が亜紀子に持たせたものである。

明楽のだんなとは十五年つづいたしあわせな関係が、去年の秋に突然切れた。亜紀子がのぞんだのではなかった。明楽が自分の病気をさとってそう運んだのだと、いまにして亜紀子はおもう。

明楽のだんなは断じて野暮ではない。たとえば、亜紀子に好きなひとができて、どうぞ別れてほしいと懇願すれば、四の五のいわず自由にしてくれる。それが、互いに冷え切っている仲なのに、女を自由にしてやらない男がいるが、それはつぎこんだ金が惜しく、いやがらせをしているのである。昔もいまも野暮はすたれない。

その明楽が倒れて、病院に運ばれる車の窓から円木に、

「べけんや、べけんや」

といったという。

べけんや。明楽が亜紀子を抱きしめるとき、いつもつぶやくように胸もとに投げこんできた言葉だ。いつかその意味をたずねると、昔の噺家《はなしか》に桂文楽という人がいて、その人はいろいろ造語が好きなかたで、べけんやは、わたしの愛人《いろ》、とか、いい女、という意味で、……ゆんべちょいとべけんやで、といえば、ゆうべ色事があって、ということになる。くいもので、こりゃべけんやだ、といえば、なかなかうまい、乙な味だ、というぐあいに転用されたりした。

「せれす」は明楽の名づけである。いわれをきくと、せれすは何語でもなければ、何のいわれもない。日本語のなかで、組み合わされることのまずない音をえらんだという。だんならしい。

「だんなは、べけんや、とひと声残して……」

と円木は電話のむこうで伝えてくれた。

目のみえない断家くずれの円木は、たしかにべけんやの意味を知っている。明楽がだれをこころの裡《うち》で呼んだか、承知している口ぶりが亜紀子に伝わった。

「飛んでゆきたいわ」

ねがったことがそのまま声に出た。でも、とブレーキがかかる。あんなきれいな別れかたをした男と女が、かつても、これからもいたためし、いるためしがあるものか。これが亜紀子の矜持《きょうじ》だ。支えだ。明楽さんもきっとそうでいらっしゃる。だから、会えば、その矜持も支えもおじゃんになる。

亜紀子は、明楽のからだの芯《しん》が真底いとおしく、胸がつまった。目の前に壁鏡がある。せれすさん江、南ヶ丘牧場より、と金文字で入った、澄みきったその鏡面にむかって、ほっと息を吹きかけた。そのくもりに人さし指をすっとさしだし、べけんやの、べ、と引いた。紅をさすように。たちまち掻き消えた。いのちのように。

「ママ」

「なに？」

亜紀子は呼ばれてふり返った。彼女は、おかみさんでなく、使用人にはママと呼ばせている。おかみでございい、がいやなのである。亜紀子さん、でいいとはじめはそうしようとしたが、板場も仲居も承知しない。

「修二さんが火事見舞いにヒラメを使い切っちゃったんで、これから魚勝に、って」

「そう、じゃあおねがいします」

女中のかなが板場の方へ小走りにむかおうとする。

「かなちゃん、そのワンピース、窮屈そう。あとでわたしの部屋にいらっしゃい。わたしのお古だけれど……」

はい、とうれしげな笑みで走り去った。

かなは一年前、白河からきた。二十歳になったばかりで、何も話さないが、家庭でいうにいわれぬ苦労をしたらしく、まだ一度も白河の実家には帰っていない。帰りたくないという。履歴書には白河女子高校卒業と書いてあるが、学校のことにも触れたがらない。ほとんど行ってなかったのではないか。痩《や》せて、目ばかり大きくて、ちょっと叱られたりすると、じっと亜紀子の目に目をつないで、悲しそうにうるませる。気だてもよく、とにかくこまめによくはたらく。いまでは少しからだ全体に肉もついて、案外きれいな女《こ》なんだ、と彼女をみる人ごとに思わせる風情が出てきた。

亜紀子がおどろいたことがある。帳付けをしていて、彼女にかんたんな掛け算をたのんだのだが、九九が満足にできないことがわかった。間もなく、漢字もろくに書けないこともわかった。なのに物覚えは悪くない。一度きものを着せてみたいと亜紀子はおもっている。映える子なのだ。

修二がかなに執心だった。勘がいいほうの亜紀子も、すでにかなが修二にむりやり彼のアパートにつれこまれていたことに気づかなかった。それほど修二はたけた男だった。板場ではきっちりした庖丁づかいで、一番板の茂田も、みこみのあるやつです、と報告していた。修二は郡山《こおりやま》の調理師組合からの紹介で、半年前にきた。はじめてかなと勝手口ですれ違ったとき、この女、日なたぼっこと草のにおいがする、と修二はおもった。修二の車で魚勝までヒラメを取りに行っての帰り、かなはやっぱりむりやり彼の部屋につれこまれ、あわただしく犯された。

五ヵ月近くたった。十月だった。せれすの庭の楓《かえで》の大木は今年はみごとに紅葉した。幹は葉巻の灰のように色褪《あ》せ、枝が夢遊病者のような身振りでさしかわしている。去年は、九月の長雨と日照の不足で、塩原の渓谷はさんざんな紅葉だった。夏の名残りのくたびれはてた緑のまま、ちりちりにちぢれて、そのまま散ってしまった。そんな折、明楽のだんなが現れて、別れ話をきりだしたのだが、もうあれから一年。さらに、五月にだんなが倒れたと円木さんから電話があってそれきりである。心の綾も底意のほどども知りぬいた円木さんのこと、何も言ってこないのは、知らせぬほうが、明楽にも亜紀子にも最善と承知の無音なのだと半ば得心して、亜紀子は心をしずめ、商売にはげんでいる。

修二とかなのことは露顕した。添わせるしかない。祝言《しゅうげん》を来年の春と定めた。亜紀子はできるだけのことをしてやるつもりである。

ある日、塩原に氷屋が現れた。日塩《にちえん》もみじラインをRVカーで越えて、奥鬼怒《きぬ》の天然氷を売りにきた。山の池で冬に湧き水を張って氷らせ、切り出して、氷室《ひむろ》に保管して春先から出荷する。江戸時代から奥鬼怒、奥日光では幕府ご用達《ようたし》の氷屋があって、代々献上していたらしいが、それ以来の伝統ある天然氷だというのが売込みの口上である。近頃、日光や鬼怒川の温泉旅館では、これを夏の懐石料理の器として使うことがはやっている。刺身や煮こごりを、きれいに細工した氷器に盛り付けて出す。塩原にはまだこの趣向は入っていなかった。夏のシーズンでなく、秋になってやってきたこの氷屋は、毎日現れた。背の高い、色白の三十すぎの男で、足もとはスニーカーだが、きちんと三つ揃えのスーツで決めていた。主だった旅館の板場で、初歩的な氷器づくりを手ほどきして、氷を売りこんで回った。口も達者だった。佐伯といった。

せれすにもきた。亜紀子は佐伯の目つきが気に入らなかった。氷器などきっと明楽ならば気に入るまい、くだらない趣向だと一笑に付すだろう。二度目に現れたとき、亜紀子はきっぱり断った。

ひと月たって、妙なうわさを耳にした。修二がその佐伯とつるんでいるというのだ。

塩原のパチンコ屋、いわき平や宇都宮の競輪にうちこんでいる。さらに、佐伯の氷は奥鬼怒の天然水などでなく、宇都宮の製氷会社の人工氷らしい。

「おい、そろそろ、おれに回せや。待ちきれんぞ」

佐伯は熱い息で、修二の首根っこを押さえこみ、あやすように揺さぶった。

「そんなこといったって……」

「あの女は、おれがおまえより先に白河で目をつけてた女だ。どこへ消えたかとおもってたら、塩原にいた。それが、おまえみてえな愚図野郎と一緒になるだって！　笑わせるんじゃねえ」

「かなはおれの女だ。結納《ゆいのう》も交《かわ》したぞ」

「いいじゃねえか。おまえはあの女と結婚する。そして、おれがずっとかわいがってやるのさ。しかし、どうしてあの女、あんなに首が細くて長いのか……」

修二は佐伯にじゃれつくみたいにとびかかっていく。すばやく体をかわされ、足払いをかけられて地面にころがった。

修二は佐伯に犬のように従っていた。競輪ですった百万円近くの金は、ぜんぶ佐伯からの借金だった。佐伯のおごりで、宇都宮の高級クラブでぐでんぐでんになるまでのんだ。

「ほら、こいつはな、おれが投げたチーズを拾ってくうぞ」

ホステスたちに囲まれた佐伯が、おつまみのチーズを爪楊子で刺したまま床に放ると、修二は目をつむってちょっとためらう。

「こら、修二」

佐伯に呼ばれると、四つん這いになって、口でチーズをくわえ、のみこんだ。

女たちが拍手をする。修二はあきらめきったような上目づかいで、ワン、とひと声あげた。女たちはハイヒールを軽く踏みならして笑いころげる。

「おい、こいつはな、今度結婚するんだ。どんな女だとおもう？　それがなんと、むかし、おれがさんざんやってやって、やりつくした女なのさ。白河女子高のころで、援助交際というやつさ。だから、こいつ、ありがたがって、おれに頭があがらないのさ」

修二が肩を震わせ、こぶしを固める。

「ちくしょう！　うそこきやがれ。かなはそんな女じゃねえぞ。ほら吹きめ。詐欺師め」

佐伯は歯をむいて笑うと、立ちあがった。修二の胸ぐらをつかんで、そのまま外へつれだし、さんざん殴りつけ、修二がアスファルトにうつぶせに倒れて起きあがれないのをそのままにして店にもどると、また女たちとどんちゃん騒ぎをはじめる。

しばらくすると、修二がもどってくる。彼はもっと犬になっている。

修二はかなを殴りつづけた。顔は殴らない。

「ほかのやつらの目はくらませても、おれの目はそうはいかないぞ。この売女《ばいた》、よくもおれをこけにしてくれたな」

畳にくずおれ、うめきをこらえて、かなは立ちあがろうとする。血の気の失せたまっ青な顔をして、修二をおびえきった目でじっとみつめる。みつめられると、修二はさらにたけり狂った。

「援助交際、やってたんだろう。かわいい、何も知らなそうな顔しやがって、よくもおれをだましたな」

かなはしくしく泣きだした。修二がのしかかってきた。かなは悲しくて、それでもしがみついてゆけるのは、修二しかなくて、彼を受け入れながら、彼の背中に腕を、彼の腰に脚を高く回して、とぎれとぎれの叫びをあげる。

獣のようにふるまったあと、あたふたと板場にもどっていった修二の部屋で、かなはいっとき、うとうとしたらしい。殴られた背中や脇腹が痛んだ。目尻と頰がつっぱるのは、涙のかわいたあとだ。

おきあがって、窓から外をながめようとすると、ガラスが部屋の温気《うんき》ですっかりくもっている。かなは手のひらでさっとぬぐおうとして、ふと思いとどまって、宙で肱《ひじ》をとめた。何か描《か》いてみたい、としきりにきざした。おずおずと人さし指の先をガラスのくもりにあてる。わっと泣きだしたいような、もし自分のこころが物のようにあるのなら、それを石でたたきつぶしてやりたいような思いを、このくもりガラスに残したい。

字って何かしら？　かなは文章というものを一度も綴ったことがなかった。いまは、心の底から、文章がつくれたら、というねがいがこみあげた。

ぴくり、と指がふるえ、無意識に動きだしていた。指先に、何かいうにいわれぬ力がこもるのを感じた。こんこんと、叫びだしたいような思いが、考えが文章となってわきだして、それがそのまま指先に伝わって、指は自在にそれを窓に描きつけてゆくかのようだった。

しかし、それはただ、小さく、かな、と自分の名前をなぞったにすぎなかった。指がたどった字のむこうに、白いものがちらほらとみえた。窓のすぐそばまで崖が迫っている。崖に密生した笹に軽く雪がのっている。風がきて、吹き払われる。また雪片がのる。

かなは目ばかり大きくみはって、深い、暗いおもいの底へ、ひらひらと軽やかな雪の舞いおちるのをながめていた。ぞくっと身震いがして、われに返る。時計をみた。三時だった。与えられた休憩時間を三十分も過ごしていた。

佐伯は氷屋をふっつりやめた。やめて、古町の温泉街の中ほどにある賃貸マンションを借り、塩原に居すわる気配をみせた。パチンコと競輪、あとは箒川ぞいの露天風呂をめぐる。カネは現金でしこたま持っているらしい。

亜紀子は一度、修二を呼んで、佐伯とのつきあいをたしなめた。修二はしおらしく亜紀子の言葉にうなだれる。しかし、佐伯に借りた金は三百万円になっていた。実際は百五十万ぐらいのはずだが、佐伯の計算ではそうなるのだ。利息を取るなんて友だちのすることじゃない、マホメットがそういってるぞ、と佐伯にはきこえないほどの声で口に出してみる。返すあても、返すつもりも修二にはなかったから、百五十万でも三百万でも同じことだった。

近ごろではかなを殴るのがなぐさみのようになった。かわいそうでならない。窓框《まどかまち》に肩を寄せ、長い首を百合のようにおとして、しくしくと泣く。それがまたしゃくで、くさくさして、手を出さないと気がおさまらない。かわいそうだとおもう自分がまたしゃくで、いきりたつ。もう自分が自分でどうにもならない。いっそかなを佐伯に三百万で売りとばしてしまおうかと考える。

塩原は古くからの温泉町である。いつも外から客が入ってきては出てゆく。旅館の経営者はころころ変わるし、流れ者の板前や仲居がうんといる。最近では、インドやアラブ系のふとん敷き、フィリピン系の芸者もいる。小さな町ではあるが、いわばすれっからしの町だから、よそ者だからと身がまえたり、排斥したりするふうはない。しかし、佐伯の存在だけにはだれもなじめなかった。はじめて、ひとりの人間の存在が、いったい何者で、どこからきたのか、穿鑿《せんさく》がはじまった。

郡山の資産家の道楽息子で、天然氷の商売にもあきて、女にやらせるため手ごろで小体な旅館を物色しているらしい、どうやらせれすあたりが標的だ、とか、横浜でおきたマルチ商法の大がかりな詐欺事件の主犯で、大金を持って逃亡中の男に似ている、といった話がまことしやかにささやかれた。

ある日、いわき平ですってんてんになった佐伯と修二は、黒磯駅前のカラオケバーでしこたまのんで酔払った。客は彼ら二人だけである。無愛想な女がひとり、カウンターの中で、低い丸椅子に膝まくりして腰掛けて、たばこを吸っている。

「おい、修二、最後通牒《つうちょう》だ。かなを返せ。おれが女にしてやった女を返せ」

「馬鹿こけ！　かなはあんたなんか知らないといってるぜ。あの目はうそをついてねえ。かなは、うそなんかつけない女だ。そういう女なんだ。あんたなんかに女にしてもらったおぼえはねえ。あんたこそ、そんなにかながほしいんなら、口説いてみたらどうなんだ？　案外なんだなあ。口ほどでもない。このあいだだって、かなとすれ違って、まともに目も合わせられなかったじゃないか」

　佐伯がむき直って、カウンターに並んだグラスを払った。流しに落ちて、ポチャンと金だらいの水に沈む、締まらない音をたてた。ぐっとひたいを修二の鼻先まで突きつけてきた。

「おい、修二。図に乗るなよ」

　目に鋭い光がみなぎった。修二はたじろいで、からだをひく。殴られるのかとおもったが、そうではなかった。じっと修二のおちつかないまなこに光の糸のような視線を当てる。底の底まで刺しこんでくるような強さだ。

「しゃべってもいいぜ。おれはやってるからな。おまえなんかかんたんに片付けられるぜ。おまえを消して、かなと寝る」

　口もとから微笑の糸がひく。

「そんなことはだれもが考えることだ。たやすいことだ。しかし、おれのたのしみはそんなふうじゃないんだ。かなはいい女だ。ああいう女はめったにいねえ。あの目つきがたまらない。ただよ、あの女と相対《あいたい》じゃつまらない。あれがおまえのもので、そいつをおれがあれする、そこがいいんだ。どうだい？」

「ふざけるな！」

　修二はたまりかねて、逃げ腰で、平手でカウンターをたたいた。

「なあ、修二、きけよ」

とカウンターの上の修二の手を取って、ぐいと引き寄せる。佐伯のやつ、妙にいつも息が熱いな、火を吐くみてえだ、と修二はただわけもなくおもった。

「おい、むこうへ行ってな」

カウンターの中の女にいった。女はあくびをかみ殺そうともせず、髪に指をつっこんで奥へ消えた。

「おれはやってるからな」

「何を……薬《やく》か」

「ヒト科だよ、ヒト科のひと」

修二の目が大きくみひらかれた。

「むかしだけどな。女をやった」

「どうやって?」

「なぜ、ってきかないのか?」

修二はなまつばをのんで、うなずく。そうか、道理で息が熱いはずだ。

「どうやって、やった?」

「なぜなら、おれをだましたからさ。こうやって、髪を持って、引きずり回して、うしろに回って、膝小僧で腰のあたりを蹴って、蹴って、蹴りまくって、動けないようにして……」

修二は、顔の全体がふくらんでみえるほど異様に興奮して、佐伯の仕方話《しかたばなし》にのめりこんでいった。

「血は出たか？」

「あたりまえよ」

「すぐおとなしくなったか？」

佐伯は頭を振った。

「わめいたよ。もう終わることがないんじゃないかとおもうほどな。血だってそうよ」

修二は全身を震わせ、ウイスキーを三杯、たてつづけにあおった。佐伯はピーナッツを指先にはさんで、くるくる回している。

「十年になる。もうすぐ時効さ」

「なぜ話した？」

「さあね」

とピーナッツを口に放りこんだ。

「どうだい、かなをおれに貸す気になったかい？」

「なぜだ、なんの関係がある？」

「さあ、おれにもわからないが。しゃべってもいいいんだぜ」

修二は立ちあがった。

「おれはしゃべらない。かなも絶対あんたにはわたさない」

震える声でそういって、店をとびだした。


かなは、あったかい沢理髪店のソファに腰掛けて、理髪椅子のまわりを小刻みなステップで動いて仕事中の沢の奥さんに、ママからの伝言をわたしていた。せれすでやる次のお茶会のスケジュールの調整である。電話をかけると散髪中の手を止めさせるから、何かのときは自分で出向くか、かなをさしむける。対面なら、仕事をしながらでも話はできる。むしろ仕事の手がはずむくらいである。

理髪店の中は暖房がよくきいて、暑いくらいで、この前のぼやを機会に新しくきれいにした大きな窓は湯気でくもっている。ガラスには、沢理髪店、カット、パーマ、セットもいたします、と白いラッカーで描いてある。

かなはソファから立って、窓に近づいた。指をのばして、字を描いた。しかし、それはどんな字でもない。かな独自の、思うがままの線である。その線を透かして、雪どけでぬかるんだ街道がみえた。

男の顔が、指でめくったガラスのむこうにぬっとうかんだ。目と目が合う。佐伯だった。かなはあわてて視線をそらし、背をむけ、凝固したように立ち尽くした。

奥さんが客の前カバーをくるっと回すようにしてはずし、さっさっと毛払いのはけを肩や背中に当てている。

「かなちゃん、どうしたい？　まっ青な顔して……」

鏡の中から呼びかけたのは、魚勝のおじさんだった。

うん、と気もそぞろに返事して、こわごわふり向くと、窓に佐伯のかげはなかった。

「もうすぐ祝言ね」

沢の奥さんはローションをたっぷり垂《た》らした手のひらを軽く、いい音たてて打ち合わせた。かなはだまって沢理髪店を出た。街道の左右を用心深くうかがってから渡り、畑下の下り勾配の路地へとかけこんだ。

翌朝早く、沢理髪店の奥さんが、せれすにとびこんできた。亜紀子をつれて店にとって返す。理髪店の窓ガラスはスプレーを吹きかけられて目もあてられない。かなを中傷する文字が描きつらねてある。すでに人だかりがしている。さらにどんどん集まってくる。かなについて、ひどい冗談をとばす連中がいる。

「援助交際と売春とはどう区別をつけるんだい。せれすのかなは、塩原ではやっちゃいないよね」

亜紀子がにらみすえると、連中は首をすくめ、視線をそらした。亜紀子は千羽鶴の大島紬（つむぎ）の、いきで、きっとしたいでたちである。

「かなちゃんにはみせられないわね」

沢の奥さんはいった。亜紀子はすぐに窓ガラスをはずしてくれるようたのんだ。費用はすべて亜紀子が負担する。その場で塩原硝子店に電話を入れた。

かなは窓ガラスをみた。じつはだれよりも早くその文字をみていた。塩原で、いちばんの早起きは、豆腐屋のはじめさんでなければ、せれすのかなちゃんと相場が決まっているのだ。

しかし、スプレーの中傷ではおわらなかった。次の日、スプレーの文字と同じ見出しで、さらに詳細にかなを誹謗《ひぼう》する文のチラシが、畑下を中心に百枚近くポストに投げこまれた。やたらと漢字の多い中身は、せれすのかなは以前援助交際をしていた、だれとでも寝る女であることはきのうのガラスに書いたとおり、おまけにエイズの疑い濃厚、ただちに保健所へつれてゆこう、といったものだ。

亜紀子はチラシを手に警察にかけこんだ。犯人のめぼしはついていない。詳しい中身はふせて、かなにきいたが心当りはないという。修二だけは佐伯のしわざと信じていた。しかし、亜紀子に借金のことや行状のばれるのがこわくて、口にはできない。

じつは、かなはこっそりチラシを手に入れていて、漢字はのぞいて、平仮名や片仮名だけでなんとか意味を理解しようとした。悲しい、どこにも顔向けできないようなことが書かれていることはたしかだ。でも、たとえ嘘とでたらめでぬりかためられたものであっても、これが、彼女について、生まれてはじめて詳しく具体的に綴られた文章だった。かなにしてみれば、たしかにこれはなにごとかであった。

まちは、かなのうわさで持ちきりになった。何人かは川原におりるふりをして、こわごわせれすの玄関をのぞきこんでいく。亜紀子は彼らの背中に塩をまいた。かなは、おつかいの行き帰り、畑下幼稚園の前を通るときは、きまって低い柵のあいだから、園児たちが走り回るのをまるい目を思いっきり細めてながめる。ゆうた、けんた、ゆうき、ゆか、はるな、と知っているかぎりの子供たちの名を呼び、手を振る。すると、彼らもふりむき、抛物線やじぐざぐ線を描いてかけよってくるのだ。それが、今日の午後は、かなの姿をみとめるや、先生たちが大あわてで子供連を教室に誘導した。

佐伯がみずから名乗り出た。亜紀子に電話をかけてきて、自分は昔、かなとつきあって、服や宝石を買ってやった。合計三百万はつかった。それを払わなければ、今度の結婚をぶちこわしてやる。せれすだって、立ち行かなくなるようにしてやる。

亜紀子はかなを問いつめた。しかし、かなは身に覚えがないと言い張った。青ざめて、じっと目ばかり大きくみはって、亜紀子にすがるようなまなざしを投げる。

修二は、佐伯が三百万要求したときいて、はっとなった。佐伯とかなとの関係は、かなはそんな女じゃないとわかっていても半信半疑だったのが、これであの男の話はなにもかもでたらめとわかった。三百万、かなのためにつかったという、その三百万とはおれへの貸金のことだ。修二は亜紀子に両手をついて、泣きながら告白した。すっかり心を入れかえて、かなと出直したい。

「あんたもとんだ悪魔に魅入られたものね」

そうだ、あいつは悪魔だ、と修二はおもった。

亜紀子はすでに三百万を修二のために、というよりかなのために用立ててやる気持をかためていたが、おいそれとは口にしない。

「でも、ああいう執念ぶかい男は意趣返しがこわいものよ。脅迫されたといっても、証拠は電話の声だけね。警察につかまえてもらったって、すぐ出てくるわよ」

亜紀子は唇をかんだ。修二は思いついたことがあった。お辞儀をして、そのままだまってとび出していった。


佐伯の話はでたらめではなかった。彼は十年前、北海道でほんとうに妻を殺していた。なぜ彼が、逃げ回ったあげく、時効寸前に、ゆきずりの女を中傷したり、信頼のおけぬ遊び友だちに自分の犯行を明かしたりしたのか。

しかし、逮捕された日、佐伯はまだ自分のことが警察にばれて、つかまるとは思っていなかった。彼は、派手な緑色のジャケットをきて、朝十時、開店と同時に沢理髪店に入ってきて、カットとパーマネントをかけてくれといったのである。沢の主人が鋏《はさみ》を取り、佐伯の耳のあたりで捨てバサミの音をたてたとたん、鏡の奥をのぞきこんでいた佐伯が、窓ガラスのむこうに音もなくパトカーの停まるのをみて、

「おやじさん、散髪はまた別のところでやるよ」

といった。

警官と私服の刑事が入ってきた。

手錠をかけられて外に出ると、パトカーのまわりにはもう人だかりがしていた。かなは、亜紀子にたのまれて、検番に支払いのつかいに立ち、ちょうどもどってきたところをこの場面に出くわした。人だかりがしている。何だろう、とつと前に出て、背のびしてみると、佐伯がパトカーのドアに近づくところだった。手錠の上に緑のジャケットがかけられている。目と目が合った。

佐伯は立ち止まり、両側の刑事に何かいうと、相手は不承不承うなずいた。

佐伯はいきなりかなのほうをむいて、二、三歩あゆむと、地面に両膝をついた。

「わるかった。ほんとうに申し訳ない。許しちゃくれないだろうけど、ひとこと、詫びをいわせてほしい。ごめんよ、かなちゃん。あんたはほんとうにこころのきれいなひと

だ。ああ、おれは十五年早く、いや、せめて十年早く、あんたのようなひとと出会えていたらなあ！　ごめんよ、ごめんよ」

佐伯の目からぽろぽろ涙がこぼれおちた。両手をつき、頭を地面にこすりつけた。かなはおびえたように、からだをぶるぶる震わせた。目だけは大きくみひらかれていた。

知らせをきいて、亜紀子や一番板の茂田や修二も街道に走り出てきていた。まわりは、しん、とした。

そのとき、かなが、佐伯に走り寄り、ひざまずいて、泣きながら佐伯の両手をつかんだ。

「いいんです、いいんです。あんたはほんとうはいいひとなんです。わたしこそあやまります。あんたを嫌ったことなんて一度もないわ。あんたは、ほら、そこの窓ガラスにわたしの名前を書いてくれた。わたしのこと、いっぱい字にしてくれた。はじめてよ。だれか男の人が、わたしのこと、あんなに……」

亜紀子がとびだして、強い力でかなを抱きおこし、立たせて、つれもどした。佐伯は刑事にうながされ、車の中へ押しこまれた。集まった連中は散っていった。サイレンのひびきが、渓谷にそって長く尾を引いて、いっかな消えそうになかった。

修二はかなを部屋につれこむと、殴りつづけた。顔も容赦なく殴った。

「このあま！　やっぱり佐伯とできてたのか」

だまって殴打にたえていたかなが、ふっとわれに返ったように首をあげた。唇から血を流しながら、うるんだ目をじっと修二にすえつけ、嗚咽《おえつ》の中からいった。

「そうよ、いまではあのひとがいちばんすきよ！」

修二は青ざめ、下顎を震わせながら流しへ走り、庖丁を取り出した。かなの髪を左手でつかんで、うしろに回り、膝頭で腰のあたりをはげしく打ち、かなを動けなくして、つかんだ髪を思いきりねじるようにしてうしろに引っぱる。白くて長い、美しい首筋があらわになる。

「あいつが女房をやったときと同じやりかたで、やってやる」

修二は泣きながら刺した。かなは悲鳴をあげて、いきのいい魚のようにとびはねた。血が首筋を流れおちた。

茂田がドアを蹴破ってとびこんできて、修二をとりおさえた。そのあとすぐ亜紀子もかけあがってきて、かなを胸に抱きとめた。

かなは一命をとりとめた。修二は逮捕された。

かなは一ヵ月あまり、宇都宮医大病院に入院した。亜紀子に、早くよくなって、きものの着付けと漢字を習いたいといった。亜紀子は、変なとりあわせね、と笑った。

かなは、修二のことも佐伯のこともほとんど覚えていなかった。退院のあとも予後を亜紀子の部屋で養った。十日ほどたったある日の午後、かなはふとんからすっくとおきあがって、日の当っている庭の楓のほうにむかって、小さなのびをした。二月のおわりだった。

河《か》間《かん》女《じょ》

杉並区上高井戸で楊紅《ヤンホン》という若い中国人女性が殺害された。胸を庖丁で刺され、バスローブの紐で絞殺されていた。犯人は日本人の夫である。

二ヵ月近く彼女との連絡が途絶えたままなのを不審に思った友人が家をたずね、楊紅の夫を詰問すると、男をつくって出ていったと答えた。友人はその足で杉並警察署に訴え出た。

警察が殺人容疑で夫を逮捕したのはそれから二ヵ月後だった。供述どおり家の床下から楊紅の死体がみつかった。

ヤンホンは七年前に来日して、二年間日本語学校に通ったあと、新宿・歌舞伎町の高級クラブで働きながら専修大学に学んだ。その店の客と知り合い、親密になった。男には妻子がいたが、二年後、離婚が成立して、正式に結婚した。上高井戸に新居を構えた。

夫は準大手のゼネコンの部長職だったが、結婚から一年後、不況のあおりで会社は倒産する。彼は新しく建設資材の販売会社をつくるが、なかなか業績が上がらない。離婚に要したすったもんだの二年間、倒産、慰藉料の支払い、新会社の不調と重なった。

楊紅《ヤンホン》には一千万円以上の預金があった。夫はこの金を無断で引き出し、運転資金に流用した。それがばれて、責められて殺した。

三面記事では大体こんなところだった。

しばらくして、週刊誌でこの事件がもう少し詳しく報じられた。

ヤンホンは密入国だった。以前、大井埠頭に着岸した貨物船のコンテナから、中国人密航者十六人のうち八人が遺体で、八人が虫の息で発見されるという事件があった。一週間以上、わずかな通気孔しかない中に押し込められ、食料もほとんど尽きて、温度は四十度以上、時には五十度に達した。

ヤンホンはその生き残りの一人だったというのである。病院で健康が回復したあと、いったん拘置所に入れられ、取調べを受けたが、強制退去にならず、入国管理局の収容所に一年いた。その間に日本語を完全にマスターし、裁判所に入国を認められた。

このことは新聞では触れられていなかったことである。

歌舞伎町のクラブに勤めていたとき、夫と知り合ったこと、彼の離婚が成立して正式に結婚したことなどは新聞記事どおりであるが、週刊誌は、彼女が貯めた一千万円は弟をアメリカに留学させるためのものだった、という友人のコメントをのせている。身を粉《こ》にしてヤンホンは働いた、と友人はいった。その金を夫に欺し取られ、あげくに殺された。美人だったらしい。

週刊誌は、やや意地悪な見方をしている。

「中国からの密航は二十万元（約三百六十万円）ほどかかる。中国でその何割かの手付を蛇頭に渡して密航船に乗せてもらうのだが、日本に密入国して、残金を払えなくて殺される中国人が少なくない。ヤンホンの場合はコンテナが入管にみつかって、蛇頭が仕事に失敗したおかげで、彼らから自由になった。そのかわりに、邪悪な日本人の手にかかって殺されてしまった」

ヤンホンの遺骨は、郷里の河北省河間《かかん》市に帰っていった。

河間……、と私は思わずつぶやいた。

とたんに、激しい頭痛におそわれ、一瞬、気を失った。その直前、私は窓から隣家の屋根のアンテナにとまった一羽の雀をみとめ、気がついた直後にも同じところ、ただ前は左向きだったのが右に向きを変えただけの同じ雀の姿をとらえたのだから、一瞬と考えて間違いない。しかし、その前と後には大きな違いが生じていた。私は、自分のはるかな前生《ぜんしょう》の記憶を取り戻したのだ。……そうか、彼女は河間の出身なのか。

私は、いまをさること九百年ほどの昔、汴《べん》州、いまの開封《かいほう》で茶商を営む李瑛という名の男であったころ、私の妻もまた河間からきた女だった。

汴州は北宋の首都で、洛陽の西京に対して、東京《とうけい》と呼ばれた。その北宋が最も繁栄した第八代皇帝徽宗《きそう》治世下、私自身も栄華を得た。しかし、のちに重罪を犯して棄市《きし》、つまり公開死刑となった。私はその罪を後悔していないし、だれも恨んでいない。その後転生して、一八四〇年頃、フランスのルアンから三十キロほど離れた田舎で開業医だった。現在は東京高輪で写真館を営んでいる。魚籃坂《ぎょらんざか》の途中で、構えは小さいが三代つづいた家業である。

九百年の昔、私は茶商《ちゃしょう》だった。それも北宋一の大茶商だった。私一代で成し遂げたわけではないが、私の刻苦精励で、それまで茶の専売をつかさどる榷《かく》茶使を兼ねていた王家を追い抜いた。

東京は大運河が黄河と交叉する結節点にある。人口は約百二十万。北の物資がここから江淮《こうわい》に向けて船で積み出され、南の物資が陸揚げされて洛陽や長安へと送られる。江淮からきた茶積船は、汴河の私の店専用埠頭に横付けされた。

茶舗の本店は、城内の御《ぎょ》街にあった。御街は天子さまのお通りになる大通りのことで、宮城の南正面の宣徳門から内城の南正面の朱雀門に至る。幅は三百メートル近くあった。通りの両側に一流店が並び、中心には二列の朱の漆塗りの柵が立てられ、柵の中には磚石《れんが》でたたんだ掘割りが二筋あり、一面に蓮が植えられていた。

唐代後半からはじまった喫茶の習慣は北宋にいたって著しく普及し、茶を煎じて売る店、飲ませる喫茶店が東京だけでも三百軒以上に達した。城内にはいつも茶を煎じ、焙じる香りが漂った。庶民にも茶の愛好は広がり、茶瓶をさげて、毎日隣近所を回って茶をつぎかわし、世間話に興じた。

茶腹も一時、という。しかし、お茶にもやはりお茶請けが必要である。当時、士大夫《したいふ》の中の粋人には、飯や菜をくってはほんとうの茶の風韻がわからぬといって何も食べず、ひたすら飲茶に励み、栄養失調で倒れた御仁もいた。

そういう粋人をたのしませるために、私は屋敷内に茶室をつくり、陶庵と名付けた。煎茶法の完成者は陸羽《りくう》だが、団茶の完成者は私である。蒸した緑茶をきめ細かくなるまで搗《つ》いて、しっかり固める。淹れるときは木槌でくだき、碾《ひきうす》や臼で細かい粉にし、それを茶碗に入れ、匙や茶筅《ちゃせん》でかき回して飲む。宋代に考案されたといわれる茶のたてかたで、これを点茶法という。

私の時代に茶は華美の頂点に達した。徽宗は一流の茶人だった。私は莫大な茶税を納入したたし、彼が愛した白茶の極上品をつねに献上したからおぼえはめでたかった。彼が愛用した茶碗、「雨下晴天の青」と称された青磁碗を献上したのも私である。雨上がりの空に広がるしめりけを帯びた青空の色。

私はそれを、私の持窯、河南宝豊《ほうほう》の清涼寺の窯で作らせた。釉薬《うわぐすり》は瑪瑙《めのう》である。

陶庵から茶芸が発祥した。私が考案したといってよいのだが、私のその方面における功績は歴史から抹殺されている。私は謀叛罪に匹敵する禁制を犯して、棄市にあった重罪人であるから。

かくして私は、一介の商人としては栄耀栄華の中にいた。私は働き者だった。茶を通じて、士大夫や皇族がたとのつきあいはあったが、私自身の生活はいたって質素で、女色にも男色にも目もくれなかった。かたぶつの李で通っていた。父は早く亡くなったが、母が家政を取り仕切っていた。

私が三十歳になったので、周りは結婚をすすめた。跡取りは必要である。その通りだ。だれもが行なっていることを私だけが拒否するいわれを、私の生活と信条の中からみつけることはできなかった。たくさんの娘と見合いをしたが、どれにも心を動かされなかった。先にいったことと矛盾するようだが、いくら私でも選ぶ権利はある。私のかたぶつな心は一種のリゴリズムである。

河間の塩商の娘の話が持ち込まれた。美しく、気立てもよいと評判である。早速、親戚の者が見立ての使者として河間に派遣された。

河間は当時の河北道、いまの河北省のほぼまん中あたり、東京と北京を結ぶ直線上、やや北京寄りにある。特筆するほどの町ではないが、郡城があった。私は、あれから九百年後の、中国共産党治下にも河間が存在するのを今が今まで知らなかった。むろん、忘れていたせいもあるが。

あらためて地図をみる。私が急いで神保町の東方書店で買い求めてきたのは、一九九五年版のぶあつい「中華人民共和国分県地図帳」である。河間市はたしかにあった。ここに楊紅《ヤンホン》の骨は帰ったのか。地図では、北京から南へ赤い点線が河間を通って山東省の菏澤《かたく》市まで引かれている。図例によれば、この赤い点線は未完成鉄路である。つまり一九九五年現在、河間には鉄道はまだ通じていない。建設中なのだ。しかし、いまではもう完成しているかもしれない。ヤンホンの遺骨は列車で帰ったのだろうか。

私の妻の遺骨はどうなっただろうか？


嫁の見立てをする場合、男の家から見立使が派遣され、見て気に入れば、その場でかんざしを冠に挿す。気に入らなければ色絹の一、二匹（七・九〜十五・八メートル）を縁起直しとして贈る。これでこの縁はこわれたことになる。

私の見立使は冠にかんざしを挿した。そして帰ってきた。そこで仲人が立てられ、私たちは東京と河間の中間の邯鄲《かんたん》で見合いをした。石榴《ざくろ》の花の下で、私は彼女をみそめ、夢中になった。

とんとん拍子に運んだ。結納金を送り、結婚式の日取りが決まった。

彼女が牛車《ぎっしゃ》からおり立ったときの美しさといったらなかった。陰陽師が豆や果物や菓子を門口にまくと、子供たちが群がり、争って拾った。

彼女は青い毛氈《もうせん》を踏んで歩く。花嫁は地面をじかに踏んではならないのだ。介添女が鏡をささげて後ずさりしながら花嫁を導いた。

複雑精妙な種々の儀式が終わると、私たちは閨房に入り、床にあがった。私の悦びは汲みつくしがたい。閨房を出て、親族たちに挨拶して、宴席について酒を飲んだ。

後世の人間は、彼女の名を呼ばず、河間の出だからということで、ただ河間と呼びならわしているが、私はいつも、いとしい小華《シャオホア》と呼ぶことにする。

七日後、シャオホアと私は河間にお礼返しに旅立った。私は歓待を受け、一泊して、しきたりどおり妻を残して東京に帰った。七日後、迎えの使者とともに妻は帰ってきた。

私たちは七日間、会わなかっただけなのに、何年間もはなればなれになっていたかのようにみつめあい、木戸を開けて屋敷内の果樹園に出て、石榴の木の下に毛氈を敷き、お茶を飲んだ。水時計が夏の日ざしを受けて、きらめきながら私たちのかたわらで静かな時を刻んでいた。

一ヵ月目、再び両家が東京と河間に集まって大宴会を開きあった。これを「満月」といって、私の結婚の儀礼はすべて滞りなく終わったことになる。私と妻はやっとふたりきりの生活を持ち、私はふだんの茶商の業務にもどった。

妻の愛らしさはたとえる物も言葉もない。おまけに淑《しと》やかで利発、心根のやさしさはまたとない。縮れた光線のような解れ髪をたどると、桃のような照りの頬にゆきつき、よくみると頬にかすかな、肉眼ではみえるかみえないかの細くて軽いうぶ毛が微風にそよいでいて、それがうなじまでをおおって金蜜色にかがやいている。

　私は、そこにむやみと接吻したくてたまらなくなる。しかし、彼女は極端な恥ずかしがりやで、明るいところでは決して私に触らせない。私は一度だけ、思い切って、灯りを持って、彼女の蜜が湧き出る花の部分をみせてほしいと頼んだことがある。シャオホアは二日間、全く口をきいてくれなかった。

　私は闇の中でしか垣間みたことはないが、彼女のからだほど形がよく、しなやかでたおやかなものはないと確信している。できのいいからだとはこんなからだをいうのだ。彼女はもちろん処女だった。いい骨組みにはきっといい心映えが宿るものなのだ。

　私はいくたび、晴朗な日ざしの下で、桃の花がぽたぽたと降ってくるような彼女の接吻を夢みたことだろう。

　私を妻と巡り合わせてくれた天の配剤に感謝した。何度でもいおう。私は夢中だった。時々、妻に何だか奇妙にすまない気持がきざしたりした。

「そんなに夢中だと、おまえ、子供ができないよ」

と母親にさとされた。

　妻も私に、私ほどでなくとも夢中になってくれていた。彼女は、私以外の男の視線に自分をさらすことを行儀の悪いことだと考えていて、人前には決して出ず、屋敷の奥まった一角にある部屋で、裁縫や刺繍にいそしんだ。ちなみに東京の刺繍は汴綉《べんしゅう》と呼ばれ、その明るい色使いと精密な糸使いとで世界に並ぶものがない。

妻の姑への心遣いと優しさは並々のものではなかった。こうして李家の嫁の貞淑ぶりは東京中にきこえわたった。

北宋徽宗のころは、唐代よりつづいた質実剛健の気風はほぼすたれ、奢侈《しゃし》と快楽の追求が至上のものとされた。性的放縦もはなはだしく、女たちは既婚未婚を問わず自由で愉快な交際を第一とし、瓦《が》市や園林に繰り出して軽妙でしゃれた会話とくすぐりをたのしんだ。

私の妻は、このような風潮に敢然と背を向けていた。たまには外の空気を吸ってはとすすめても、

「わたくしは、女の道は貞淑でもの静かなことを作法の基本としつけられてまいりました。車や着物をひけらかし、髪の飾りも美々《びび》しく目立たせながら、みんな外へ出て騒ぎまわり、飲み食いしたり見物したりするのは、作法にはずれすぎていますわ」

といって、休めていた刺繍の手をふたたび動かす。指の形の美しさ、その繊細微妙な運針に私はただみほれるばかりだった。

一年がたった。

その間に、私の親戚の中でも遊び好きな従兄弟や従々兄弟、茶商仲間で、ひとつの謀りごとがめぐらされていたことを、私は知るよしもなかった。

なるほどシャオホアはめったにないいい女だ。李のようなかたぶつの専有物にしておくのはもったいないではないか。おまけにしゃくにさわるのは、シャオホアは李と姑にばかりかしずいて、我々に顔をみせようともしない。お高くとまってやがらあ。

シャオホアをどうしてくれよう。このままでは東京の風流人たるわれわれの名がすたる。

なかでも、景龍門街の茶舗の江則明は若いころからの東市の悪少年《ならずもの》で、店の跡を継いでも相変わらずの男だった。江の店は東京では三流どころの茶葉しか扱わない。庶民が歩きながら飲む劣悪品ばかりを扱ったが、茶商組合では屁理屈をこね、おおむね横車にすぎないが、却下されようと論破されようとしつこく鉾《ほこ》を納めなかった。

なかなかの男振りで、自分がこうと目星をつけた女は人妻だろうと皇族だろうと逃がさない。いつもひまわりの種を噛んで、それを吐き散らしながら東市や瓦市をうろついていた。

「シャオホア、きっと堕落させてやる」

江はそうつぶやいた。しかし、彼が表に立って動いたわけではない。私の姉の息子の孟多とその仲間を差し向けた。孟は三度進士試験に落ちている科挙浪人である。彼がやってきた。まず私の母にこういった。

「おばあさん、叔父さんのお嫁さんがやってきてからというもの、李家の人たち、親戚、御街の人たち、みんな昼も夜も行ないを慎しんで、ふしだらなことをしてお嫂さんの耳に入りはしないかとそればかり心配しているんですよ。お嫂さんのおかげでみんな行ないをあらためよう、あらためないまでも慎しもうという気持になったひとはずいぶんいます。そこでおねがいです。そういう連中に、一度お嫂さんがじきじきお出ましになって、声をかけ、励ましてやっていただけないでしょうか」

私は大いに賛成であった。母もそれはよいことだ、といって、シャオホアに話しに奥へ行ったが、間もなくぷりぷりして戻ってきた。

「孟たちがあんなにまでいっているのに、シャオホアったら、なんて頑固なのかしら！」

私がようすをたずねると、

「わたくしにつとまることではありませんからの一点張りなのよ」

「無理強いはいけませんよ」

と私はいい、孟たちにも、またの機会に私から一度頼んでみるからと引き取らせた。

やがて清明節がやってきた。東京では、冬至から百五日目を「大寒食《だいかんしょく》」とした。三日間の火断ちである。その火断ちに備えて食物を煮炊きする。これが大掛りで、いつしか一年で最も盛大な饗宴となった。茶舗は年中でいちばん忙しい。

清明節そのものはこの寒食の三日間で、皇族も一般もこぞってみな墓参りに郊外に繰り出す。

孟が現れた。

「叔父さん、どうかお嫂さんにお墓参りに出かけてくださるようおっしゃってください。宮様がただってお出かけになられるのに、李家のお嫁さんが清明節に閉じこもりでは、世間に示しがつきませんよ」

孟のいうとおりである。去年はちょうど私たちの結婚の行事と重なって、ろくに墓参りもできなかった、今年は一家揃って出かけなければ、ご先祖様はきっとつむじを曲げられる。先祖の不興を買うことは、商売の神を敵に回すことになりかねない。それに小華《シャオホア》は外にも出ないで、あんなに刺繍や裁縫ばかりに打ち込んでいては体にも神経にもいいはずがない。そういえばこのところ、ときどき何かしら打ち沈むようなようすをふとみせることがある。美しいひたいに、いきなり内側から青いかすかな翳のようなものが走る。まだ妊娠の兆しはなかった。

シャオホアはじっとうつむいて私の言葉をきいていたが、しばらくして、低い小さな声で何かいった。

「どうしたんだい？」

と母がきき返した。

「すこし熱があるようですの」

「それはふさぎの虫の熱ですよ。外の空気を吸ってごらんなさい。それではあなた、李家の嫁は務まりませんよ」

さすがに母もきつい調子でシャオホアに詰め寄った。

孟は、美しい銀色に装い、紺色の幔幕を張った車を仕立てていた。妻は観念して、無理に着飾り、うつむいたまま、うらめしそうな顔つきで車に乗った。私と母もそばに腰掛ける。

朝の日もうららに、注がれる賛嘆の視線を恥じ入るようにこらえて、シャオホアは馬車に揺られた。私は美しい妻を誇らしくおもった。美しいだけでなく、並ぶもののない貞淑な女なのだ。今のご時世、東京ではこのことはほとんど奇跡に近い。

禁衛軍の諸部隊が隊列をととのえ、馬に乗って軍楽を奏しながら城門の外に出るのとしばらく並走した。

郊外はどこも市《いち》のようなにぎわいで、墓にお供えをし、手を合わせたあと、桜の花の下で酒を汲みかわし、ダンスや歌に興じた。李家の嫁が現れたというので、大勢の人たちが挨拶にやってきて、座の周りにひしめいた。シャオホアはずっと私と母のあいだに身を縮めるようにしてすわっていたが、その姿がまた愛らしく、人々の嘆賞の的となった。

日が中天にのぼって、私たちは腰を上げた。すると、すかさず孟がこういった。

「すぐ近くの興塔寺で、張擇端がついに『清明上河図』を完成させました。すごい評判ですよ。汴河両岸の繁華なありさまを、それはみごとに美しく再現してあるそうです。何しろ彼の絵の対象に対する観察の微細さは神技で、しかも規模雄大、構成は正確無比、みるひとをそのリアルさで圧倒します。ふつうは見られないんですが、住職のせがれが私と同学の浪人生で大の親友ですから、特別こっそり拝めるんです。どうです、お嫂さんは東京一の汴綉の刺し手、きっとおどろかれるし、参考にもなりますよ」

張擇端は翰林図画院はじまって以来の俊秀といわれ、いま最も脂の乗り切った画家である。噂では、大作に取り組んでいるとのことだった。私もぜひみたかったが、生憎午後からは大切な茶商組合の寒食親睦会が張手美家《ちょうしゆびか》で開かれる。

「シャオホア、せっかくだからぜひみておいでよ。おまえの刺繍にきっと役に立つともう」

妻は心細げに立っていたが、張擇端の絵ときいて少し心を動かされたようすだった。孟はそれをみてとると、何人かの男たちといつのまに用意したのか、別の小型の馬車をさっとシャオホアの横につけて、彼女を抱きかかえるようにして乗り込んだ。

私は母らと共に城門をくぐって店にもどった。それから着替えをして、張手美家へむかった。

張手美家はもと長安の大明宮前の高級餐庁《レストラン》だが、ここ東京に都が移ってしばらくして支店を出した。煮こごり料理が絶佳である。親睦会は闊達で、愉快なものになった。江則明がいなかったのが幸いした。しかし、いつも必ず出席する彼が珍しくいないのはいぶかしくもあった。

遅く、かなり酔って機嫌よく家に帰ると、母が駆け寄ってきた。

「シャオホアったら、おまえが出かけてすぐ駕籠を雇って、帰ってきたのだよ。泣きながらね。何をきいてもうつむいて、じっと嗚咽をこらえているばかりで、うんともすんとも……」

私は、妻が酒くさい息を嫌がるのを承知していたので、塩をたっぷり口に含んで、指先でごしごしこすり、山楂子《さんざし》のジュースで二十回うがいをして閨房に入った。彼女はパジャマの上にガウンをはおったままベッドの端に腰かけて、忍び泣いている。私はまだ気がかりだったから、息が彼女のほうに流れないように工夫しながらやさしく問いかけた。

――孟たちが妻を連れて興塔寺に行くと、見せられたのは「清明上河図」ではなく、男女が汴河の両岸でさまざまな体位で交合している絵だった。たしかに汴河の両岸がもっともらしく描かれていた。うぶな妻は、最初それが「清明上河図」だとばかり思い、しばらく戸惑いつつも眺めていると、これがとんでもない絵であることがわかった。

そのとき、絵屏風の裏側で、男の咳払いがした。シャオホアは驚いて、裸足のまま外へとびだし、駕籠を呼びとめて逃げ帰ったというのである。

孟らしいいたずらである。

彼女は数日の間泣きつづけ、ますます引きこもって、男の召使いさえ視野から外へ追い出してしまった。

私は孟を呼んで叱った。

「すみませんでした。いたずらの度が過ぎたかもしれません。それというのもお嫂さんがあまりに操正《みさお》しくて、浮世ばなれしておられる、ちょっとからかってみたいという気持も起きようというものではありませんか」

「絵のうしろから咳払いの声がしたというけれど……」

「ああ、あれは絵のうしろからじゃありません。仲間にいつも喉のいがらっぽい男がいるんですよ。例の興塔寺の息子です。彼がトイレでやったんですが、それがちょうど絵のむこうの壁の裏にあたっていたものですからね」

「だけど、彼女が逃げ出すとき、庭や戸口で何人もの笑い声がきこえたという。どうして笑ったのかね」

「そんなこと、私は知りませんよ。咳払いにしろ笑い声にしろ、しょっ中、どこからでもきこえてくるものでしょう?」

それはそうだ。妻の被害妄想かもしれない。私がかたぶつなら、彼女はもっとかたぶつで、おまけに傷つきやすいのである。

清明節の最大のみものは百戯である。天子さまが宮城の楼に登られ、諸軍が百戯を御覧に供した。

百戯というのは百のアトラクションで、軽業、曲芸あり、狂言あり、軍楽隊のアクロバット演奏、胡旋舞や江南のパントマイム、仮面をつけて文身《いれずみ》した男たちのレスリング、馬上曲芸、ポロなどが次々と息もつかせず繰りひろげられる。演目と演目の間には豪勢な花火が打ち上げられる。

これらを一般人であるわれわれ都人も見物できる。華麗で、ダイナミック、心ゆさぶられる大セレモニーである。ソ連共産党の赤の広場、中共の天安門広場や平壌《ピョンヤン》のパレードとはものもできも違う。二十世紀の圧制者はだれもかれもどうしてこう悪趣味なのか。わが主上、徽宗帝のたしなみの良さはどうか！

彼は超一流の画人、書家、茶人だった。しかも、東京の最高納税者たる私の首を何のためらいもなくちょん切ることもできた。

百戯の最後《とり》は「妙法院の女童」である。美々しくしなやかなからだをした乙女たちが、馬に乗って登場する。百余騎ある。これがみな男の装《なり》で、身にぴったりな色とりどりの絹の服をつけている。あでやかで、凜々しく、かぐわしい香りをまきちらしながら、広場をみごとな手綱さばきで駆け回る。散開と集合を繰り返して、さまざまな陣形をつくる。やがて、彼女らは模擬の野戦を展開する。

客席は興奮の坩堝《るつぼ》と化す。

それが終わると、今度はきらびやかな女の装いの、ロバにまたがった男子百余騎が登場して、ポロの試合をはじめる。勝負がつくと、天子さま万歳を斉唱して退場する。

百戯が終わると、男装の麗人、女装の男たちはみなその衣裳と化粧のまま街に繰り出す。


孟が再びやってきた。

「叔父さん、お嫂さんはふさぎの虫にとりつかれているとききました。罪滅ぼしがしたいのです。どうかお嫂さんに百戯だけは見物するよう勧めて下さい。昔から百戯あれば憂いなし、というじゃありませんか」

たしかにいかなる深い悩みも屈託も、百戯の繰りひろげられる広場にいれば消えてしまう、といわれるのは私にも充分納得がいった。生まれて一度も笑ったこともなければ、人にやさしい言葉をかけたこともない、考えるのは死ぬことばかり、みんな奈落に墜ちちまえ、としか口にしたことのない毛という男が、親戚の者に縄でくくられ、百戯の見物席に連れてこられた。

毛は泣き、笑い、だれかれなく抱きついて接吻しはじめた。三日後に死んでしまった。

私が思うに、毛ははじめから気がふれていたのだ。私の妻は正常である。気がふさいでいるだけだ。彼女は河間という田舎出の女だ。きっと百戯に度胆を抜かれて、ふさぎの虫など吹っとんでしまうだろう。

私はひたすら妻の幸福をねがっている。私は独善的に彼女を愛しているのではなかった。つねに、この愛しかたはまちがっているのではないか、彼女にすまないことをしているのではないか、と自らに問うた。神や天帝や孔子の教えに照らしてというのでは金輪際ない。この愛し方はシャオホアにふさわしいか、ただ彼女に対してのみ正しくありたい、それを究めようとしていた。

自分の愛の強さ、純粋さを楯にとって、相手にも同じような強度と純度を要求するのは、それこそ独善というものだ。

妻にひと目、百戯をみせてやりたい。母に相談すると、いくら裁縫と刺繍が女のたしなみで、貞淑がよいといっても限度がある、と母も嫁の閉じこもり、恥じらいぶりにうんざりし、業を煮やしはじめていたところで、早速ふたりでシャオホアをかき口説いた。シャオホアは首を振る。母は、子供がまだできないのは、内にばかりこもっているからで、ふさぎの虫が意地悪な邪魔をしているのだと、とうとう日頃の不満を口にしてしまった。

シャオホアは泣く泣く出かけることになった。うらめしげに車に乗り込む。

この年、妻の前に繰りひろげられた百戯のもようは省略する。私は、どよもす人々の歓声、楽の音、鼓、蹄の音の中から久しぶりに妻の笑い声を、一本の細い絹の糸のようにききわけるよろこびと、打ち上げ花火のあかりを浴びた彼女の笑顔をみるよろこびにひたることができた。


シャオホアは百戯の雑踏の中で、ふと気がつくと、美しい女たちに囲まれていた。あっというまに車に乗せられ、御街を駆け抜ける。夫や姑や手代や番頭たちはどうしたかしら？　と一瞬思ったが、不安な気持は起こらない。馬車の中は女たちばかりだった。それもとびきりきれいな女たちだ。とてもいいにおいがする。シャオホアは知らないが、麝香《じゃこう》を焚いているのだ。シャオホアを婀娜《あだ》っぽい目付きでながめ、指先でいたずらっぽく彼女のからだのあちこちを小突いてくる。

シャオホアは百戯で震撼させられた。この世にこんなすばらしい世界があろうとは！　わたしがこの指先で、軽羅《けいら》の上に絹糸で実現しようとしてきた世界が、目の前の百戯となって顕現したのだ。

馭者が大声を張りあげている。

「どけ！　どけ、どけ、どけ！」

シャオホアは隣の女にそっとたずねた。

「どこへゆくのでしょうか？」

だれも笑った顔のまま答えない。窓のすだれがおろされた。ちらと汴河の水面がみえた。どうやら城内をぐるぐる回っているらしい。

シャオホアのすぐそばで、やさしげなまなざしでじっとみつめていた大柄な女が、彼女をさっと抱きしめた。そして、彼女の手を取ると、自分の着物の裾をひろげて、固くとがった熱いものにあてがった。

シャオホアは悲鳴を上げ、泣きわめき、手と足を思い切り宙へつきあげた。まわりの女たち、じつは例のロバにまたがってポロの競技を行なった女衣裳の男たちが、彼女を両側から押さえつけ、犬のように鼻をつけてからだのまわりを嗅ぎ回る。

シャオホアはまず唇を奪われた。舌が入ってくる。強い力で唾液が吸い上げられる。

「これは呂の字を書くというんですよ」

と男は耳もとでささやく。

「じゃあ次は中の字を書きます」

「はあ？」

とシャオホアは息もたえだえに問いかける。

男はすばやく指を彼女の濡れている場所に深く差し入れた。

「ほら、どんなにいやがっても、あなたは濡れている。これが中の字ですよ」

シャオホアはもうぐったりとなった。泣くのをやめた。

「いやよ、いや！」

と首を振りたてながら、いまのいままで見たことも感じたこともない深い奈落に墜ちてゆく。怖いのやらうれしいのやらわからない。これはいったい何なんだろう？

両腕はいつのまにか男の首筋にしっかり巻きつき、両足は彼の腰の上にのっている。

馬車は駆けめぐる。船着場や鼓楼や鐘楼のトンネルを抜け、郊外にとびだし、花かんざしやハンカチ、絹靴やらが窓から投げすてられた。馬行街《ばこう》でひと休み中の二人の新聞読み上げ人が、

「ありゃ、すげえ馬車だなあ。これで、ここを何べん通った？」

「三べんだ。あの速さなら長安までひとっとびだァ」

「いや、長安なんてもんじゃない。サマルカンドまでだって行けらあ」

同乗の女装の男たちは次々とシャオホアに挑みかかった。

彼女はしばらく茫然自失のあと、急にきょろきょろとあたりを見回し、それから目を大きく開いてぎらぎら輝かせたかと思うと、中で一番の美貌と立派な一物を持った男に抱きついていった。彼女はもうその男を放さなかった。張といった。他の男たちは静か

に見守った。柔らかい巻髪が、たわわな乳房があきるほど愛撫された。数え切れない声があがった。

駅者が馬車を停める。いったいいつまで駆けつづけさせられるのか。

「走って！」

と中から女の声で命令がとぶ。駅者はしかたなく鞭をくれる。馬も駅者ももうくたくたなのである。

張がかねて手筈の、酒と食事のため東華門外の白礬楼《はくばん》の前で停めるように命じると、

「だめです。わたくしは降りません。何もいただきたくありません」

「聞きわけてくださいよ。白礬楼では江さんと孟さんがお待ちなのですから」

「わたくし、そんな方、存じあげませんわ」

といってシャオホアは張に抱きついてゆく。

「ああ、わたくし、こんなのはじめて！　知ったのが、もう遅すぎるんじゃないかと、そればかりが気がかり……」

深更に及んだ。馬と駅者が替えられた。馬車はまるで惑星のように東京の闇の中をめぐった。

「わたくしは帰りません。どうしても帰れとおっしゃるなら、このひとといっしょに死にます」

と張に取りすがる。一味は困りはてた。こんなはずではなかった。まずいことになりそうだ。懸命に説得し、李の屋敷の門口につけて、無理矢理おろそうとすると、泣きながら張を抱きしめ、子供のように自分の腕に咬みついた。愛の誓いのつもりなのである。涙をぬぐうと、

「きっとよ」

とささやき、身を翻して馬車からとびおりた。

妻が生きて帰ってきた。私は、百戯の坩堝の中で彼女の姿を見失って、生きた心地もなかった。八方手を尽くして探させたが、何の手がかりもない。さらわれたのだ。召使いたちが、奥さまが、奥さまが、と叫びながら洞門をくぐり、鋪地《ほち》を駆けてくる音をきいて、私は、ああ、彼女は悪少年《ならずもの》どものなぐさみものにされ、あげくに殺されて汴河に投げこまれた、その死体がみつかったのだ、と想像してちぢみあがった。

「奥さまが、ごぶじで！」

女中頭の声に、私はとびだした。何人もの手燭の灯りに照らし出されて、立っているのがやっとの風情のシャオホアがそこにいた。私がそばに駆け寄ると、

「こないで、けがらわしい！」

と叫んで、蔑《さげす》むようなまなざしを放った。私はもう一度ちぢみあがった。……ああ、

悪いことをした、私がちょっと油断したばかりに……。

よほどこわい目にあわされたのだ。生きて、再び彼女を拝めたというだけでも感謝しなければならない。

妻は部屋に閉じこもった。同じ閉じこもりといっても、以前は裁縫や刺繡に打ち込んでのことだったが、いまはもう何をするでもなく、青ざめ、眉毛をつり上げた顔ですわっている。気むずかしく、気まぐれになった。美しさはいちだんと冴えわたった。

私や母と一緒に食卓にむかおうとせず、自分だけのために料理をつくらせ、しかもそれにまるで手をつけなかったり、あるいはココナツミルクばかり飲んで、翌日は白茶を立てつづけに十二杯も飲むのだ。

たまに一緒に食卓に向かうと、私が食べているようすをみて口角をゆがめる。口角から頰にかけて、引きつれのような線ができて、しばらく動かない。ふと気がつくと、彼女のからだが揺れている。まるで馬車に乗っているように。

「あなた、どうしてそんなに呑気に、ゆっくりものが食べられるの？」

といって、私の茶碗に匙をがちゃんと投げ込んだ。

「私たちはずっと幸福だったじゃないか。これからも幸福でいなくてはいけないよ。私は何でもするつもりだよ」

「ああ、もうがまんできない！」

歯ぎしりしてそう叫ぶなり、顔は紙のように血の気を失った。

「あなたが何でもしてくれるというなら、張を呼んで！」

「張ってだれなの？」

「知るもんですか。とにかく張よ」

私は孟を呼び出した。孟は妙な微笑を浮かべて帰って行ったが、翌日、ひとりの鼻の大きな若い男を連れてきた。これが張だった。

シャオホアは張とふたりで部屋に閉じこもった。張は私の屋敷に居続けた。妻の幸福そうな姿をみて、私も幸福だった。

数日たって、張が深刻そうな顔をして私のところへやってきて、シャオホアのぐあいが悪いと告げた。行くと、彼女は床に臥せって、目つきはぼんやりと虚空にとまり、何かうわごとをつぶやいている。私が呼びかけると、

「わたくしはもう苦しくて、いまにも死にそうです。何かの病魔に取り憑かれてしまったよう。どんな薬もきっときかないでしょう。どうか、死後の救済者である閻羅《えんら》さまを招きおろして、死んだら受けなければならない冥界でのお裁きで、わたくしに少しでも手心を加えてくださるようにお祈りしてください。でも、夜中にしていただかなければいけませんよ。きっとですよ」

「おまえ、夜中は禁じられているのだよ」

当時、天子さまはことのほか夜間の祭儀をきらっておられた。

「知っています。でも、夜中でないとだめですよ。あなたのわたくしへの愛がためされてもいるのです」

私は早速準備にとりかかった。母が泣いていさめても、私は聞く耳を持たない。

閻羅王はインドの神、ヤマ・ラージャの漢語訳で、『リグ・ヴェーダ』では自ら死を選んで、冥界への道を見出した最初の死者とされている。要するに、人類最初の自殺者なのだ。

冥界では、この閻羅王を中心とする十王が死者を審判する。その様子を描いたのが十王図で、私はそれを深夜、わが客庁《ホール》に飾り、祭儀の道具を並べ、千本のロウソクを立て、沈香木を焚いて、招きおろしをはじめた。

頃はよし、と張が屋敷をとびだして、おそれながらと訴え出た。たちまち警邏の兵士たちが門を打ち破ってなだれこみ、私は捕えられた。

夜間の祭儀は謀叛と同罪とされる。私はそんなことは百も承知だった。

私は下獄され、下級審、中級審、上級審と超スピード裁判で、棄市の判決を受け、皇帝の裁決によって執行が決まった。杖殺《じょうさつ》である。誠にふしぎだが、杖殺は、既婚の男女が姦通した場合の処刑の方法として採用されることが多い。

私は手枷、足枷をはめられ、檻車に乗せて城内を引き回され、西市の刑場に着いた。

何万人もの観衆がつめかけている。その中に妻はいただろうか？ わからない。

私が台上の所定の位置につくと、縛られた両手をうしろに、項《うなじ》のあたりに持ってゆかされる。右足をそれにとどく右手の部分に引き寄せ、左足も同じようにして、両足が揃って背中にくるようにされた。私のからだは毬《まり》のように丸め込まれた。こうすれば私を取り押さえておく必要がないからである。頸《くび》が肩からはずれ、脊椎の骨がばらばらになり、腰骨がくい違う。からだの部分が互いにくい込みあって、息ができなくなる。そして、笞打ち用の木で打ちすえられた。

「すまない、シャオホア、許しておくれ。すまない、申し訳がない」

と私は絶え絶えの息の中から叫んだ。そうだ、私は済まない存在なのだ。なぜ済まないのかはわからない。それも、天子さまや母やご先祖様や川や草や木や虫に済まない存在なのでなく、ただシャオホアという女に対してだけ、私は済まない存在なのだ。理由《わけ》などない。わかるはずもない。ただ、シャオホアという愛しい女と出会うことで、私は済まない、彼女に申し訳ない人間になった。いまわのきわに、私はそんな思いで一杯で、胸が張り裂けそうだった。

私の息がなかなか絶えず、すまない、すまない、とあまりに泣きつづけるので、刑吏が私の舌を切り取った。

夫の死後のシャオホアを河間と呼ぶことにする。彼女は、張とのとめどない淫楽にふけった。張が二年で衰弱して死んだあとは、河間は、店と屋敷を居酒屋に改造した。当時、最大規模をうたわれた白礬楼の三倍の大きさで、東京の悪少年《ならずもの》、遊び人が押しかけた。河間は専用の楼閣の上にいて、男たちを観察し、鼻の大きい男、若くて元気そうな男、美貌の男、酒席の芸に巧みな男を物色し、呼び入れ、寝る。寝ながらも下をのぞいていい男は一人も見逃さないように注意した。

それでも河間は満足しなかった。毎日、まだ足りない、まだ足りないともだえ、燃えさかっていたが、夫殺しから七年後、楼閣の手すりにガウンの紐をくくりつけて首を吊った。

これが九百年前の私の身の上におきたことのすべてである。

女というのは摩訶不思議な生きものだ。いや、男はもっとそうかもしれない。河間については、その後、南宋の小説家が彼女をモデルにして書き、出版したらしい。その残本が東京・世田谷の静嘉堂文庫に所蔵されていると聞くがほんとうだろうか？　私はみたくもありみたくもない。

その後、私は一八四〇年ごろ、フランスのルアン近くの田舎に転生して、藪医者となったが、そのとき、私と妻のエンマにおきたことも当時の小説家によって書かれた。これは読んだ。たしかにあの通りである。

現在、私の生活はささやか、かつ順調に営まれている。小華《シャオホア》は刺繍に、エンマは小説本に夢中だった。現在の妻も貞淑で、パソコンに夢中である。

かわいそうな楊紅《ヤンホン》の記事を読んだことから、とんだことを思い出し、長話をしてしまった。


（柳宗元「河間伝」及び孟元老『東京《とうけい》夢華録』より）

かな女への牡丹

1

今から九十年余り前、五年の欧米遊学から帰った永井荷風は、一日、どこということもなく、四谷見附から築地両国行きの市電に乗る。河は汚れて死に絶えた。貧相なコンクリートの物置のような建物の連なり、ベタベタとペンキ塗りの広告、空をおおう電線。東京の蕪雑《ぶざつ》、醜悪ぶりは目をおおわしめる。

彼は、憤然として深川を思い返す。あさましいこの都《まち》からひとっ飛びに深川へ行こう。

数年前まで、自分が日本を去るまで、水の深川は久しい間、あらゆる自分の趣味、恍惚《こうこつ》、悲しみ、悦びの感激を満足させてくれた処《ところ》であった。

夏中洲崎《すさき》の遊廓《ゆうかく》に、燈籠の催しのあった時分、夜おそく舟で通《かよ》った景色をも、自分は一生忘れまい。苫《とま》のかげから漏れる鈍い火影《ほかげ》が、酒に酔って喧嘩している裸体《はだか》の船頭を照す。川添いの小家《こいえ》の裏窓から、いやらしい姿をした女が、文身《ほりもの》した裸体の男と酒を呑んでいるのが見える。

無論、帰朝者荷風は二度と再びそのような深川を見出すことができなかった。彼にできたのは、喪《うしな》われたものの深さを測ることだけだ。その深い喪失の闇の中から、

「あきイーの夜はーア」

と歌沢節《うたざわぶし》の端唄《はうた》をうたう盲目の男が現れる。

遊動亭円木《ゆうどうていえんぼく》である。

「そうかい、円木さん、そりゃよかったね。平藤《ひらふじ》の会もいよいよ繁盛なんだね」

明楽《あきら》のだんなである。病いも癒えて、金魚池園林も完成し、大した商いの不動産業もそっくり甥《おい》の専務にそれほど悶着もなく譲ることができた。順風満帆といったところ。ボタン・コートの住人ぶりも板に付いてきた。

明楽のだんなの肝煎《きもい》りで、一年半ほど前からはじめた円木会も軌道に乗ってきた。白《はく》

山《さん》の師匠の破門も解けて、遅蒔きながら真打ちにも昇進した。しかし、主だった常打ちの寄席、名の通ったホール寄席はどうにも盲目の噺家《はなしか》を高座に上らせたがらない。そこでファン・クラブのようなものをつくって、定期的に、ひっそり一席をうかがうことになった。彼をモデルにした小説も出て、遊動亭円木の名はそこそこ知られるようにもなった。神楽坂の料亭千月《ちげつ》、江ノ島の旅館松籟閣、鶴岡市郊外の松ヶ岡開墾場、大阪市天下茶屋の大阪フィルハーモニーの稽古場、それに深川の平藤といったところで、平藤は新橋の金田中《かねたなか》、神楽坂の千月、赤坂の重箱などと並ぶ料理屋だ。

「だんな、深川から芸者衆が消えたのはいつごろからなんでしょうか」

「さあ、そいつは……。私は深川じゃ遊んだことがないからなあ。ものごころついたころ、もうなかったんじゃないかなあ。辰巳《たつみ》芸者ともいったんだ。日本橋からみて東南にあたる場所ということでね。いきとはすはが身上でね、水髪の鬢《びん》のおくれ毛がトレードマークさ。谷崎の『刺青《しせい》』を読みました？」

「ええ、ずいぶん昔、まだ目あきのころ。苦しかろう。体を蜘蛛《くも》が抱きしめて居るのだから、……て」

「あれも深川だ。こういうところがあったのを覚えてるかい？——それは清吉が馴染の辰巳の芸妓から寄こされた使の者であった。姐《ねえ》さんからこの羽織《はおり》を親方へお手渡しして、何か裏地へ絵模様を画《か》いて下さるようにお頼み申せって……」

「はおり？」

「そう、はおり。私も当初は芸妓《げいぎ》にはおりとふったのを誤植かと思いました。それにすぐ次の娘のせりふに羽織とあるからね。若かったから直接中央公論にクレームつけてやろうかと。しなくてよかった。後ほど、知り合いが教えてくれました。辰巳芸者のことを羽織芸者あるいは羽織といったんだ。昔は十二歳くらいの子供芸者は男装させて、羽織を着せて座敷に出したんだそうだ。恥かかなくてすみました。ところで、その平藤の会はいつですか」

「今月の十三日の月曜日です」

明楽は指を折って数えて、

「いけない。この日はだめだ、ちょいとべけんやでね」

円木は、おや、という顔でうつろな眼窩《がんか》を明楽に向けた。……だんなは亜紀子さんとは別れたはずだが。それはそれはきれいな別れだったときく。元気になって色事も復活されたか。亜紀子さんでないとすると、はてだれだろう。

「冗談、冗談。死んだ妻《さい》の命日だ」

「そいつは。もう……」

「十年になるよ。どうしたんだい？」

「いいえ、思い出しました。だんなに大相撲の枡席《ますせき》チケットを送っていただいたのも五年前のちょうど五月十三日、夏場所三日目でした」

「そうかい、そうだったかい」

「ええ。なつかしいだんなとの再会でした」

「今年の五月十三日って、何日目になるんだろ」

「二日目です」

「貴乃花は出られるかね」

「たぶん、無理でしょう」

ふたりは話を交わしながら園林の中をめぐった。円木は足の下の水の流れに随《つ》いてゆく。目あきにも水の流れはみえないが、音はいつも足の近くで聞こえる。水は園林に盤《ばん》踞《きよ》しているが、恥じらって出てこない。明楽は、明代の文人張岱《ちょうたい》の、「砎園《かいえん》は、水によって園全体が盤踞されている。しかも水を十二分に活用していながら、たくみに配置してあるので、一見水は一つもないかのようである。砎園はよく水を隠して水の力を得た」のひそみにならった。目の見えない円木の水先案内人は、まさにこの隠された水の流れだった。

「何をお演《や》りになる？」

「はい、ご当地ということで、まず『永代橋』を、それから『夏どろ』『鸚鵡《おうむ》』『一枚起請《きしょう》』ときて、しまいに『文七元結《ぶんしちもっとい》』を」

「これはまた豪勢な。さすが落語のジューク・ボックス」

明楽はからかったのではない。円木はかつて自ら、古今東西、落語の演目およそ千二百六十を覚え切って、落語の図書館、ジューク・ボックスになると宣言したのだ。

「しかし、円木さんもとうとう人情噺を掛ける気になったとはね。どういう風の吹き回し、心境の変化なんでしょう」

「いえ」

と円木はきまり悪そうに口を噤《つぐ》んだ。たしかに明楽がいうように、円木は廓《くるわ》噺《ばなし》を得意として、人情噺は苦手だった。下手ではないのだが、どこか潔《いさぎよ》しとしないところがある。怪談噺もまたしかり。

バクチに溺れた貧乏な左官の父親を救いたいと吉原に身売りするけなげな娘、その父親が娘の身売りの金を、集金の金五十両を盗まれたと身投げしようとしている奉公人文七にくれてやる。盗《と》られたと思っていた金が出てきて、お礼にきた鼈甲《べっこう》屋の主人は早速娘を身受けしてやり、文七との祝言を調《ととの》える。身売りと身投げが対になって、共に寸前にたすかるというお話。圓朝の作で、四代目圓生、六代目圓生が十八番《おはこ》とした。

円木は、苦手としていたこの噺をぜひともきかせてやりたい娘がいる。

深川は牡丹《ぼたん》二丁目、大横川にかかる巴橋のたもと、平藤の門前で、かながたすき掛けで夕方の打ち水をしていると、初顔の客がひとりやってきた。

「ちょっと早いかな。入っていいですか」

「はい、どうぞ」

とかなはふり返り、すっとからだを伸ばして答えた。男の目にいきなり鋭い光が宿った。

「いい銘仙だね」

と男はいって紺のれんを指先で掻《か》き分け、玉砂利を固めた鋪地《ほち》を踏んで玄関へ向かった。かなは、男がまるで足音を立てなかったことにはっとなった。みると、背広姿なのに足もとはズックの運動靴だった。

それから五分ほどして、北田が現れた。先のとがったサファリブラウンのエナメル靴を、水を打ったばかりのアスファルトの地面にキュッキュッとこすり付けるようにして。

北田は下働きの女などに目もくれない。奥から、いらっしゃいませ、と仲居頭のとし子さんの声がひびいた。今日から二、三日、女将《おかみ》さんは料飲組合の会合で熱海に行っている。

小体《こてい》な離れ座敷の客に酒肴《しゆこう》が運ばれる。先に着いた男は野方の二代目彫朝《ほりあさ》として知られる彫師《ほりし》である。もうひとりの男、北田は墨田、江東、江戸川一帯を縄張りの鳶《とび》や露店商を仕切る辰巳組組長だが、表向きはジャパン・アド・エンタープライズという企画会社を地下鉄門前仲町駅近くの鉛筆ビルの二階に構えている。ガラスの全面を使って、グラフィック&スペースインテリアデザインと描かれている。北田は三代目で、かなり激しい跡目争いを勝ち抜いた。全身に北斎の双龍の刺青《いれずみ》がある。彫ったのはまだ二代目を名乗っていないころの若い彫朝である。

舎弟頭のひとりで、滝野川の男が、彫朝に頼んで妻の背中に鳳凰《ほうおう》を彫らせたが、その代金を払わないで、逆に脅しにかかった。それを知った北田は滝野川を叱責し、一年間出入り禁止とした。そのお詫びにと平藤に一席設けたのである。

庭から添水《そうず》の音がひびく。床の間を背にしているのは彫朝で、一献《いっこん》の前に、北田は座ぶとんをはずし、さらにその座ぶとん分ほどもうしろに下がって両手をついて頭を下げた。

「先生、この通りです。誠に申し訳ない。あの野郎は簀巻《すま》きにして東京湾に、とまで考えたくらいです。指を詰めさせます。どうか平《ひら》に」

「北田さん、わかりました。では、指だけいただきましょう」

北田が驚いて顔を上げる。方便のつもりだったのである。

料理を運んできたかなは、襖《ふすま》の外でふたりのやりとりが耳に入った。物騒な言葉に足が竦《すく》んだが、勇を鼓して、

「ごめんください」

とか細い声を出した。

「お入りよ」

と北田はいった。かなが料理皿をきれいに整えているあいだ、二人の男は黙然と江戸切子についだ冷酒を傾ける。かなをみる彫朝の目に再び鋭い、陰険な光が宿った。

かなの去りぎわに北田が、

「この酒は何だい？」

「きいてまいります」

と逃げるように下がった。

「あの娘《こ》……」

と彫朝はいった。

「最近来た仲居ですよ。三月ばかり前、塩原から来たとかいってました。ちょっと変な娘でしょう」

「変どころか、とてつもない玉ですよ」

北田はまたもや驚いて顔を上げる。

「とてつもない玉ですか」

「私は今年で還暦です。ここらで何とか一世一代の仕事を残したい。ところが、近ごろめっきりこれだ、という皮《かわ》にめぐりあえない」

彫朝は皮膚、肌を皮という。

「しかし、あの娘……」

「かなというんです。呼びましょうか。いや、現れた」

かなは、問われた酒の銘柄を板場できいてきた。

「高岡の勝駒というんだそうでございます」

「そうかい、富山の酒かい。かなちゃんといったよね。ちょっとこっちへおいで」

かなは白く、細くて長い首をかしげ、ためらいつつ敷居ぎわから膝で四、五十センチにじり寄って、正座した。北田はかなに彫朝を紹介した。日本だけでなく、海のむこうでも名を知られたアーチストだ。

「刺青って知ってるよね。この先生はその世界一のお方なんだよ」

かなの胸はひやりとした。同時に心臓は早鐘を打ちはじめた。

塩原で、かなの身に余りにつらいことがあった。しかし、彼女は詳細をほとんど覚えていない。ショックによる一過性全健忘、ＴＧＡという症状だが、ふつう数時間から十数日で回復する。もちろんかなも一週間ほどで記憶はもどったが、彼女の災難のもとになった佐伯という天然氷売りと、彼女を庖丁で刺した板前の修二のことはほとんど思い出さなかった。

亜紀子は、やはりこのまま塩原にいては何かと嫌な思いをするかもしれないと、明楽とはすでに縁が切れているから頼るのは遊動亭で、かなを彼に預けることにした。円木は仔細《しさい》をのみこんで、平藤の女将に相談すると、その場で引き受けてくれた。円木会も繁盛して、この不景気のご時勢に思わぬにぎわいと平藤の女将には大層よろこばれていた。身許保証人は円木である。

しかし、円木がのみこんでいない一事があった。かながほぼ目に一丁字《いっていじ》もないということである。

かなは、佐伯のことも、数え切れないほど抱かれた修二のこともほとんど覚えていなかったが、ひとつだけ鮮明によみがえったものがある。ある日、傷も癒えて、はじめて繃帯《ほうたい》をはずし、首筋に手をやったとき、指先に触れた傷痕《きずあと》から修二の左肩にあった般若《はんにゃ》の小さな刺青を思い出した。わずかに隆起したその部分をかなが愛咬すると、きまって修二は気持をひどくたかぶらせて、針を刺されるときの痛さ、腫《は》れて熱が出てひと晩眠れなかったこと、全身に彫りものしようとしてリンパ腺に黴菌《ばいきん》が入って死んだ板前仲間がいることなどをしゃべりまくった。アレルギー反応を起こして、ショック死したやつもいるぜ。おれのこれを彫ったのは名人といわれた人だ。彫朝というんだ。

その修二は、かなに対する殺人未遂の罪で、八年の刑をくらって宇都宮の刑務所にいる。

かなは彫朝という名前を思い出した。足音も立てず水を打ったアスファルトの道を近づいてきた男。かなは急いで座敷を下がった。

「ほんとうにあの皮がいりますか」

と北田は半ば冗談、半ば真剣な口調でたずねた。

「いります。めったなことではありません」

欲情する男のように彫朝は息を短く継いだ。

「どういう娘なんだろう」

「それはよく分かりません。何しろ無口だし、女将だって、さるお方から頼まれただけで、素姓などはさっぱりだと」

「彼女、首筋に傷痕がありますね」

「おや、そうですか。私はもう何度も彼女をみているが、気がつかなかったが、さすが」

「北田さん、さきほど滝野川に指を詰めさせるとおっしゃった――」

「指は要らないといわれるんですな。分かりました。平藤の社長にはこれのことで……」

と北田は小指を立てた。

「ちょっとした貸しがあります」

北田は、彫朝のうしろの床の間にある内線電話を取り上げた。

「もう一度、あの娘をみてみましょう。私も興味が湧いてきた」

といって、今度は勝駒をぬる燗《かん》で持ってくるよう言いつけた。かなはやってきた。すっかり怖気《おじけ》づいている。

「そんなとこにいないで、ほら、こっちへきて酌をしてくれないか」

と彫朝は猫撫で声を出した。かなは、突き出されたぐい呑みに震えながら丹波の傘徳利を傾ける。

「おや、あんた、その傷痕はどうしたんだい」

かなはさっと左手を首筋に持ってゆき、正座のままあとじさる。白足袋に包まれた足の形の美しさが際立つ。

「いい踵《かかと》をしているね」

とっぷり日は暮れて、すでに灯りが点《とも》っている。

「そんなきれいな肌を持って、あんたはいったいどこから、どうやってこの世に現れたのか、ほんとうに信じられないくらいだよ。だけど、その首の傷、玉に瑕《きず》とはまさにこのことだ」

彫朝は息をのんだ。北田は半眼で、薄気味悪い笑みをうかべてこのやりとりを眺めている。

かなは生きた心地もなかった。

「よくお聞き。私にはあんたのその傷を消してあげることができるよ。その美しい肌にふさわしい牡丹の花を一面に彫ってあげよう」

かなはがたがたと震えだした。

2

荒川の左岸、荒川大橋と新船堀橋のちょうど真中あたり、東小松川二丁目にボタン・コートはある。円木の妹夫婦が大家で、円木はその貸マンションの一室に居候を決めこんでいる。目と鼻の先に、以前は金魚養殖場だったところがいったん廃業して埋め立てられ、競売に付されたのを明楽のだんなが買い取って、再び池を掘り、中国式園林としした。完成前は仮に、冗談に、「笑いの郷」と呼んだが、いまは正式に金魚池園林と称している。園林のオーナー明楽もボタン・コートにひとり身を寄せている。円木の妹夫婦というのがよくできた人間で、円木と明楽のまかない、身の回りの世話も引き受けている。

昼下り、エントランスから中庭《パティオ》へとトンネルのように這わせた野イバラの葉むらごしの風が、円木の窓にも挨拶にやってくる。円木はひとり畳の間《ま》に端座して、平藤の演目のおさらいに余念がない。

先《せん》には、明楽が当日の五月十三日はちょいとべけんやで、と聴きにゆけない理由《わけ》を述べた。あれは冗談だったが、じつは円木こそこの日は、ちょいとべけんやなのである。秋田は鳥海山北麓のまち矢島にいる寧々《ねね》と遠距離結婚の身でありながら、いまのたのしみは平藤にいるかなのことである。

噺を演じるのは苦役以外のなにものでもないが、平藤の会では決まってかなが介添えをしてくれる。塩原のせれすの会でもそうだった。あの湿気が切れてるようで切れてない、勁《つよ》い、そのくせ羽二重餅《はぶたえもち》のような手で彼の手の甲をなで、彼の肱《ひじ》をそっとつかんでめざすべき場所まで導いてくれる。彼女の吐く息、凝《こ》らす息、声、首筋からゆらめき立ち昇るほのかな彼女自身の香り。きっと全身、絖地《ぬめじ》のような肌に違いない。いい年こいて、円木は恋をしているのか。そうかもしれない。

今度、「文七元結」を演るときいたとき、明楽のだんなはいったいいかなる風の吹き回しかとけげんそうにしたが、円木自身もこの胸のときめきはけげんなのである。以前、塩原で「つるつる」をやったとき、廊下でかなも立聴きしていて、どうだったいときくと、遠慮がちにではあるが、いつか円木さんの、笑うよりしんみりとしたはなしをきいてみたい、と蚊の鳴くような声でいったのを彼は覚えていた。気にもかけていなかったが、ふいにそのことを思い出した。恋だった。

「文七元結」「鸚鵡」「永代橋」の順にさらって、「一枚起請」である。

甥が別れの挨拶にやってきた。その様子が変なので伯父《おじ》さんが問いただすと、新橋の芸者とねんごろになり、夫婦約束までしていたが、真夫《まぶ》のいることがわかった。裏切られた。何とか仕返しをしてやりたい。その男と女を殺して自分も死ぬつもりだ。伯父はたしなめる。

死んだおまえの親父に頼まれて手塩にかけて育ててきた。それを女のために人を殺し、自分も死ぬなんて、こんな嘆かわしいことがあるものか。それなら、手を下さずに女を殺す工夫がある。きいてみるかい。……昔、中国で、知伯《ちはく》という殿様が趙襄子《ちょうじょうし》という男に亡《ほろ》ぼされた。知伯の家来、予譲《よじょう》は殿の仇と趙襄子を討とうとするが捕えられる。しかし、情状酌量で放免となる。予譲は乞食に扮してまたねらうが、また捕まる。趙襄子はいう。敵ながらあっぱれだ、討たれてやりたいが、政治家としてしなければならないことがまだある。三年待て。そうすれば討たれてやる。約束のしるしに、着ているものを脱いで与えると、予譲は無念といって剣でその着物を刺す。すると血が流れた。一念とは恐ろしいものだ。三年たたずに趙襄子はわずらって死んだ。どうだい、おまえもその女からもらった何か約束のものがあるだろう。そいつを突くなり、破るなりして恨みを晴らしなさい。

そこで甥は女からもらった起請文《きしょうもん》をナイフで突くと、畳の上に血がたらたらと落ちた。

「恐ろしいもんだ。文《ふみ》から血が流れた」

「なに、私の指を切ったんです」

誰かがノックする。

「開いてますよ」

ドアから顔をのぞかせたのは、金魚池園林のメンテナンス万般を請負っているとうふ屋工務店の左官職米谷《かずや》一八である。一八《いっぱち》さんで通っている。

「円木さん、ちょっといいですか」

「やあ、一八《いっぱち》さん。どうぞ。どうなすった？」

一八は円木の前にしゃちこばって正座する。

「こないだはごちそうになりました」

「いいえ、お粗末さまでした」

「でも、やっぱァ富山の魚はうまいですね」

「酒もうまいですよ」

「ほんとすね。あれ……」

「勝駒。それで、一八……」

一八は二十八歳で独身である。華奢《きやしゃ》ですらりとした体軀だが、強靭でばねのよくきいた働きをする。女の話はめったにしない。秋田の本荘の出身で、円木の父祖の地、象潟《きさがた》や寧々のいる矢島に近い。同郷のよしみで円木につい親近感がわく。

「おれ、ある女に惚れました」

「ある女、とおいでなすった。こりゃまたクラシック」

一八はへえ、といぶかしげな表情をする。大きな唾《つば》の固りを呑みこんだが、ほんとうにごくりと鳴った。

「円木さん、平藤のかなちゃんの身許保証人ですよね」

とうふ屋工務店は平藤の出入り業者でもあった。

一八は平藤の舗地《ほち》づくりを任されて、一ヵ月詰めて通った。そこでかなを見染めた。舗地というのは、中国の江南地方、蘇州などの文人や豪商の邸宅に付いた庭園の地面や回廊に様々な小石でモザイク文様を描く化粧舗装のことで、日本ではあまりみかけない。明楽が金魚池園林を造営するさい取り入れた。請負ったとうふ屋工務店は、社長じきじき蘇州の留園や獅子林など有名な園庭を視察してきた。半年ほど前、金魚池を見物した平藤の女将が是非うちにもつくりたいといって実現した。

「かな女《じょ》の身許保証人は私ですが……」

といって円木はひたいを下げ、その裏側をのぞきこんだ。ここに彼の思考が像となって映し出される。もちろん彼はかなの顔、姿かたちを一度もみたことがない。ないけれど、分かっている。その像に一八が恋をしやがった、と円木は唇をかんでつぶやいた。恋をするとさもしくなる。乞食になる。

「思い切って、告げました」

「告げましたか、かな女に、思い切って」

「はい。そしたら、彼女、何ていったと思います？」

「分かりませんねえ」

「口説くんなら、きれいな文章で口説いてちょうだい」

円木は驚いて、思わず座ぶとんの角から垂れた総《ふさ》飾りをつかんで、ぎゅっと指に巻きつけた。

「おれ、あんたが好きだ、なんて、それで事足れりと思うんなら大違いよ。手紙ちょうだい、美しい文《ふみ》を」

「うん。かなちゃんはレベルが高いぞ」

「やっぱり」

といって、一八はしょげ返った。

「手紙書け。私が渡したげる」

一八は深く、胸に顎がくっつくほど頭を垂れる。

「どうしたい？」

「おれ、文《ぶん》なんて書いたことがない。漢字、知らないし……」

「漢字知らなきゃ文章は書けない」

円木はここを先途《せんど》と攻撃の手をゆるめない。一八はますますしょげ返った。

「あきらめるかい」

おれは何て底意地が悪いんだろう、と円木は思う。「つるつる」の旦那の悪意が掌《たなごころ》を指すようだ。

「あきらめがかんじん」

「とんでもない。おれ、絶対あきらめません」

「どうするの？　文《ふみ》、書くの？」

悄然《しょうぜん》と肩を落として、黙りこくってしまった。明楽のだんなにいわせると、気っぷもよくて腕のいい左官らしい。円木は徐々にほだされた。若々しい恋する男の精気が紛々と匂ってくる。ああ、おれはやっぱり意地悪にはなりたくない。

「書いてやろうか」

一八の顔がぱっと明るくなる。

「ほんとですか」

「書いてやる。とびっきりのを書いてやる」

3

「天は非常に遠いところにあるから、声は届かない。そこで亀の甲羅などを焼いてできたひびで吉兆を届けた。文字のはじめです。彫りもののはじまりです。だから、昔の人は彫りものを文身と書いた。私の彫りものは天の声なのです。ひと墨さえ入れられれば、それはもう天のもので、あとはもう一生消せないものですから、いいえ、死んでも、焼かれないかぎり、刺青というやつは褪色せず、生きているときと変わりなく鮮明です。嘘だと思うんなら東大医学部の標本室に行けば、死体から剝《は》ぎ取った刺青の皮膚標本がたくさんみられます。ですから、あの娘にひと墨さえ入れることができれば、否も応もありません。完成させるより選択の道はない。途中でやめた彫りものの醜悪さをさとらせます」

彫朝はいった。北田は本気で動いた。

平藤の社長は北田のたくらみにいやとはいえない。とし子は社長と最近できたばかりで、彼の言いなりである。

かなは、とし子に睡眠薬を知らずに飲まされ、朦朧《もうろう》となったところを平藤のいちばん奥まった四畳半の座敷に連れこまれた。ここは昔の倉を改造した部屋で、中からも外からも鍵がかかるし、声を少々張り上げたところで外にはもれない。一方が大横川に面している。昔風にいうなら待合のようなことをする。枕席《ちんせき》である。口の固いお得意客にしか提供しない。深川はむかし天下一の岡場所といわれた。吉原や江戸芸者と違って、一身で芸も身も売った。いきやはすは、いなせの気風はそこから生まれた。むろん現在の平藤の倉屋敷はそれとは何の関係もない。むしろラヴ・ホテル、ファッション・ホテルの変種といったほうがよい。

鍵のかかった倉部屋で、照明、彫り道具一式持ち込んだ彫朝は、全裸にしたかなの肢体の美しさと肌の艶《つや》に息をのんだ。見立てどおりだ。彼はまず合掌して、地を這う虫のような念仏をとなえ、手のひらでかなの背中から腰、尻を隈なく、鳥肌立った部分をなだめ、熨《の》すように撫で上げ、撫でおろし、やがて絵筆を取った。

筆は素速く、なめらかに動く。絵柄は北斎の大判錦絵「牡丹に蝶」である。紅、薄紅、白の満開の牡丹が強風に吹かれて、花びらはそり返り、おびただしい葉が裏をみせている。そのそばで一匹の揚羽蝶が、これもまた風に吹き飛ばされそうになって羽根が返っている。

みえない風が画幅一杯に感じられる。彫朝は、生涯、一度、この絵柄をこれぞと思う女の肌に彫りこんでみたかった。生きた画幅に花びらをふるわせ、蝶を飛ばし、思い切り風を吹かせてみたかった。それがいま現実のものとなろうとしている。彼は朝海若之という日本画の画号も持っていた。

絵柄が完成する。まず線取りの穿刺《せんし》がはじまる。ジーッという機械音とともに、親指と人差指で引っ張って緊張させた皮膚に、数本の束ねた針が下絵の線をゆっくりなぞる。真紅の血がにじみ出る。チリチリという音に変わる。かなはうめきを上げた。墨液が針束にそって真皮の中に注ぎ込まれてゆく。墨液は、色素粒子だけが真皮内に異物として残って定着する。これが表皮を通すと外から青くみえる。青く刺す、刺青《しせい》である。一時間余りかけて花三つ、葉っぱ十葉を彫るのがせいぜいだった。

「これ以上やるとこの娘の体がもたない」

と彫朝は立ちあがった。

かながうつぶせで、うなされて目をさましたのは、平藤の敷地内にある住込み用の三畳の自室だった。とし子がいる。背中が何十四もの蜂に刺されたように痛い。かなはすぐに自分の身に何が起きたかをさとった。涙がこみあげた。

「かなちゃん、ジュース、お飲みなさい」

とし子はストローをさしたコップを近づけた。昼ごはんのとき、やはり同じグレープフルーツジュースを、とし子がおごりだといって飲ませた。

「とし子さん……」

涙が溢れ落ちそうな目で、かなは何か言おうとした。

「かなちゃん、怒っても泣いてももう遅いのよ」

とし子はまといつくような声でたたみかけた。

「あんたの首の傷、知ってるわよ。男に刺されたんでしょ。だったら、それをきれいな牡丹でおおっちゃうのよ。彫朝さんなんて、めったなことでは彫っていただけないのよ」

「でも、ひどいわ」

とし子がにじり寄って、声をひそめた。

「今度のこと、ひとことでも口にしてごらんなさい。簀巻《すま》きって知ってるでしょ。されちゃうわよ。北田さんて、何人殺《や》ったか知れない人よ。もちろん、あの人が直接というわけでなく、人を使ってね。いまでは、ほら蛇頭《じゃとう》とか砂漠のほうからきた住民登録してない人を使うんですって。だから絶対ばれない。特に円木さん、あなたの保証人でしょ。彼にしゃべったりしたら、あの人、目が見えないでしょ。転んで、打ちどころが悪かった、不慮の事故死なんて、かんたんなのよ」

かなは肩をふるわせて泣きじゃくった。一八さん、と呼んだ。

4

「床しき君、懐しき君、無二の君、我が恋なる君、げにわが心は束の間も……」

「ちょっと待ってよ、兄さん、ゆかしきって、床《とこ》の間の床《ゆか》？」

「そうだよ、ぜんぶ漢字で書いておくれ」

「ちょっと古くさすぎやしないかしら」

と妹の由紀が疑問を呈した。円木は無視して、平然と口述をつづける。

「過ぎゆく衣摺《きぬず》れの音《ね》を聴くよろこびをはじめて覚えたのも、朧月夜の詩情に心を寄せる術《すべ》も……」

「待って、辞書引くわ。おぼろってどう書いたかしら」

「じれったいね。こうだよ」

と円木は目の前の大きな藁半紙《わらばんし》に「朧」と書く。目がみえなくても、字は書ける。ひと連なりの文章となると、うまくゆかない。以前、長い文章を書いたつもりが、由紀にみせると、たった一ヵ所に二十数字も重ね書きしてまっ黒になっていた。

「私は命をあなたに捧げます。永遠でなくてはならない喜びを感じるのです。永遠です、もしこの気持が消える時が来たら絶望です」

「あら、君からあなたに変更ね。統一しなくていいのかしら」

「そこがいい」

「兄さんのラヴレターっていつも大げさね。これじゃ寧々さんも……」

円木は、この口述筆記は矢島の寧々への手紙だといつわってある。束の間、彼の胸をやましさの針が刺して、口ごもる。だけど、こいつは一八の手紙だぞ、とひとりごちる。うしろめたいものでなんかあるものか。しかし、強弁しても、真実は覆せない。いま、表向きは円木から寧々への手紙なのだが、じつは一八からかな宛《あて》で、さらに裏返すと、円木からかなへの手紙にもなる。

「白かりし、紅《あか》かりし、——赤《せき》でなく、紅《こう》と書くんだよ。牡丹の花、その露のかそけさを私に。うらみません、嘆きません。ひたぶるに君を恋い渡る者にて候ぞ。ひたぶるに」

由紀はあきれ返って、もう何の文句も疑問もさしはさまない。

「ひたぶるに、って、ひらがな、漢字？」

とっけんどんで投げ槍である。

「頓《とん》と書くんだ。に、を送る。頓馬、頓ちき、頓首草々の頓だよ」

「わたし知らない。いいわよ、兄さん、辞書引こうっと」

「いいかい、つづけるよ。……日頃、鏝《こて》をふり回したり、漆喰《しっくい》をこねたり……」

由紀はどうもちょっとおかしいと思うけれど、もう何もきかない。鏝も漆喰も辞書を引くのが面倒なので、ひらがなでごまかしてしまう。

「私は、こてで、しっくいにあなたのお名前を大きな字で書いて、いつも目の前に置いて、くり返し声に出して呼びかけております。どうかうけいれて下さい。もしあなたが他の男に心を寄せておられたなら、私の目はいっさいの光を失い、奈落の底へと沈んでゆかねばなりません」

「兄さん……」

由紀はほんとうに心配になってきた。兄と寧々さんに危機が……、寧々さんが他の男にだなんて。でも、無理もないわ、離ればなれなのだし、それに兄さんは……、とまで考えて、振り払う。

「私はあなたを海が海底の小さな石を愛しているように愛しているのです。はたまた、私は小さな石になって、あなたに海のように愛していただきたいのです」

なかなかいいわよ、兄さん、と由紀はつぶやいた。

「私の貯金は百五十万円しかありませんが、これからしっかり働いて……」

「あら、兄さん、貯金なんかあるの？」

「ありませんよ。嘘も方便」

円木による一八の手紙は、丸善の縦書き便箋で都合五枚になり、終わった。

「封筒や宛名は？」

「いいんだよ。読み返してみてくれないか」

由紀があきれ顔で、声に出して読みきかせると、円木は妙にうっとりした表情で聴き入った。それから、彼女は封筒におさまりいいように便箋をきれいに折りたたんで、円木に渡した。


翌日、円木は平藤に独演会の下見と打ち合わせに出かけた。光の濃淡は鋭敏に感知できるから、白い杖一本あれば外出はできる。特に都営新宿線や総武線、東西線沿線なら勝手を知っているから余り苦労はしない。チャコールグレーの棉《めん》のパンツに、やはり棉のごわごわした黄色いボタン・ダウンのワイシャツという出立ちで、どちらもユニクロである。パンツの両の尻ポケットには携帯電話と財布、胸ポケットには一八のラヴレターが入っている。

都営新宿線を森下でおりて、タクシーで平藤に向かう。門の前でかなが待っていた。いつものように彼の手の甲を撫で、それから肱を持って内へと導いてくれる。踏みしめるのは完成した鋪地のアプローチである。一八の仕事だ。好きな女が毎日踏みしめる道をつくれるなんてうらやましい男だ、と円木は思う。

しかし、今日のかなはちょっと変だ。いつもなら明るく色々話しかけてくるのに、ひと言も発しない。変だな、どうした、と円木は思う。おれが一八の告白の手紙を預かってきたことをもう勘づいて、緊張しているのだろうか。玄関で女将に迎えられた。下見と打ち合わせは順調に終わった。

「円木さん、ゆっくりなさってって下さい。鶴岡の冨士酒造の『雫《しずく》』が入りましたから」

「いえ、きょうはちょっとまだ野暮用がございまして」

「あら、そうですか。じゃあ『雫』は届けさせましょう」

「ありがとうございます。ちょいとかなちゃんに塩原から……」

「何か心配ごとかしら。かなちゃん、二、三日前から急に口をきかなくなって。言葉を忘れたみたい。どこか悪いんじゃないかしらって心配で。熱も少しあるようなんですよ」

といって女将はかなと円木を残して小座敷を出ていった。留守中の出来事で、彼女は夫の社長と北田のたくらみを知らない。

だれかが庭の植木にシャワー・ホースで水を撒いている。

「かなちゃん、どうしたい?」

ザーッとすぐ近くのつつじの植込みに水のシャワーが落ちてきた。障子越しでも、ひんやりとした風が立つ。

「うんともすんともいわないね。啞《おし》になっちゃったのかい。盲《もう》に啞《おし》か。……ふふふ、モウは牛だ。しゃれにもならない。じつはね、かなちゃん、私、文《ふみ》を預かってきた。かなちゃんに渡してくれって」

かなははっと両手を胸もとに持ってくる。

「かなちゃん、だれか予測はついてるね。当ててごらん」

しかし、かなは沈黙を守る。かなは今夜、死ぬつもりなのだ。薬局での買い方など知らぬ彼女は、とし子に、これからは自分で睡眠薬を飲みます、さめたままではやはりいやだ、手持ちのものをすっかり下さいと申し出た。とし子は凝《じ》っと見据えられてたじたじとなった。かなには、すれっからしのとし子をしのぐくそ度胸というのがある。

かなの胸もとにはその錠剤が死ぬのに必要な数だけあった。

……一八さんからの手紙。あの世まで持ってゆきたい。でも手紙をそのまま、紙という物質のまま持ってはゆけない。読んで、頭か心の中にたたき込んででなければ持ってゆけない。でも、あんな啖呵《たんか》を切っちゃった。手紙ちょうだい、美しい文を、だなんて。きっと漢字がいっぱいあるに違いない。だから読めない。

そのとき、ひびいた円木の声は渡りに船、救いの神だった。

「妙なたのみだけど、怒っちゃいやだよ。かなちゃん、この手紙、わたしに読ませちゃくれまいか」

かなは間髪容《かんはつい》れずにうなずく。

ふたりは正座して向かいあっている。障子ごしの光がまるで水のように畳の上でかがよっている。円木は、彼が書いた一八のかな宛のラヴレターを小声で読む。かなは一心に耳を傾ける。

「かなさま。ゆかしききみ、なつかしききみ、むにのきみ、わがこいなるきみ、げにわがこころはつかのまもきみのすがたをまぶたのうらにうかべざることなき。すぎゆくきぬずれのねをきくよろこびにうちふるえる……」

……げに、きぬずれのね、ですって！ 何てきれいな文章なんでしょう。きっと全部漢字なんだわ。

「わたしは、こてで、しっくいに、かな、とおおきなじでかいて……、もしあなたがほかのおとこにこころをよせておられたなら、わたしの目はいっさいのひかりをうしない、ならくのそこへとしずんでゆかねばなりません」

奈落の底ってどこかしら。わたしが死んでゆくようなところ？ だめよ、一八さん、あなたは生きていてください。

円木はかなのせわしない息をききわけた。この手紙がかなの心を深いところから揺さぶっている。おれの文《ふみ》が……。

……あら、わたしが海の底の小さな石ですって、とかなはつぶやく。

円木の嘆きは深い。ああ、若けりゃなあ、目あきならなあ。枯れようたって、理屈の上だ、この身と心はそうは問屋はおろしちゃくれない。赤心《まごころ》いってきかせるのに、一八の若さ、一八の男前があればなあ。いやさ、さもしいもんだ。

「しろかりし、あかかりし、ぼたんのはな……」

かなの悲しみも深い。生まれてはじめてこんなうっとりするような手紙をもらったと思ったら、死んでゆかなければならない。かなはじっと円木の顔と手紙を見較べる。いきなり、とんでもないことに気づいてとびあがった。円木さん、どうして字が読めるのかしら？

かなはほとんど衝動的に円木の右手を取って、素速く、有無を言わさず身八《みや》つ口《くち》へと導き入れた。円木はたじろぎ、あわてて手を引っこめようとしたが、かなの全身全霊をこめた力には逆らいようもない。すっと腋窩《えきか》の素肌まで通った。微量の汗だ。

指は乳房のふくらみかけた周辺に触れた。何という弾力とぬめりとあたたかさ！　かなは円木の手首から肱へと力を移して、まるで操縦するように彼を動かす。盲は肱をつかまれると弱い。やがて首筋の傷にふれる。かすかなかたい肉のクレーターだ。肩から肩甲骨へとおりる。繊細な肉の盛りあがりがある。細くうねりくねっている。いったいこれは何だろう。

……彫りものだ。どうして？

彼の指は勝手に、かなの背中の腫れた線をなぞってゆく。ゆっくり、ゆっくりと肩甲骨の岬から背筋のくぼの浜辺におりる。盲だから、たちまちそれが何を描いたものかが分かった。こいつはすごい！……女の彫りものはたいがい男のためにするもんだ。

「かなちゃん、まさか」

あとは言葉にならなかった。

5

夕方、遠雷と、永代寺、霊巌寺《れいがんじ》の鐘が、互いに追いかけっこするみたいに鳴った。にぎやかな出囃子《でばやし》の先触れのようであった。

平藤に彫朝が到着する。女将の挨拶も間もなく北田も来る。二回目の墨入れをどうしても見物したいと北田は希望した。彫朝はめったなことでは余人を現場に入れない。北田の熱意に負けた。その代わり見物時間をきっかり十五分間と約束させた。

倉座敷までの庭にかかった渡り廊下はもう暗い。今日はなぜか庭灯にも灯が入っていない。

「社長は？」

と北田はたずねた。

「はい、組合の寄り合いで温海《あつみ》へ。どうぞ宜《よろ》しくとのことでございました。委細承知しております。さあ、どうぞ、ちょいとお足もとが。どうしたんでしょう。だれか、庭に灯を入れておくれ。廊下にもだよ」

だが答える者はいない。

「こちらへ。今夜は北田社長が先生の仕事ぶりをご覧になるというので、広めの座敷をご用意致しました。お預かりしたものはそっくりそちらに移してございます」

彫朝はちょっと困惑げに眉根にしわを寄せた。

「ご心配には及びません。そのお部屋もだれも入ってこられないようにしてございます」

「娘さんは？」

「あの娘《こ》ももうすっかり覚悟を決めたようで、すでにこちらに」

といって女将は、ちょうど前回の倉座敷とは反対側にある木の重たそうな扉を開けた。

「何だ、えらい暗いな」

と北田は部屋に片足を入れてつぶやいた。

「このほうがいいんです」

と彫朝はいった。

「スポットライトのほうが集中できます」

「ええ、ライトもちゃんとお運びして、セットしてございますので」

彫朝は目を閉じて、すでに塵界《じんかい》を遊離した気分になりかかっている。目を開ける。と、広さのほどは分からないが、部屋の中央あたりに、ぼうっと白い嵩《かさ》のあるものが浮かぶ。

「眠っているのかな？」

と彫朝はいった。

「はい。朧でいたい、などとあの娘は申しまして。柄にもないことを、どこで覚えたのでしょう。それで少し睡眠薬を」

「自分で？」

「もちろんでございます。では係の者を寄こしますから、いましばらくこちらでこのままお待ち下さい」

と女将は去っていった。ドアが閉まった。

彫朝はふしぎな身震いに捉えられた。背筋をひんやりするものが駆けのぼった。そろりと畳を踏んで、白っぽい嵩あるもののほう、彼がいうところの皮《かわ》のほうへと進んだ。殺気のようなものが来る。これこそ彼が望んだものだ。皮とのあいだにこの緊張がなければ、一世一代の彫りものはできない。かなという女は、やっぱり彫朝が見込んだだけのことはあった。彼を挑発してくる。それを受けて立つ。真剣の針が舞う。

彫朝は屈《かが》み込んで、かなのかぶりものを取る。起こすまいと、そっと肩に手をかけた。

気がついたときは遅かった。

「彫朝、おとしまえに、おれの背中に彫れ」

……この声は遊動亭円木。彫朝は落語については蘊蓄《うんちく》で、桂枝雀と古今亭志ん朝を買っているが、東西に分かれて、二人とも誘い合うようにあの世へ旅立ってしまった。残るのは、ちょっとはぐれだけれど遊動亭円木しかいないと思っている。昔、白山の師匠とは遊び仲間で、請判《うけはん》押させて大迷惑かけたことがある。厳しい取立てで、一時、柳《りゅう》亭《てい》はちりぢりになった。そのときの悲惨を、円木は駆け出しで、知っていた。

明りがついた。と同時に、太鼓、笛、三味線、鉦《かね》の出囃子がにぎやかに奏でられた。白山の柳亭から円木のもとに稽古に通っている手伝いの円満がいつのまにか現れて、「へい、いらっしゃい。よくお越し下さいました。お席はあちらにご用意してございます」

ぐるりをずらり男女とりまぜ三十人ばかりが、溜め塗りの膳を前にすわっている。それぞれにお銚子一本、中瓶ビール一本ずつ、おつまみに紀州田辺の南蛮《ナンバ》焼、それに都昆布がのっている。噛んで音のたたない配慮である。

客はてんでに、慎しやかにではあるが、声を上げて談笑している。それがたったいま、明りがついて湧き起こったというのではなく、ずっと前から、円木の噺がはじまるという際の、一種独特のくだけた期待と興奮の雰囲気がここに継続していた。どうしてそれがわれわれには聴こえなかったのだろう。客の中には、傍若無人の北田でさえも騒ぎ立ててはちょっとさしさわりのある、のちのち困るやんごとなきお方もいる。北田と彫朝は、端《はな》っから円木会の客だというふりを強いられた。

正面に等伯《とうはく》をまねた六曲五尺の屏風がある。円木はいったん屏風のうしろに引っ込んだ。彫朝と北田は不承不承、やむなく、円満の腰を低く引いた案内に導かれて指定の席についた。それがしかも錆浅葱《さびあさぎ》の高座座ぶとんの真正面である。

さて、さきほどよりもっとにぎやかに円木の出囃子「三下り羯鼓《かつこ》」が奏でられた。円木が登場する。拍手が湧き起こる。端座して、羽織の紐を結び直し、着物の襟を指でツーと引く。しんと静まった。

「おや」

といって円木は遠くに耳を傾けるようす。ひとつ咳払いして、

「遠雷やはづしてひかる耳飾り、なんて粋な句がございますな」

屏風のかげにはかながいる。

「永代橋」がはじまった。

円木の噺は順調につづく。どっとくる。そのにぎわいに、かなは自分の笑い声をそっと紛れこませた。だから気づかれない。

「一枚起請」のおわり、甥が起請文をナイフで突き刺すくだりで、かなは思わず胸の一

八の手紙を両手で押さえた。

「鸚鵡」はふつう「鸚鵡返し」の題だが、円木は「鸚鵡」で通している。ひと真似の与太郎が、相手が川に飛び込んだので自分も真似て飛び込む。しかし、与太郎は泳ぎ方を知らなかった。沈んでゆく。

ここで北田と彫朝はついに怺《こら》え切れずに笑い声を上げた。

「……五十両の金を懐へ、往来《おもて》へ出たが……。

闇の夜は吉原ばかり月夜かな
大門《おおもん》をそこそこに、見返り柳をあとに見て……道哲《どうてつ》を右に見て……待乳山聖天《まつちやましょうでん》の森を左に見、山の宿《しゅく》から花川戸、左へ曲がる、吾妻橋……」

「文七元結」である。

かなは泣いた。笑った。泣いた。屏風のかげで円木に手を合わせた。

一八とかなは祝言を挙げた。媒酌はとうふ屋工務店社長夫妻が務めた。平藤の社長は女将にこってり油を搾《しぼ》られた。旧悪も露見したが、許された。彫朝と北田について、満座での恥は充分罰に値した。そこで、この件はなかったことにすることでけりがついた。

塩原の亜紀子さんは来なかった。相当なお祝い金が書留で送られてきた。

式と披露宴は新小岩の玉姫殿だった。所帯は本八幡の賃貸マンションである。

招かれて、円木は酔った。帰るさ、夜更けの船堀街道を明楽のだんなと小岩方向からのタクシーをおりて、ボタン・コートへの角をひょいと曲がる。思わず声が出る。

「あきイーの夜はーア……更《ふ》けてーエエ待てどもー来ぬひとのーおとするものはーア鐘ーエエばアかりー」

明楽はふり返って、そのようすにぎょっとなった。

「円木さん、そりゃ歌沢の乞食……」

ボタン・コートの部屋はすでに由紀の手で床がのべられていた。円木はひとり、シャワーを浴びてパジャマに着替え、ふとんの上に正座する。いつものように奈落をのぞきこむ。フーッとついた息が酒くさいのが自分でもわかった。自己嫌悪。そのとき、かなの声がした。

「円木さん、みて」

ふり向くと、そこに、かなの背一面に大輪の牡丹の花が咲いている。風に吹かれていた。円木も揺れた。

この世でいちばん冴えたやりかた

とうとう政府の許可がおりて、私たちの「黄河水源踏査行」は現実のものとなった。私たちは共産主義青年団、略称共青団時代からの同志、仲間で、一九八〇年代後半に北京大学や清華大学へ進んだあと、第二次天安門事件に遭遇したが、まあなんとか切り抜け、北京、上海、香港、ニューヨークや東京で、それぞれが、コンピュータ関連のベンチャー・ビジネス、ファイナンスのエキスパートなどとして成功し、あるいは外資企業の上級職についたりして、豊かな生活の基盤を築くことができた。私のオフィスはマンハッタンの世界貿易センタービルの八十五階にあり、二百人の社員がいる。みな優秀な連中ばかりで、主な仕事は天災から戦争、大規模、小規模、多岐にわたる防災システムの開発だが、この分野では技術、業績ともにアメリカでトップクラスである。

「黄河水源踏査行」は、共青団時代から私たちがあたためてきた夢だった。

主な先進国、つまりG7の首都に散らばったわれわれ元共青団員は、いまではフリーメーソンめいた秘密の友愛によって結びついている。われわれは第二次天安門事件をまあなんとか切り抜けた、とたったいま述べたばかりだが、ほんとうのところはどうだろう……、じつは深く傷ついていたのである。この傷の種類、深浅の度合はメンバーによってさまざまだが、この傷こそわれわれを結ぶ秘密の紐帯《ちゅうたい》となった。私たちは電子メールでたえず連絡を取り合っている。

はなればなれのわれわれに共通するものは他にもある。みんな申し合わせたように超高層ビルのオフィスで働き、タワー・マンションの最上階、あるいはそれに近い高層階に住んでいることだ。ときどき無性に地中にもぐりこみたくなる。もともと人間は鳥のように天翔《あまが》けるいきものではなく、魚や齧歯《げっし》類《るい》から進化してできたものらしいから当然のことかもしれないが。とにかく無闇やたらもぐりこみたくなる。私たちの行きつけのレストラン、バー、秘密クラブはみな地下にある。しかし、そんなものでは慰められはしない。つまりは、私たちの由《よ》って来るところ、根っこ《ルーツ》、起源の場をさがし、みつけてそこにもぐりこみたいという欲望につかまったというわけだ。

空中に浮かび、世界を流浪するオーバーシーズ・チャイニーズたるわれわれ。同じ流浪する民でも、ユダヤ人には旧約があり、教会もあるが、われわれには拠《よ》るべきものは何もない。

そうだ、私たちはみな黄河の申し子である。黄河がわが悠久の民族を育て、導いた。こうして、私たちは少年時代にみた夢をいま一度呼びおこすことになった。それとも、夢のほうから呼びかけられたといっていいだろうか。

打ち合わせの電子メールが頻繁にとびかった。「黄河水源踏査行」は、夢から現実へと一歩を踏み出したのである。

黄河の水源については古来、諸説があって、議論もかまびすしい。おまえは河源《かげん》のようなやつだ、というとき、正体の捉えがたい人間、本心をなかなか明かさないやつ、という意味から、考えをころころ変える変節漢という含みまで幅広い。ちなみに、河水といえば黄河、長江は江水《こうすい》である。

古くは、『書経』に「黄河を積石《しせき》より導きて、龍門に至る」とある。積石山すなわち崑崙《こんろん》のアムネマチン山である。

『淮南子《えなんじ》』地形訓の高誘の注には、「河は崑崙山から流れ出し、地中を伏流すること一万三千里、禹《う》はこれを導き通じ積石山に流れ出させた」とある。

『山海経《せんがいきょう》』に、「崑崙の墟《やま》は西北にある。河水はその東北隅から流れ出る」漢代の『爾雅《じが》』釈水篇には、「河は崑崙の虚《やま》から流れ出る。色は白。渠《そそ》ぎあわさる川、計一千七百のうち、一川《いっせん》が黄色である」

唐の張 鷟《ちょうさく》はそれらを整理して、黄河の水源に崑崙河源説と伏流重源説あり、と書いた。彼は、小説「遊仙窟」で、黄河の水源に神仙郷を設定し、そこで主人公に美女たちと歓楽の限りを尽くさせた。妓楼での遊興を、この世ならぬ神仙の窟《いわや》に置きかえただけの花柳小説ではあるが……。

じつはこの小説、わが中国では亡《ほろ》びて日本のみに伝わったいわゆる佚存《いつぞん》書の一つで、わが国の古記録には、これが存在したことすらしるされていない。二十世紀のはじめにやっと里帰りを果たした。日本ではこの小説をもとにして、万葉集や源氏物語がうまれたらしい。花柳小説なども日本ではやって、つい最近までそういうジャンルがあった。これは最近雇った日本人のシステム・エンジニアから教えられた。癪《しゃく》な話ではないか。これがひどく文学好きな男なのである。やれピンチョンだ、やれハルキだとうるさいこと。どこがいいのか。私は中国人だから、歴史にしか興味はない。

話がまさに河原のようにそれてしまった。

崑崙河源説とは、実際には、崑崙山脈中のバインハル山北麓にあるヨギランレブ盆地のあたりをさす。現在、黄河の長さはここから数えられる。五、四五六キロを流れて、渤海《ぼっかい》に注ぎ入る。

しかし、私たちは伏流重源説の信奉者である。ヨギランレブ盆地の、黄河の水が消えるところからさらに西に五十キロほどに鄂陵《オリン》湖、扎陵《チャリン》湖のふたつの湖が並んでいるが、その先にある伏流湖の星宿海《せいしゅくかい》を水源のひとつにかぞえ、そして星宿海よりさらに西北方に五百キロ、タクラマカン砂漠の東端にある塩湖ロプノールの伏流水をもうひとつの水源にかぞえる。ロプノールには西から天山とパミルの水をあわせたタリム川が注いでいる。排水河川はない。タリム河道の変化によって、何度も湖水が消え、さ迷える湖と呼ばれてきた。北西岸には楼蘭《ろうらん》の廃墟がある。シルクロードはロプノールで南北にふたてに分かれ、楼蘭はその起点として栄えた。

そして、私たちには、黄河をさかのぼって重源に、つまり星宿海とロプノールに到達することの他に、もうひとつの目的があった。

星宿海とロプノールの水を汲んだあと、そこからヨギランレブ盆地に下ってさらに水を汲む。そして、今度は流れに随《つ》いて渤海湾に注ぐ山東省東営の河口まで全長五、四五六キロを、黄河の水を五キロごとに〇・五立方メートルずつ採取しながら下ろうというのだ。

山東省東営の河口沿いに、横に長い黄河記念碑を建設する。採取した水はこの記念碑におさめられる。水のサンプル点数一、〇九五個。記念碑の長さは四一七メートル、高さ二・五メートル、幅一メートルという長大なもので、これらに要する設計、土地購入費、建設費は総額一千万米ドルにのぼるが、そのほぼ全額が私たち「黄河水源踏査行」隊メンバー五十三名による醵金《きょきん》である。

一万三千分の一に縮約された黄河が、色は白、と『爾雅』にある水源から青く澄んだ流れとなり、やがて徐々に黄色く濁ってゆき、ついに渤海湾へと注ぐ悠久の流れを一挙に望むことができる。ちなみにこの記念碑をもし縦に立てると、ちょうど私のオフィスのある世界貿易センタービルと同じ高さになる。この符合、ふしぎというべきか。

青海省とチベット自治区に多人数で入るのを政府は警戒している。ともに独立運動がさかんなところであるからで、特別の辺境ビザが必要となる。今回、政府が私たちの企てに許可をおろした大きな要因はこの記念碑にあった。何しろ観光名物になる。外国人観光客も呼べるかもしれない。特に日本人。

しかし、私たちにとって、この記念碑は全く別の意味を有した。つまり、これはひそかな墓、あの天安門広場で死んだ数千人の魂魄《こんぱく》の慰霊、黄河の水でつくる鎮魂碑なのである。

一九九九年五月中旬、私たちはそれぞれニューヨーク、東京、ロンドン、フランクフルト、パリ、香港、シンガポール、上海などから北京に集結した。複雑精妙にできている様々な許可手続、申請、機材、食料の調達、記者発表などののち、飛行機で青海省西寧《シーニン》に移動した。隊は、マスコミからの参加者も含め総勢八十五名の編成となった。

六月四日未明、私たちは二十台のジープに分乗して西寧を出発した。六月四日となったのは偶然である。しかし、口にこそ出さね、深い感慨を覚えなかった者はいない。

六月二十日、私たちはヨギランレブ盆地に着いた。順調な運びだ。海抜は四千メートルである。どこまでも砂礫《され き》の丘がなだらかな起伏をみせながら広がっている。それらの起伏のあいだから、どこともしれず清流が軽やかな音をたて、蛇行しながら現れる。あるところでは、サラサラした砂地に足を踏み入れたとたん、引きずりこまれそうになる。流砂なのだ。安全と思われる砂でも、踏み込むと靴がめりこんで、波打際を歩くみたいに重くなる。水が潰《つ》いてくる。水があるのに草木は一本もない。ここに立っていると、水が生命の源とは到底考えられなくなってくる。当然、水の中にも生きものはいない。

それでも人間は住んでいた。このあたり一帯にひそみ暮らすチベット族の女たちが通り過ぎた。髪にたくさんの大小の黄や赤や緑の玉《ぎょく》を飾っている。彼女たちは私たちを見向きもしなかったが、やがてそれが偵察の任務を帯びていたことがわかった。日暮れどきになると、どこからともなく、今度は男の行商の一団が水源の水のように忽然《こつぜん》と砂上に現れ、アブラ菜と白く平べったいカブとヤクの肉を持ってやってきて、法外な値段で売りつけた。

私たちはヨギランレブで三日間のキャンプののち、星宿海をめざした。

携行した地図は衛星写真から作成された最新の精細なものだし、事前の準備と配慮も遺漏はなかったので、大きく行程からそれたり、不慮の事故に見舞われることもなかった。そして、私たちが座右に置いてしきりに繙《ひもと》き、ときに声に出して誰かに読んでもらい、何よりのたのしみと拠りどころとしたのは、いまから千五百年も昔に書かれた酈《れき》道元の『水経注《すいけいちゅう》』だった。

『水経注』は全四十巻ある。字のごとく、これが『水経』の注であることはいうまでもない。しかし、『水経』そのものは現存しないし、それが書かれた時代も作者も特定できない。ただ『水経注』によって知られるのみであるし、そこには百三十七の河川が取り扱われていたというが、『水経注』は、中国の河川千三百八十九水について具体的かつ精細にその源流と脈絡、及び河川の姿を叙し、地理のようすから歴史、考古、民俗、口碑を採集し、記録している。水流の方向も正確無比といわれる。何よりも文体が絢爛《けんらん》であって、音読して琴線に触れる。

私たちが携行したのは、むろんその四十巻のうち、最初におかれた黄河の巻、河水篇五巻である。

第一巻は、「崑崙の墟《やま》は西北にある。地の中心である」とはじまる。そこから、黄河の発する姿を写し、流れに従いつつそれが通り過ぎる地点、方向、流入する支流や流出してゆく分流をしるし、最後に海に注ぐまでを驚くべき冷静と客観の筆致で見届ける。

酈道元は河南の知事のとき、政敵の蕭宝夤《しょうほういん》に謀殺された。彼は欺されて黄河沿岸の臨潼県の陰盤駅亭《えきてい》におびき出され、敵に囲まれた。ここは丘の上の駅亭で、水は丘の下から汲んでいた。籠城のはて水がなくなった。彼は丘の上に井戸を三十メートル余も掘ったが遂に水は出ず、水と力が尽きたところで敵に討たれた。『水経注』の作者が水に倒れた。

私たちは星宿海に達した。といってもこれは伏流湖である。『水経注』によれば、「河は蒲昌海《ほしょう》より地下を潜み流れて南方の積石《しせき》に流れ出る」蒲昌海すなわちロプノールである。ロプノールから発し、伏流して星宿海に注ぎ、さらに伏流して積石へ、つまり鄂陵湖《オリン》、扎陵湖《チャリン》に流れ出るのである。私たちはロプノールの塩の水を汲んだ。白い水とはこのことである。これこそが黄河水源の水、われわれのルーツだ。思わず快哉《かいさい》を叫んだ。

みな軽い高山病にかかり、頭はぼうっとして、眠気にきりもなく包まれ、感覚が異常にもろく、ひとつの思考をつづけてたどることがむずかしい。風邪を引くと肺水腫になる。二人が倒れ、西寧に引き返し、飛行機で北京の病院に運ばれた。

今年は五月に一挙に夏並みの気温になって、雪解け水があふれ、道を押し流してしまっていた。私たちは磁石と星をたよりに道なき道、流され落ちた巨石の間を縫うように進む。途中、いくつもの農民の集団とすれ違った。彼らは百人ぐらいの人数でかたまり、西へ移動していた。これが噂にきいた金採集農民の群れだった。彼らは畑を捨て、一攫《いっかく》千金を夢みて、はるか西域の高原へ金の採掘に行く。三、四ヵ月、あるいは半年、故郷をはなれ、高山病と闘いながら運がよければ二千元ほど稼げる。百グラムの金を採掘できれば、四、五年は寝て暮らせるが、そんな幸運は稀だった。それでも彼らは西をさしてゆく。

いまからちょうど十年前、一九八九年の五月末から六月初めにかけて、八千人の採金農民が金鉱へ向かう途中、吹雪に立往生し、多数の死者が出た。私たちはその頃、天安門広場に坐り込んで、数万の軍と対峙《たいじ》していた。そこでも数千人が死んだ。

彼らは私たちと無言ですれ違う。私たちはただの水を採取するために東へと河をくだってゆく。金と水。単純に較べれば、価値の差は歴然だが、水採取人の私たちは彼らの数百万倍豊かなのだ。私たちはその落差に深い懸崖《けんがい》の下をのぞきこむようなめまいを覚えた。世界は広い。わが祖国はこんなにも深く、さまざまな差異にみちている。この旅を終えると、私たちを待っているのは、清潔なオフィス、飛行機のファーストクラスで供される極上ワイン、銀座の高級クラブでの談笑、マンハッタンのフォーシーズンズホテルのニューヨーク・グリル、ペニンスラのハイ・ティー、オペラ、優しく頬を寄せてくる妻と子供たち、といったものだ。

「河水は東流すること三千里、于闐《うてん》に至って屈《お》れ、東北に流れる。于闐より以東、水はみな東流する。(……)塞《さい》に入り、敦煌《とんこう》、酒泉、張掖《ちょうえき》郡の南をすぎ、連綿として遠く流れる」

八月三日、私たちは内蒙古自治区トクトにたどり着いた。水源よりほぼここまで二千二百キロ。既に流れは黄濁している。崑崙に発して以来、北に南に屈曲しながら大勢は東へと向かっていた流れが、ついに意志あるもののごとく翻然と直角に折れ、これより西安と洛陽の間にある潼関《どうかん》、三門峡までの約九百キロをひたすら南下する。

八月十二日、河曲、府谷をすぎる。すでに一帯は黄土の地である。

わが黄土高原は、内蒙古、新疆《しんきょう》、青海、チベットに広がる大砂漠の砂塵が西からの強い風に運ばれ、百万年かけて堆積した広大な台地で、その範囲は山東省太原の北から陝《せん》西《せい》省を横断して、甘粛《かんしゅく》省の東部にまで達する。標高は五百メートルから千五百メートルとさまざまで、台地ではあるが、至るところに浸食と風化によってV字の谷が切れ込み、複雑でやっかいな地形を織りなす。ここにおよそ千五百万の人間が住んでいる。年間降雨量はわずかで、大地は常に乾いている。麦を植え、収穫する。ところによっては蕎《そ》麦《ば》も育つ。黄土高原の蕎麦の花は紅《あか》い。人々は貧しい。

彼らは昔も今も窰洞《ヤオトン》に住む。黄土の山崖に横穴をうがち、奥深くまでトンネルのような空間を作って住居とする。入口の面は日干しレンガでふさぎ、木のドアをつけ、両側に窓を開く。窓は格子の入った花窓にしつらえ、高い天井はアーチで、床には窓ぎわまで炕《オンドル》が敷かれている。中は夏涼しく、冬はオンドルで暖かい。

『水経注』は『水経』の注釈書だが、『水経注』にはまた明の時代に『水経注箋』とい

う注釈書が、さらに清代には『水経注疏』なる注釈書が現れた。一九七一年には台北で『水経注異聞疏』なるものが出て、そこに、

「河水はまた南に向かい、黄土を縦に切って、まさに上から下へのように流れる。この地十万年の昔より丁村人《ていそんじん》なる人々が土の崖に窟《いわや》をうがちて住まいし穴居人であるが、この窟、きわめて風土の理にかないし家、彼ら優雅に住みなせり」

とある。

九月一日の夕方、私たちは陝西省安河にほど近い窰洞《ヤオトン》の村に入った。延安はそこから真西にわずか百キロほどの地点だが、それはあくまで地図上の話であって、その間にはV字の深いクレバスが縦横に刻まれた千メートル級の黄土の堆積が立ちはだかる。

村は急な黄土の斜面に細長く並んだ百個ばかりの窰洞で構成されていた。つまり百世帯である。崖の下は黄河で、村にはたえずその流音が地下から湧きおこるようにひびいている。下まで六百メートルはある。私たちは水の採取を翌日に回すことにして、村の中ほどにある岬のように突き出た台地にテントを張る許可を求めた。

日が沈むと、九月の初めでも急に風が出て、冷え込んできた。私たちは一週間近く、ジープの中で寝泊りしてきた。今夜こそはどんな狭い場所でもいい、地べたにからだをつけて眠りたいと思った。

村長はまだ若く、小柄で、若さをカムフラージュするためか、チョビ髭《ひげ》と顎髭《あごひげ》を不揃

いにのばした男で、片方の目がもう一方より大きく赤く突き出ていて、それ自身の視力にたまげているかのようだ。彼は場所代として二千元をふっかけてきた。背に腹は替えられない。

　広場の中央に、一本のくるみの木がある。丈はそれほどではないが、太い幹から四方に枝を伸ばして、葉をこんもりと繁らせ、そのあいだからたわわな青い実がのぞき、地面に快さそうなかげをつくっている。早速そのそばにテントを張ろうとすると、老婆が杖を振り回しながら駆けてきて、唾をとばして喚きたてた。私たちにはこのあたりの言葉は聞き取れない。

「おい、こりゃ邯鄲《かんたん》語だよ」

　と隊員のひとりがいった。北京で学生時代、普通語を話せない地方出身の学生を邯鄲人といってからかった、その名残りである。とにかく老婆は怒っている。やがて、再びもったいつけて村長がおでましになった。

「何といってるんだい？」

「私の母です。まんなかは神聖な場所だから、もっとはじっこの方にテントを張れといっています。私も最初にそういわなかったでしょうか？　それに明日は結婚式があるんです。このくるみの木の下で儀式がとりおこなわれます」

　私たちは指示に従って、テントをジープの停《と》めてある岬の付け根のあたりまで移動させた。老婆は機嫌を直し、すっかり穏やかなものいいになって、私たちにくるみの木を杖でさしながら村長の通訳で、その由来を話してきかせた。

「まだ生まれない子供の魂は、木の葉の下でさらさらと音をたてて遊んでいるんですよ。それからひとつずつ、風が吹いて、男と女が結びつく夜に、その家にとびこんでゆく。これが、黄土のすべての村の中心にくるみの木のある理由なんじゃ」

意外だったのは、村の連中が黄河をほとんど無視して、あるいは知らずに暮らしていることだった。

「ここから黄河の岸にどうやっておりますか？」

と、村長にたずねると、

「知らない。おりたことなんかない」

「だって、真下を流れているじゃないですか？」

「うん、音は時々きこえるがね。おれたちに何の恵みももたらしやしない」

たしかに地図の上でみると、この村のすぐそばを黄河が流れている。しかし、私たちの地図のみかたはまちがっていた。地図を平面的にしかとらえず、上下を、高低をみていなかった。平面上なら村の広場と黄河の岸は手の届くところである。しかし、その岸は広場から六百メートルの下にあり、かつ黄土でできた懸崖なのだ。六百メートルの高低を地平の距離に直せば、いったいどれほどの遠隔感になるか。村人たちにとって、黄河は目にみえないはるか地平のかなたを流れている。

彼らに私たちの旅の目的を一応話すだけは話してみたが、ほとんど軽蔑に近い反応しか返ってこなかった。私たちは翌日から、ここをベースキャンプにして、五班に分かれ、上・下流あわせ百キロの範囲の黄河の水を、五キロごとに採取する計画をたてた。

翌早朝、太陽は背後からのぼり、黄河の対岸の崖を照らした。対岸まで目測でおよそ三、四百メートルの距離である。黄土の壁面に、明けそめた横あいからの光が当って砕けるさまは息をのむばかりの美しさだった。こちらはまだ影の中である。私たちは影の紫色に染めあげられた。出発しようとしていた。

村長の母親が杖をつきつつやってきた。また何か文句をつけられるのかと思うと、どなたかひとり、今日の結婚式に参列してもらえまいか、というのである。あなたたちのような遠来の、しかも高貴な客はまたとない、ぜひに、と。

私たちは十人ずつ五班に分かれて出発する。水を採取するといっても危険のともなう作業で、それぞれにきちんと分担が決められており、たとえひとりでも簡単に抜けるわけにはゆかない。窰洞《ヤオトン》の結婚式に興味をひかれないわけではないが、招待には応じかねる。

私たちが車に乗り込もうと背を向けかけたとき、

「あんた」

と、老婆が呼びかけた。私たちはふり返った。折れたくるみの枝で作ったのだろう、ごつごつしたこぶのあるねじれた杖がこちらに向かって突き出されている。その先がぴたりと私をさしていた。

なぜ私なのだろう？　木の繊維がほぐれて、白っぽくひろがった杖の尖端には有無を言わさぬ何かがこもっている。二、三日はここにとどまり、何やかやと彼らの世話にならなければならない。招待を断ればカドが立つ。相談の結果、私ひとり残ることになった。

いったんそうと決まると、私はもう式のはじまるのが待ち遠しくてそわそわしはじめた。このときの落ち着きのなさはあまり私らしくなかった。

村の街道に、といっても幅三メートルほどの崖に刻まれた道なのだが、黄色地に赤の「喜」の幟《のぼり》を持った人々が窰洞の中から出てきた。爆竹が鳴る。遠来の客は私ひとりらしく、しかも主賓である。まず村長の母親に新婦の家へ連れてゆかれた。

窰洞は単純なトンネルではない。中にはまた横に掘られた短い廊下があり、新婦の個室に通じている。

娘の姿はなくて、隅に新品の白いプラスチックの椅子があり、おろしたての石鹸が彼女のベッドに置かれ、床にはたくさんの紙銭の焼かれたあとがある。黒い燃えかすが何十匹もの黒アゲハが集まったかのように揺れている。椅子は嫁ぐ日のしきたりどおり、最後に娘が腰かけて化粧をし、石鹸は最後に旅立ちの足を洗ったものだという。

チャルメラと太鼓と笙《しょう》の音が近づいてきた。老婆にうながされて、私は外に出た。門口にはいつのまにかおおぜいの人間が集まっている。楽隊がとまると、窓の下の荷物に掛けてあった大きな白い布が取りのけられた。

嫁入り道具である。私は目をみはり、かつ目を疑った。ずらりとテレビ、ラジオ、洗濯機、箪笥《たんす》、鏡台、自転車、それに自動車までが並んでいる。しかし、これがすべてベニヤ板とボール紙、色紙でできているのだ。自動車は子供の三輪車にダンボール箱をかぶせて、ペンキで窓やヘッドライト、ドアを描いていた。

楽隊のうしろに仲人の村長夫妻が控え、そのかげに隠れるようにして、着飾って化粧をした五、六歳の少女が立っている。まさか彼女が花嫁ではあるまい……。

少女は胸の前に二枚の札にそれぞれ名前を書いた位牌《いはい》のようなものを持っている。いっそう爆竹が鳴らされる。けげんそうに立っている私に、村長の母親が説明した。言葉にも少し慣れて、私はおおよそを理解することができた。

位牌が新郎新婦なのである。かつてふたりはいいなずけだったが、三年前、十八歳と十五歳のとき、延安の親戚をたずねて帰る途中、交通事故に遭って死んだ。二十一歳と十八歳になったとき、つまり今年、彼らは結婚式を挙げる予定だった。

私は以前、どこかで、黄土高原では魂魄の結婚式と呼ばれる風習のあるのを聞いたことがある。これがそれなのか。私の好奇心はかきたてられた。

老婆によると、村では、一九四九年にやはりいいなずけ同士が半年とおかずに死んだことがあった。一九四九年といえば、中華人民共和国建国の年である。村では五十年ぶりにおこなわれる魂魄の結婚式だった。

そのとき、私が十年間、封印しつづけてきた記憶が解けかける。私にもかつて約束を交わした女《ひと》がいたのだ。明々《ミンミン》、きみはいま、地下の闇の世界に横たわる……。

行列が整えられ、私は現実にもどって気を取り直した。楽隊と仲人と位牌を先頭に、嫁入り道具とともにくるみの木のある広場に向かう。そこにはいつのまにか披露宴の席が用意され、豪勢な料理が待っていた。私はこの宴のいちばん上等の招待客であった。

宴が進行しているあいだに、親族たちは岬をひとつ回り込んだ斜面にある両家の墓を掘り起こし、新郎新婦の骨を拾って、いっしょにひとつの小さな棺に入れて広場に戻ってきた。

私はたくさんの酒と肴《さかな》をすすめられた。無理強いされ、不愉快を覚えた盃もあった。酒は強い汾酒《ふんしゅ》である。ごちそうも、こんな貧しい村によくぞと思えるほどのすばらしいものだった。肉や卵、野菜がふんだんに使われていた。やがて、人々は歌い、踊りはじめた。

いつしか日も西に傾いて、今度はわれわれの側の崖が一面夕日に照らされる。くるみの木は風にそよぎ、バラ色を帯びてかがやいた。

ふらふらと人々が立ちあがった。そして、棺と嫁入り道具を岬の突端まで運び、そこで何かを唱えはじめる。

私は、どこにも不穏なきざし、彼らの悪意めいたものを感じなかった。丁重で、ややしつこいが快いもてなしの部類に入る。

私は席から立ちあがり、彼らのほうへ近づいていった。唱えている言葉は聞き取れないが、テンポのよいリズムと心の浮き立つような軽いメロディーを持っていて、できればテープに録音してニューヨークに持ち帰りたいと思ったほどだ。

お唱《とな》えが終わると、彼らは嫁入り道具を次々と谷に投げ落としはじめた。下は黄河の濁流である。最後に新郎新婦の骨を入れた棺が放りこまれる。私は呆然とこの悲しい祝いの儀式を見守った。『水経注』にはこの窰洞《ヤオトン》の村の儀式についての記述はなかったはずだ。私は、このような奇習に立ち会えたことの幸運をよろこぶべきだったのかもしれない。

はるか下方から夕風が吹きあげてくる。私は明々《ミンミン》のことを想い、憂愁に沈んだ。風の中に明々の声を聞き分けたような気がした。私は気分を変えようと谷をのぞきこんだ。

彼らが棺を放りこんだのは最後の儀式ではなかった。背をまるめた私のうしろと両側についた数人の男女の腕がのびて、私を突きとばした。とどめの力をふるったのは村長で、そのときの彼の大きく赤く突き出た右目を忘れることはできない。

すがりつけるものは何もなかった。私の手は空をつかみ、声もあげずに、バラ色の光の中を墜《お》ちていった。

こんなことが私の身に起きているとはとても信じられなかった。夢なんだ、とほとんど確信することに成功したほどだ。しかし、同時に、私はきわめて冷静に次のことを考察した。……この結婚式は儀礼としてきわめて古典的であり、優雅で理にかなっている。ふたりを天上界で一緒にしてやるためには、紛《まが》いものの嫁入り道具や棺だけでは不充分である。遠来の客の生贄《いけにえ》が必要とされるのだ。

と、骨と内臓がばらばらになったような衝撃とともに、私は消えた。

消えたはずの私がいる。体もある。それが閃暗《ほのぐら》い、ひんやりする空間に浮かんでいる。いや、そうではない。何か台のようなものの上に横たわっている。周りから三つ、あるいは四つか、輪郭のはっきりしない人間の顔がこちらをのぞきこんでいた。腰のあたりがかなり痛い。してみると、私は生きている。

「気がついたようだ」

男の声がふってきた。北京語のひびきだ。私は起き上がろうとしたがだめだった。

「動かないで」

私はどうやらしゃべることができそうだ。

「私は……」

といった。それから、

「生きてるんですか？」

とたずねた。変な質問だ。

三つか、あるいは四つの顔がいっせいにうなずいた。ふとみると、私の足の先に月光が届いている。ここは窰洞《ヤオトン》の中だ。ということは、私は再びあの村にいるのか？　彼らは私を突き落としたはずだ。何が何だかわからなくなった。

私は横たわったまま、しっかりと目を開き、私を取り囲んでいる人間の顔を正確にみきわめようと努めた。どれも村の人間ではなかった。輪郭がはっきりしなかったのは、朦朧《もうろう》とした私の目のせいばかりでなく、彼らがいずれも髭ぼうぼうであったからだ。やがて、北京語を話す男が、私の意識が正常に復したとみて、簡単に事の顚末《てんまつ》を話してくれた。

……私はやはりほんとうに村の連中に突き落とされたのだった。黄土の懸崖にもところどころポケットのような突出部がある。私は幸運にも、まず四、五十メートル落下しただけで最初のポケットに体の一部が当ってバウンドしたおかげで宙に放り出されずにすんだ。そのあと急斜面の黄土の壁を滑り落ちた。最初の衝突ですでに私は気を失ったようだが、さらに幸運が重なった。滑り落ちるうちに、二つめ、三つめのポケットに接触して、滑降の速度にそのたびにブレーキがかかった。そして、ついに最後のポケットにすっぽりとはまりこんだかたちで私の滑降は止まった。

深い黄土のクレバスは、もしこれが岩石でできていたら、私は最初のポケット、あるいは二番目のポケットのあたりで全身打撲で死んでいただろう。私より先に落ちていった新郎新婦の骨や嫁入り道具は無事黄河の流れに浮かぶことができただろうか？　それともどこかのポケットに引っかかって、成仏できずにいるのか……、気にかかるところだ。

私をたすけてくれたのは、上の窰洞《ヤオトン》の村よりうんと下方、黄河の河面から二百五十メートルほど上に住む、やはり窰洞の人々だった。

私はまず一杯の水を所望《しょもう》した。よく澄んだ、とびきりうまい水だった。飲んでひと息つくと、私はすぐに起きあがることができた。

彼らは私を質問攻めにした。私は、村のこと、落下に至る顛末を語った。話しているうちに気がついたのだが、男たちは髭づらの奥から、どうやら長く黄土に暮らす窰洞の人間とは思えない機敏なまなざしの動き、あるいは洗練されたうなずきかたをする。しかも言葉は北京語、というより普通語である。

ふしぎなのは、私が上の村の魂魄の結婚式について話したとき、彼らは黄土高原に古くから伝わるその儀式のことを知らないし、村についてもその存在ぐらいしか承知していないらしいということだった。上と下では全く連絡がない。

いま、この部屋には四人の男しかいない。ひとりは私と同じぐらいの年恰好で、あとの三人は五十代前半といったところか。しかし、四人きりかというと、どうもそうではなく、あちこちから、相当広い範囲で人の気配がする。

崖側、つまり黄河に向かって窓は二つ。細かな目の格子のはまった小さな窓で、対岸からでは自然の穴ぼこのようにしかみえないだろう。単なる採光口かもしれない。出入口は部屋の隅にあって、狭く、人ひとりが体を横にしてやっとという感じで、それも崖の出っぱりのかげに斜めにつくられているからやはり目立たない。たぶん気絶した私はそこから運び込まれたのだろう。落日がレモン搾りのレモンのように差しこんでいる。

この部屋からは四方にトンネルが通じているようすだ。人々の気配はそのトンネルに充満している。私は広い工場に迷い込んだような気がした。椅子をすすめられ、熱いジャスミン茶が出された。上等なもので、たぶん春毫《しゅんごう》か国色天香のどちらかだろうが、つきとめることはできなかった。私はジャスミン茶にはちょっとうるさいのだ。これほどの高級品を彼らはどうして手にすることができるのだろうか。

今度は、私が彼らを質問攻めにしたのだが、答は十分ではなかった。逆に再びきかれた。……魂魄の結婚式のことはわかった、ではなぜあなたは招待客となったのか、上の村にやってきた理由は何か。

私は「黄河水源踏査行」について、そのおおよそを説明した。彼らが大きく身じろぎした。そして、最初に私に声をかけた年嵩《としかさ》の男がややきびしい口調でいった。

「われわれはあなたをたすけはしたが、このまま生きて地上に帰せないかもしれない」

私はすでに何が起ころうとも驚かない状態にあった。ジャスミン茶が私を落ち着かせてくれた。男たちをじっくり観察した。

この地底人たち、とつぶやいて、彼らの顔をながめた。彼らの顔の不潔さが私をむかつかせた。

「黄河の水を汲むことが、あなたがたには気に入らないのですか?」

と私は穏やかにたずねた。

「のんきな人たちだ!」

と若い男が吐き捨てるようにいった。私はじっと彼の顔を見返した。灯りはロウソクの炎ひとつだけである。驚きはそのときやってきた。私は彼を知っている! そうだ、他の三人の男も知っている。誰であるかというところまではゆかないが、とにかくかつて、どこかで……、そうだ、広場だ。

彼らは私を立たせ、小さな部屋に監禁した。途中、狭い廊下を通った。あれほど人の気が充満しているようにみえたのに、だれとも出くわさなかった。ところどころに水甕が置いてあり、そこからひんやりとした水のにおいがたちのぼった。どうやってこんないいにおいの水を集めているのだろう。

彼らは私の部屋に鍵をかけなかった。出入りは自由ということか。といったところで、この地下全体がひとつの部屋のようなものだから、閉じ込められていることに変わりはない。ズボンの尻ポケットに入れてあったはずの携帯電話は取り上げられていた。あったところで役に立ちはしなかったのだが。

部屋は二十平方メートルほどの広さで、半分はオンドルが敷いてある。むろん窓はない。似たような部屋が碁盤目状にいくつも並んでいるようだ。

灯りは壁龕《へきがん》に立てたロウソク一本きりで、しかも半分かた燃えつきて替えはない。その下に小さな机があり、ついさっきまで誰かがここで本を読んでいたという雰囲気を残している。私は机の上にある本を手に取ってみた。蘇暁康の『河殤《かしょう》』と鄭義《ていぎ》の『歴史的一部分』、それに三島由紀夫の『金閣寺』だ。『河殤』と『歴史的一部分』は読んだことがある。

ドアの外で数人の女の低い声がした。透きとおったひびきで、ドアごしに彼女たちの姿がみえるような気がした。しばらく耳を澄ませたあと、私はそっと近づき、いきなりドアを開けた。暗い廊下で、白いブラウスらしきものをつけた三人の女がぴたりと口をつぐんでふり向いた。切り取られた談笑のひびきが、まだあたりに漂っている。すぐに二人は逃げるように歩き出したが、左側の女だけは上半身をねじった無理な姿勢のまま、私を注視した。彼女の表情は捉えがたいが、視線だけは暗闇を射しつらぬいて届いた。

「明々《ミンミン》！」

思わず呼びかけていた。彼女は身を翻して仲間のあとを追い、たちまち闇に呑み込まれた。

明々が生きている？　まさか……、私はどうかしている。

私は清華大学電子工学科の四年、明々は中央美術学院の二年生だった。彼女がはじめて私の部屋に来たときのことを思い出す。寮の小径をまっ赤な楓《かえで》の落葉がさらさらと流れていた。水のように角を曲がって消えてゆく。震えながら私といっしょにベッドに横たわった明々は、リンネルの掛布を喉《のど》もとまで引っぱりあげて、視線をじっと天井の一角に据えていた。そこからだれかが覗いているとでもいうように。

私がはじめて、思い切ってリンネルを持ち上げたとき、彼女は、覗かれてもいいの、と決心でもしたように目を閉じ、しずかに、ゆっくり脚を開いた。

私たちは毎日のように会った。しかし、私の寮には同室者が三人もいて、めったに彼女を連れてくることはできない。明々は日壇《にったん》に家族と住んでいて、そこから四十分かけて自転車で通学していた。北京の街は坂がなく、自転車を乗り回すにはもってこいなのだが、男女がしけこむことのできるような合法的な施設はいっさいない。私と明々は憑《つ》かれたように北京の街を走り、疲れはてて胡同の路地に自転車を立てかけて、こっそりキスをする。

お下げ髪で、脚がとびきりきれいで、走るのも速くって、彼女が作った女子二百メートルの北京市中学記録はいまだに破られていない。

私はといえば、これが滅法のろかった。なのに自転車をこぐと私のほうが断然速かった。

「わたしの脚がきれいだって評判は、そりゃあ日壇から東単《トンタン》あたりまで聞こえてるのよ。わたしが銭湯へ行くと、みんなぞろぞろあとをついてくるくらい。それで媽々《マーマ》に銭湯行きを禁止されたの。おうちで、シャワーだけなんてつまんないわ。マーマが出張のとき爸々《パーパ》を誘うの。パーパはこういうの。減るもんじゃない。きれいなものはきれいなんだから、みせておあげって」

といって明々は笑いころげた。

私にはよくわからないが、彼女は傅抱石《ふほうせき》とフェルメールの絵がすきで、いつか二人の絵をひとつにしたような画境を切り開くのだ、と熱っぽく話していた。日本に留学したがっていた。加山又造というすごい画家がいるの。

時に辛辣《しんらつ》なせりふを吐くこともある。私が自由と民主主義についてあまりしゃべりすぎると、ちょっといらいらした調子で、

「中国は自由の国よ。みんなところかまわずつばを吐く」

そして、彼女自身もすわっている草むらの中にかわいいつばを吐いた。

私が試験勉強に取りかからなければならない日などは、わざといつまでも私の自転車のうしろからおりてくれない。これから明の十三陵まで走ろうという。

「忙しい人の時間を盗むのが好き」

ともあれ、何よりも私は明々が好きで好きでたまらなかった。

あの年、すなわち一九八九年、すべては四月二十日からはじまった。十八日、中国共産党前総書記、共青団の育ての親、とびきりの開明派だった胡耀邦《こようほう》の追悼のために集まった私たちは、「独裁打倒、官僚主義反対」のスローガンをかかげて天安門広場に入った。そして、党中央との対話を要求して坐り込んだ。二十日の払暁《ふつぎよう》、武装警察が排除のため私たちにおどりかかった。多くの負傷者が出た。これがきっかけとなって、北京の四十の大学で、六万人の学生が授業ボイコットを行なった。私と明々も天安門広場の坐り込みの輪の中にいた。

それから一ヵ月近いテントの中での寝泊りがつづく。はじめはキャンプに来たような気分だった。私はこんなことを考えたものだ。……そうだ、自転車を乗り回してむりやり体を疲れさせる代わりに、ちっぽけなテントを買ってきて、どこか人目につかない場所で、二人だけでキャンプすればよかったんだ。そうすれば明々をたっぷり抱くことができたのに。

五月十七日から十八日にかけて、天安門広場で、民主化要求をかかげた百万人デモが行なわれた。二十日、ついに北京市に戒厳令がしかれた。広場の緊張は一挙にたかまった。もうキャンプ気分どころではなかった。

ひとつのテントの中には五、六十人がいる。膝を抱えて坐り、エビのように体を折って横になり、支柱のパイプにもたれかかって目を閉じる。激論をたたかわせる者たちもいる。

遠くで銃声がひびいた。このとき、すでに天安門広場に東西から通じる建国門街と復興門街は軍に制圧され、何百人もが死んでいた。

私と明々はみつめあう。もう一度だけ、ベッドで明々を抱きたい、そのあとなら殺されてもいい、と切実におもった。

このとき、私にとって民主化とは、いつなんどきでも、あのリンネルの掛布を持ちあげることのできる自由以外のなにものでもなかった。五月革命のとき、パリの学生はこういった。敷石をはがすとそこは海だった、と。

銃声がこだまして、悲鳴があがる。戦車の地ひびきが広場の敷石を伝わってきた。私はあることを思いついた。……明々の花びら、……左小陰唇の脇に黒褐色をした小さなホクロともイボともつかないものがひとつある。そして、それと全く同じ大きさ、色、かたちをしたものが彼女の左首筋の最も柔らかいところにもある。

私は明々の耳もとに顔を寄せ、

「したいね」

とささやいた。

「したいわ」

と明々はいった。私は彼女の首筋のホクロに唇を押しあてた。

「これが、あそこにもある……」

と私はいって、それを唇にはさんで締めつけた。

「そう、あそこ……。あなたがおしえてくれた。きつく、やさしく……、いいわ、とても！」

と明々はつぶやく。私は舌の尖《さき》でそれを愛撫する。咬《か》む。

傍目《はため》には、絶望的な状況の中で、恋人同士が震えながら何かささやき交わしているとしかみえないだろう。

明々は鼻から、小刻みにあえかな息をもらす。

「わたし、もうだめ！　もうすっごく濡れてる」

「ぼくもだよ」

「ああ、とっても冴えたやりかた！」

そのとき、轟音が起こった。

「この世で、いちばん！」

「来たぞ！」

と何百人もの学生がいっせいに叫んだ。

七万の軍が戦車、装甲車とともに東西南北四方から天安門広場に進入した。しかし、いっせいにではなく、まず広場の北の方から進撃をはじめた。激しい銃撃音がした。後にわかったことだが、天安門広場にはそのとき数万の学生、市民がいたが、その中には戒厳部隊の一部である六五軍の一個師団約一万人が私服を着てまざっていた。

「撤退だ！」

とだれかが叫んだ。

「いや、われわれはここで戦おう！」

と泣き声で応じる者がいる。しかし、私たちにはまだ人民解放軍が学生に銃口を向けるはずがないという期待があった。人民の軍隊がまさか！　というわけである。

テントの隙間からのぞくと、北側のテントが戦車によって次々と踏みつぶされてゆく。逃げ遅れ、倒れた人間も一緒にだ。

「前門《チエンメン》に逃げろ！」

私は明々の手を引いて走った。前門は広場の南側だ。夜は明けそめていたが、このとき軍隊が煙幕弾を放ったためほとんど視界がきかなくなっていた。

だれか大きな男がはげしく当ってきて、私と明々の手がはなれた。あわててつかみ直そうとしたとたん、奔流に運ばれるように私の体は浮きあがって、一挙に五、六メートルも先に押しやられた。後方で私の名を呼ぶ明々の声をたしかに聞いた。私はふり返った。煙の中から巨大な戦車がにょっきり姿を現した。私たちのテントはすでに倒壊し、手前のテントにのしかかろうとしていた。それがゆっくりこちらに倒れかかる。低く這っていた煙が一瞬切れた。その裂け目に、私は明々の姿をみた。しかし、彼女はなぜかこちらに背を向けている。つまり戦車にむかって立っていたのだ。そして、こちらをふり返った。と、髪が顔の周囲に水の幕のように流れた。テントがその上に倒れかかる。戦車がそれを踏みつぶす。

蓮の葉にくるんで、くるみの実のたっぷり入った大きなチマキと酸辣湯《スワンラタン》が夕食に運ばれてきた。私はそれらに手をつけず、ただ先程の水を一杯だけ注文した。ロウソクが燃え尽きて、真っ暗闇になった。寝つけるはずもなかった。ひたいや首筋にじっとりと汗をかいた。

明々が生きている？　まさか……。私は、彼女がテントの下敷きになって、戦車に踏みつぶされるところをこの目でみたのだ。逃げまどう何千何万という人間の奔流の中で、私はどうすることもできなかった。

私は、民主化運動では無名の学生にすぎなかったので、逮捕状は出なかった。私たちは数日間、全く天安門広場に近づくことができなかった。噂では、あの武力鎮圧の直後には、もう広場ではテントや死体はあとかたもなく清掃されていたという。当局は、天安門広場で死者は一人もいないと発表した。負傷、死亡事件は何も生じなかった。学生たちは隊列を組んで、校旗を掲げ、平和裡に撤退した、と。

私は、やはりあのとき私がみたものは錯覚だったのではないか、当局の発表がほんとうであってほしい、とどれほど願ったことか。私は気が狂ったように明々を捜し回った。しかし、どこにもいない。彼女の姿をみた者もいなかった。

やがて歳月が流れた。北京の秋は美しい。真っ赤な楓の落葉が胡同の路地にそって流れてゆく。そんな秋がいくたびか過ぎた。私はＭＩＴに留学し、卒業し、アメリカにとどまった。

軽率にも魂魄の結婚式などというもののために居残ってしまった。私は、絶妙のあやまちをしでかしたわが身を声もなくののしった。四人の男にどこかで見覚えがあると感じたのは誤っていなかった。漆黒の闇に包まれて、はっきり思い出した。彼らはあの広場の指揮者たちで、重要指名手配になっていた知識人の李蘇鉄と戴子明、北京師範大学学生聯合会委員長の楊若望、それに書記の郭なんとかの四人だ。

事件の主謀者として指名手配された者のほとんどは、逮捕されて獄中にあるか海外に逃亡した。既に処刑された者もいる。他に、いまだにその消息が分からないのが二十数名いる。李も戴も楊も郭もそのなかに含まれる。彼らは言葉通りに地下にもぐったのだ。女たちもいる。ここは相当な広さで、多くの人間の気配がある。彼らはどうやって生きているのだろう。黄河側の戸口や窓では外の世界と交通するのは不可能だ。切りたった崖だし、二百五十メートルの直下には黄河の濁流が逆まいている。橋もない。となると、背後のどこかに上に出る通路があるはずだ。

彼らが、ただ当局から逃亡する目的だけで十年近くもここに潜んでいるとは考えがたい。何のためだ？

私はニューヨークの妻子のことを想った。妻は白人だ。明々のことを忘れたことはなかった。だが、ふしぎなものだ。若いときは、私の心を占めるのはただひとりの女でしかありえない、と絶対的真理であるかのように思いこんでいたが、いまはそんなふうにかたくなに考えることはない。私のハートはもっと許容量がある。同時に三人や四人の女を愛することができる。一方で亡き明々のことを慕い、片方で妻を、さらにイスズを熱烈に愛している。

彼らは私をどうするつもりだろう？　裏切り者として処刑するのか。それとも仲間に入って、ここで暮らせというのか。

静かだ。かすかに水の流れる音がする。私にはそれが黄河だとわかる。まさか、あの澄んだいいにおいのする水は黄河から汲んだものではあるまい？

……君見ずや　黄河の水　天上より来たり。

私は李白の詩を口ずさんでいた。

私はかなり長いあいだオンドルの上に横になっていたが、やがてうつらうつらしはじめた。

ドアが開いた。滑り込んできた人影は女だった。

「明々？」

暗くて顔も分からない。

シーッ、と彼女はいって、私の手を取った。シーッという舌と歯からもれた声と手の感触で、私は明々だと確信した。それは、あのときはなれた手がついにここで再びつながったということだ。

明々は生きていた。彼女が私を導いてくれる。黙って随《つ》いてゆく。狭いトンネルを足早に抜け、数え切れない角を曲がり、階段や急な螺旋《らせん》状の坂道をのぼる。真っ暗なのに、彼女は迷うことなく進む。一時間近くそのようにめぐった末、彼女は立ち止まった。

「驚いたでしょう?」

「ああ、やっぱり明々だった。生きていたんだね」

明々はそれには答えず、

「ここまで来ればもう大丈夫よ。ここからちょっと急な階段があります。最後の階段です。それをのぼってドアを開ければ地上よ。携帯電話、お返しするわ」

私たちは急《せ》いて、早口で、これまで互いの身に起きたできごとを打ち明けあったのだが、その詳細についてここであなたがたに明かすわけにはゆかない。いまなお彼らはあの地下にいるわけだから、かつまた彼らの逃亡ルートはまだ健在で機能しているはずだから。

「わたしも結婚したわ。夫は李蘇鉄よ。あなたのことを忘れようとした。そして、忘れたわ」

「僕は忘れてない」

「同じことよ」

「いま、ふと思いついたんだけど、あのとき、僕らにぶち当ってきた大きな男、あれはひょっとして李蘇鉄じゃなかったのかい？」

明々があいまいにうなずいたような気がした。

「彼らは、私をどうするつもりだったんだろう？」

「どうもしないわ。ただ、黄河水源踏査行や黄河記念碑のことをきいて、とても不愉快に思ったのはたしかね」

「どうして？」

「だって、わたしたち、いつか権力を倒すために地下で頑張っているのだもの」

「本気なのかい？」

「どうしてそんなこときくの？　武器もつくっているわ」

私は黙り込んだ。あの日、私たちを押しつぶした権力はいまやますます肥えふとり、安い労働力と巨大市場を背景に、アメリカを中心とするグローバル経済、金融と協調して、わが世の春を謳歌している。民主主義と独裁が、まるで刎頸《ふんけい》の友であるかのように結託して離れない。党は、地上で唯一最大のコングロマリットである。大都市には超高層ビル群、高速道路、ハイテク通信網、強力な軍隊と核兵器。一、二年後にはＷＴＯへの加盟も実現する。この体制を覆せるはずがない。

「わたしたちの地下トンネルは中国じゅうに通じているのよ。もちろん香港にも、ウイグル、チベットにも。さらにその先まで。口に出して反対したことには、血を流してでも戦わなければならないわ。ハリネズミのようになって」

私は何度も首を振った。どうやったらやめさせられるのだろう。私は骨の中がすかすかになってゆくようなさみしさと悲しさ、心細さをおぼえた。せめてこの無謀な企てから明々だけでもたすけ出せないか。

「さあ、お別れだわ。できれば、もう二度とお目にかかりたくなかったのに」

「私は……」

それ以上、私に言葉は出てこない。

「とにかくわたしはあの広場でひどい目にあったわ。でも忘れることにしたの。あなたのことといっしょに。いまはこんなところにいるけれど、とにかく自分に希望をつないでゆくわ。わたしがどんな気持で生きているかわかるでしょ！」

私は嗚咽《おえつ》を懸命にこらえた。泣くのは子供のとき以来だ。いまや私の心はすべて明々で埋め尽くされた。ただひとりの女、明々。何もかも捨てて、彼女をこの手につかんで、今度こそはなすまいとおもった。

「さあ、のぼって。わたしも上までついてゆくわ」

私たちは、土を敲《たた》き固めた細く急な階段をのぼった。明々が手を取ってくれる。かつてだれがこのような恋を経験しただろうか。竪琴こそ持っていなかったが、このとき、私はオルペウスで、明々はエウリュディケだった。

オルペウスは、死の国から妻のエウリュディケをふり向かないという約束で連れ帰ることを許された。ふたりは黙ったまま暗いけわしい小道を通って、とうとう晴れ晴れした地上の世界の出口へと近づく。オルペウスはふと妻の足音がきこえなくなったので不安になって、思わずふり返ってしまう。たちまちエウリュディケはうしろへと連れ帰される。二人は腕を伸ばしてつかまえあおうとするが、ただ空をつかむばかり……。

私たちは戸口に着いた。明々が閂《かんぬき》をはずしてドアを開ける。さっと月の光が差しこんだ。私ははっきりと明々をみた。

「お別れね。さようなら」

私はまだ戸の外へ足を踏み出さないでいた。なぜなら隙をみて、彼女を力ずくで外の世界へ連れ出そうと本気で考えていたからだ。震える声でいった。

「明々、覚えてるかい？　ほら、私たちが最後に……」

月光の明りのもと、明々の左の首筋に視線を据えた。私はうめき声を上げた。あるべき場所にホクロがないのだ。

ああ、すべてはなんとはかないのだろう。もはや明々はかつての明々ではないのだ。ふしぎなことだが、私はそのことでより彼女を欲した。私はしゃにむに、かつて黒褐色のホクロともイボともつかない愛らしいしるしのあった場所に唇を押しつけた。

明々は頭をのけぞらせて、あえぎ、鼻から甘い息をもらした。

「もうわたしは明々ではないのよ。さようなら、いとしい張《ジャン》」

明々は嗚咽の中からそれだけの言葉を発すると、私を突きのけ、ドアを閉めた。私はひとり黄土の丘の上で、月光に照らされて立っていた。


携帯電話で隊と連絡を取った。翌朝、私は歩いてあの村に帰りついた。村長の赤い片目は落っこちそうなくらいとび出したが、何も言わなかった。私が一時行方不明になったことについて、隊のメンバーには、結婚式で酔払ってしまってあとはわからないとしか説明しなかった。新郎新婦は似合いのカップルで、とてもしあわせそうだったよ、とつけ加えておいた。

一ヵ月後、黄河河口にたどりついて、私たちの事業は完成した。水をたたえた記念碑に黙禱を捧げた。しかし、ただひとり、私の心は慰まなかった。はたして慰霊や鎮魂の言葉ですませていいものだろうか？　まだ生きている者がいるかぎり……。

私が明々と別れて立ち尽くしたあの月光の丘がどこであるかは口が裂けてもいえない。すでに読者もお気づきのことだろうが、魂魄の結婚式のあった窰洞《ヤオトン》の村についても、本当の位置とは違う場所に置いた。

私はニューヨークに戻り、妻のミリーと娘のエミリーをこの腕に抱きしめた。エミリーは三歳になる。世界は広い。何が起こるかわからない。

忙しいマンハッタンの日常がはじまった。仕事の手をとめて、私はひょいと八十五階のオフィスの窓からハドソン河を、ニューヨーク湾を眺める。自由の女神像の背中をみる。ここにいるかぎり、すべては私がコントロールしている、予想外のことなど起こりえない、という気がしてくる。

しかし、時々、無性に窰洞の村が、地下トンネルがなつかしくなることがある。いまだに、あのいいにおいのするうまい水は謎だが、たまらなくのみたくなる。あのとき、私のけがは相当ひどかったはずなのに、のむとすぐに立ち上がることができた。ふと、ひょっとしたら、あそこがもうひとつの黄河の水源で、あれがその水ではないか、という考えが浮かぶ。

ああ、明々、きみはいまどうしているだろうか？

［解説］小説の誘惑に身をまかせる

宮下奈都

辻原登さんの小説を読んで、すべてが腑に落ちたということは一度もない。落ちるべきところに落ちないときもあれば、落ちるべきでないところで落ちることもある。その塩梅《あんばい》が絶妙だ。腑に落ちないということが、これほど強烈な魅力になるとは。

「抱擁」については、『東京大学で世界文学を学ぶ』（集英社文庫）の中で作者自身の解題を読むことができる。第十講義「ヘンリー・ジェイムズの『ねじの回転』をどう読み、どうパスティーシュするか」。ここで語られるのは、「抱擁」が『ねじの回転』のパスティーシュであるという事実だ。パスティーシュとは、「その作品のエッセンスをつかむこと」。だから、「抱擁」と『ねじの回転』は細部こそ違え影絵にすれば重なるはずなのだけれど、読んだときに感じる湿度も色合いもずいぶん異なっていた。「抱擁」の湿度は皮膚全体をしっとりと包む。そして、ときどきその湿度が急に高くなったり低くなったりする。

「抱擁」では、昭和十二年の東京・駒場の前田侯爵邸で起きた奇妙な出来事が、十八歳の小間使である「わたし」の目を通して描かれる。なじみのある場所、耳にしたことのある名前、そして二・二六事件。起きたかもしれないこと、起きなかったかもしれないこと、また、起きてはいても特定の人物の中のどこかで起きていただけかもしれないことを、実際にはっきりと起きたことのすぐそばに描いていく。その混じり具合にうっとりする。

駒場の風景、時代の空気、個性的な登場人物たち。史実に基づくエピソードが、そこに絡まる。それがあまりにもいきいきと描かれるものだから、細部を読むだけでじゅうぶん楽しい。小説の中へ誘い込まれるのを感じる。銀杏の梢で一羽のトビが鳴く鋭い声まで聞いたような気がする。

ポゼッションという表現が出てくる。キツネ憑き、だという。アメリカ人家庭教師ミセス・バーネットの口から丁寧に、POSESSION、と発音されたとき、ああ、と思った。めまいがしそうだった。私はここで何かに取り込まれる、という予感。私はただの読者で、物語のこちら側の安全な場所にいるはずなのに、くらっと来た。これが、この小説の力なのだ。どこまでが現実なのか、どこからがそうではないのか。どこからどこまでを小説と呼ぶのか。誰が何に取り込まれたのか。そういう境目がわからなくなる。史実に基づいている部分と、そこをはみ出す部分。はみ出しているのではなく、もともと含まれているのかもしれない。語られなかった欠片《かけら》が、ここで息を吹き返す。

「ポゼスされている人、あなたかもしれない……」

ミセス・バーネットの言葉は、主人公に衝撃を与え、同時に読者をも慄《おのの》かせる。ポゼスされているのが誰なのか、わからない。もしかしたら、私かもしれないのだ。その感覚が最後まで緊張感を伴って続いた。

緊張感は、「抱擁」のほかの七つの短編にも共通している。どれもが、濃くて豊かだ。物語は縦横無尽に広がっていく。そこをさっと緊張感が走る瞬間がある。過ぎれば、凪《な》ぐ。広がりは一様の網目状ではなく、地下へ地下へと植物の根が降りていくような、また地下から一斉に地上へと芽吹くような印象だ。ひとつ所からざーっと流れてくるのではなく、あちこちから染み出してくるような、あるいは、従順に風にそよいでいるように見えて、地中にしっかりと根を張りめぐらせているような。そんな広がりの中に漂っているうちに、いつのまにか絡め取られている。緊張感に打たれている。なんとか戻ってきたときには、今までとは少し違うところに立っている。

表題作のひとつ「この世でいちばん冴えたやりかた」で、その印象は確信に変わる。ここでも主人公はさまよう。労力をかけ、費用をかけ、何年もかけて調べ上げた土地を旅しながら、どこかに迷い込んでしまう。計画を立てて歩く足取りが、ふっと別の地を踏む。それは地下へとつながって、周到につなげられた場所へと主人公を、読者を導く。いや、導くのではない、おびき出すといったほうが近い。行ってみると、そこは、夢とも現《うつつ》ともつかない、じっとりとした生と死の手ざわりの濃い世界がある。目に見えている世界のもっと向こうに、見たことのない世界がある。もっと深くに、もっと豊かな世界がある。そういうふうに誘われているような気がしてくる。濃厚で、艶《なま》めかしい。それなのに、端正で、粋である。壮大さと、緻密さとを併せ持つ。読み進むうちに、酔いながらも、どこかが覚醒してくる。

ほかの短編たちも、あやしい。異世界と通じる道が、日常の中に、すぐそこに開かれていて、日常からひと跨《また》ぎでそちらへ行ってしまう。異世界は異世界の顔をしておらず、跨いだ境界線がどこだったのかもわからない。ハッとして戻り、また踏み越えて、行きつ戻りつするうちに、異は異でなくなり、今自分がどちらにいるかさえわからなくなる。悲しいような、せつないような、でもひっそりとよろこびがあって、おかしみもあって、とても不安定で、心もとなくて、魅惑的で。

七つの短編のうち、三つは中国が舞台だ。日本が舞台の四つの短編の中にも、よく知った地名に異国や実在不明の街が紛れ込んでいる。そのうち三つの短編に遊動亭円木が登場するのだから、ますます混沌としてくる。混沌とはいえ、円木が登場すると、びりびりと痺《しび》れるように場面が引き締まる。だいたい、この盲目の落語家、円木というのが曲者だ。時の流れを変えてしまうような人。生きているのか、死んでいるのか、それさえもあやふやなところがある。円木が出てくると、よほど注意をしていても足をすくわれる。私が住んでいるこの場所から地続きの、実在の町で暮らす人々の話を読んでいる気がするのに、ふわっと宙に浮く感覚がやってくる。そのまま飛んで行ってしまいそうにもなるのに、また戻ってきて着地するのは、人物の魅力が強くて引き戻されるからだと思う。頭がよくて、勘もよく、情けが深いのに、ニヒルでぽっかりと空虚でもある。円木の魅力の大きさが、複雑な背景と緊張感に負けていない。

すべては膨大な知識の上に建てられた堅牢な小説たちだ。小説のために仕入れた知識ではなく――それはたぶん書いたそばから消えていってしまうものだから――作者の中の海をたゆたう水のようなものなのではないかと想像する。すくいあげた手の中にある海水。そこに小説の土台になるすべてのものが溶けているのだと思う。

それなのに、あやうく揺れている。どこからどこまでがほんとうの話で、どこからつくり話なのか。あるいはすべてがつくり話で、ところどころに楔《くさび》を打つように史実が入っているのか。読んでいると、そんなことはどうでもよくなってくる。物語の海に潜り、ときにはたぷたぷ浮かんでいたくなる。そうしていつのまにか潮流に思いがけないところまで流されている。この小説から、ふと顔を上げるとき、めまいのようなものを感じる。今、どこにいるのだったか、わからなくなっている。

知識の羅列とはまるで違う。博覧強記とも少し違う。教養というのが、単なる知識ではなく、人格的な要素まで加わった総体のことだとすれば、辻原登さんの小説は、知識のない、何も持たない私のような読者のことも教養で許容してくれるのではないか。読みながら、そう感じた。歴史にも文化にも通じていない自分も、一緒に旅をしているような気持ちになれる。そう、旅だ。遠いところへ、場所も、時間も、超えて旅をしているような感覚になるのだ。現代の話だと思って読みはじめると、懐かしい日本の話になっていたり、何千年もさかのぼった中国の話になっていたりする。おやっと思うまもなく、そちらに同調している。それは、書き手の力であり、小説の力であるのは間違いないが、ひょっとすると読み手の力も加わって起きる旅でもあるのかもしれない。そんなふうにうぬぼれながら、小説の誘惑に身を任せるのがいいのだと思う。

（みやした・なつ／作家）

無　罪

大岡昇平

人間の犯す犯罪とは何か、それを裁く裁判とは何か。——戦後文学を代表する作家は、『事件』以外にもこんなミステリの名作を残していた。英米の不可解な殺人事件の裁判記録を読み込み、見事に小説化した裁判ミステリの傑作13篇。

天頂より少し下って

川上弘美

《女の子ってさ、突然わっと叫んで、隣町まで駆けだしていったりしたくなること、ない？》——奇妙な味とユーモア、そしてやわらかな幸福感。少女から大人の女まで、女性の心が波立つ瞬間を見事にとらえた極上の恋愛小説全七篇。

間宮兄弟

江國香織

女性にふられると、兄はビールを飲み、弟は新幹線を見に行く。間宮兄弟には自分たちのスタイルと考え方があるのだ。たとえ世間から「へん」に思われても、ふたりは人生を楽しむ術を知っている。これはそんな風変わりで素敵な物語。

本書のプロフィール

本書は、単行本として新潮社より刊行された以下の二冊を合本にして文庫化したものです。

『抱擁』（二〇〇九年十二月刊）

『約束よ』（二〇〇二年十一月刊／文庫化にあたって「この世でいちばん冴えたやりかた」と改題）

小学館文庫

抱《ほう》擁《よう》
この世《よ》でいちばん冴《さ》えたやりかた

著者　辻原《つじはら》　登《のぼる》

二〇一八年八月十二日　初版第一刷発行

発行人　岡　靖司
発行所　株式会社　小学館
〒一〇一-八〇〇一
東京都千代田区一ツ橋二-三-一
電話　編集〇三-三二三〇-五一三二
販売〇三-五二八一-三五五五
印刷所――――図書印刷株式会社

この文庫の詳しい内容はインターネットで24時間ご覧になれます。
小学館公式ホームページ　http://www.shogakukan.co.jp

ISBN978-4-09-406542-8

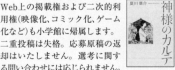